古典文獻研究輯刊

十二編

曾永義 主編

第1冊

〈十二編〉總目

編輯部編

三晉文化與唐代文學（上）

智宇暉 著

國家圖書館出版品預行編目資料

三晉文化與唐代文學（上）／智宇暉 著 -- 初版 -- 新北市：花
木蘭文化出版社，2015〔民 104〕
序 4+ 目 2+158 面；19×26 公分
（古典文學研究輯刊 十二編：第 1 冊）
ISBN 978-986-404-399-6（精裝）
1. 先秦史 2. 文化研究 3. 唐代 4. 中國文學
820.8   104014978

ISBN- 978-986-404-399-6

9 789864 043996

古典文學研究輯刊
十二編　第一冊　　　　　ISBN：978-986-404-399-6

三晉文化與唐代文學（上）

作　　者　智宇暉
主　　編　曾永義
總 編 輯　杜潔祥
副總編輯　楊嘉樂
編　　輯　許郁翎
出　　版　花木蘭文化出版社
社　　長　高小娟
聯絡地址　235 新北市中和區中安街七二號十三樓
　　　　　電話：02-2923-1455／傳真：02-2923-1452
網　　址　http://www.huamulan.tw 信箱 hml810518@gmail.com
印　　刷　普羅文化出版廣告事業
初　　版　2015 年 9 月
全書字數　508644 字
定　　價　十二編 26 冊（精裝）新台幣 48,000 元

〈十二編〉總 目

編輯部 編

《古典文學研究輯刊》十二編　書目

《古典文學研究輯刊》十二編　各書 作者簡介・提要・目次

第一、二、三冊　三晉文化與唐代文學

作者簡介

　　智宇暉，1976 年生，山西太谷人。1991 年入陝西第一工業學校讀書，畢業後入工廠工作十年，期間酷愛閱讀文史哲，自學文學課程。2005 年考入閩南師範大學攻讀文學碩士學位，2008 年畢業。2010 年再入南開大學學習，2013 年獲文學博士學位，現於三亞市瓊州學院教書，主要從事古代文學與地域文化的研究，已發表論文十餘篇，專著一部。

提　要

　　河東道之政治、軍事、經濟在唐王朝佔有重要之地位。作為三晉文化的主要傳承地域，其深厚而獨特的文化因子與唐代文學發生了深度碰撞融合，對唐代文學產生了深遠之影響。三晉文化對於唐代文學的影響大致通過三條途徑實現：文學家、文學作品、文學活動。河東道本土文學家群體形成了家族化與文學政事兼能的地域文學傳統；外來文學家則受到地域風習之薰染，使得河東道創作成為其文學生涯中的重要階段，李商隱、李賀、崔顥等皆是；太原作為唐王朝的發跡之地，軍事重鎮，名列北都，由此衍生出以唐太宗、唐玄宗為核心的帝王文學，以河東節度使幕府為創作空間的軍國應制文學；三晉軍事文化的濃厚氛圍，一方面促成了關隘詩歌的密集呈現，一方面影響了創作主體的審美趣味，王之渙、王翰等河東道詩人促成了盛唐前期邊塞詩

創作的第一次高潮；并州游俠的縱橫馳騁之風，在被唐代開國元勳帶入長安
的同時，還直接導致了中晚唐豪俠傳奇的繁榮，產生了《虯客傳》、《紅線傳》、
《無雙傳》等傑作；介子推以降隱逸與節烈兼容的隱逸文化傳統，使得河東
道誕生了王績與司空圖兩位標高一代的隱逸詩人；河東道農業與手工業的繁
榮為唐代文學增添了題材方面的內容，太原馬、河東鹽、葡萄、并刀等進入
了文學家視野，使唐代文學意象中展現出新異的元素；帶有地域獨特性的民
間信仰，如后土、妒神崇拜，成為文學創作的內容，產生了《后土夫人傳》
和《妒神頌》這樣獨具特色的作品。

目　次

第四冊　宋代屈原批評研究

作者簡介

　　林姍，女，1984 年生，福建平潭人，文學博士。2000～2007 年就讀於福建師範大學文學院，獲文學碩士學位。2008-2011 年於福建師範大學文學院繼

續攻讀博士學位，師從郭丹教授，研究方向爲先秦兩漢經學與文學，獲博士學位。2011 年至今，任教於福建中醫藥大學中醫學院，承擔《醫古文》、《國學經典精讀》、《大學語文》等課程教學工作，主要研究方向爲中醫醫史文獻，已發表論文十餘篇。

提　要

　　本文以宋代屈原批評爲研究對象，在梳理宋代楚辭學基本脈絡以及宋代屈原批評概況的基礎之上，分別考察宋人對屈原其人與其作的批評情況。宋人對屈原其人的關注主要體現於倫理思想批評、行爲批評與人格批評三個方面，分別以屈原之「忠」、屈原之「死」與屈原之「醒」爲中心話題。宋代比之前任何一個朝代都更加強調屈原的忠君思想，關於屈原之「忠」的倫理思想批評成爲宋代屈原批評的核心，無論是行爲批評、人格批評還是作品批評都繞不開其忠君思想。在楚辭學史上，宋人首次提出「忠君愛國」說，屈原的忠君愛國形象自此初步確立。對於屈原自沈的原因，宋人主要從「屍諫」與「泄忿」兩個方面分析，並將屈原之死置於「去」與「隱」的視野中進行評判，其褒貶態度呈現出複雜乃至矛盾的特點。屈原之「醒」則是宋人熱議的新話題，其以漁父之「醉」否定並重構屈原之「醒」，宣揚「身醉心醒」、「屈陶相融」相融的品格。在屈原作品批評方面，本文主要從屈騷文體觀與屈原創作技巧兩個方面探討宋人的認識與評價。宋人在屈騷與《詩》及賦的關係中考察騷體特徵，突出其諷諫寄託的內容，確立其文學正統的地位。同時，就「賦比興」及寓言的藝術手法剖析屈原的創作技巧，探索屈騷的藝術世界。

目　次

第五冊　錢謙益心態與文學思想研究

作者簡介

　　鄔烈波，男，1975 年 9 月出生，浙江寧波人，先後師從江西師範大學王琦珍教授、南開大學羅宗強教授，獲文學博士學位，現任中共寧波市委黨史研究室黨史處副處長，助理研究員，參編《中國思想文化建設與發展研究叢書》、《公安廉政文化叢書》、《司法疑難案件法律適用叢書》等多部著作，發表《試論錢謙益對清代前期文學的影響》、《刑事司法權配置與附條件不起訴制度》、《論檢察一體化視野中的檢委會工作機制》等論文。

提　要

　　錢謙益是明清之際著名的文學家、學者、藏書家，他一生性格矛盾、思想複雜、經歷曲折，在尖銳的政治鬥爭、天翻地覆的朝代更迭、激烈動蕩的社會動亂中，他陷入道德與現實的矛盾。在他身上，人格的弱點、儒家的信條、佛道的影響、救世的理想、名利的追求、現實的苦難都得到了充分的暴露。同時他以痛苦的心靈、坎坷的人生歷程、豐富的學識、廣闊的視野、轉益多師的態度創作了大量描繪時代風貌、抒寫眞情的作品，並提出許多有見地的文學觀點，對明代文學史進行了全面的總結，體現了明末清初文學與文學思想的特點，開啓了清代的詩風。他的文學思想既是時代美學精神的反映，也與其人生經歷和心態密切相關，體現他對歷史、社會現實和文學發展的認識。通過研究錢謙益的心態、文學、文學思想，我們不僅可以更深入地瞭解

明清之際複雜的社會政治形勢與文壇的面貌、文學發展的走向，也可以對傳統士人的特點有更深刻的認識，並由此而思考道德與現實的矛盾、遺民的困境、士人的人格獨立、士人在亂世的使命與實際作用等問題。

目　次

第六、七冊　文化詩學視域下的魏晉南北朝志怪小說研究

作者簡介

　　張振雲，女，1972 年生，山東德州人。北京師範大學文學博士，現任教於山東財經大學文學與新聞傳播學院，主要講授「文學概論」、「古代文論」、「西方文論」等文學理論課程，主要學術研究方向為古代文論。目前主要學術成果：讀研期間參加的國家社科項目《二十世紀中國作家心態史》以及校級科研課題《中國古代文藝心理學》的寫作；獨立發表的論文數篇；參編《中國文學精要》一書和一本專著《文學理論的基本問題與現代視野》。

　　本書為 2005 年博士論文拓展而成。

提　要

　　本書主體內容共五部分。

　　首先，從釐清古代「小說」和「志怪」詞義與用法入手，認為魏晉南北朝時期的「小說」延續漢代的用法，仍然指非主流、非官方意識形態的言論、學說，具有極強的邊緣意味。在其時文人士子手中被演繹成為一種言說方式和書寫筆法，用以表現其「越名教任自然」的精神訴求。

　　第二，「志怪」由記述怪異內容轉而昇華為一種反常規、求自由的語言遊戲，作為「小說」筆法之一種，成為其時文人士子「人的自覺」與「文的自覺」的一種體現。本書將一般所謂的此時期的志怪小說稱為志怪「小說」或志怪書。

　　第三，探討玄學和志怪之內在的、隱秘的關聯。本書認為，玄學和志怪在「歧出」之性質、對生死和時空的超越等方面都可互相發明，甚至玄學的方法都在志怪書中有所體現。二者以互文的關係構建著那個時代整個文化有機體的「大文本」。

　　第四，探討佛教與志怪之關係。佛教的興盛必須借助本土文化。其時的

清談風習是上層社會傳播佛教志怪故事的主要渠道。中土的佛教志怪書撰者在記錄、整理佛教志怪故事時，往往流露出明顯的本土文化爲體、佛教文化爲用的本末意識，這與其知識結構、思想意識中本土文化爲主體有關，也是玄學崇本息末的方法之體現。

第五，從文化大、小傳統的角度發現魏晉南北朝志怪書的狂歡意味。原創於民間的志怪故事被文人士子轉換成書面語言，民間敘事融合精英階層的書寫趣味，便有了志怪書的出現。文人士子之所以熱衷撰寫志怪故事，主要目的仍在於試圖學習民間文化中隱含的社會規則，重建新的、健康的社會秩序，爲自己的靈魂尋找到終極歸宿。

目　次

第八、九冊　明代之前小說中儒道佛海洋觀研究

作者簡介

　　林慶揚，男，高雄市人。1988 年畢業於高雄師範大學國文學系。1996 年1 月獲中正大學中國文學研究所碩士學位。2014 年 1 月於高雄中山大學中國文學系取得中國文學博士學位。曾經任教過正修科技大學、高雄應用科技大學、輔英科技大學、高雄餐旅大學等校之通識國文與應用文課程。現志趣於文學與宗教學之研究。

提　要

　　本書基於對中國古代小說在海洋觀書寫的考索興趣，嘗試運用儒道佛典籍資料彼此相互參證，進行分析、批判、歸納，以建構儒道佛海洋觀的演變軌跡。

　　書稿主體由六部分組成。第一，略論中國海洋文化與海洋文學在古代各時期海洋觀點的發展演變。第二，關於先秦漢魏六朝小說中的儒家海洋觀，本書由儒家經史文集中的涉海書寫與小說文本，企圖建構儒家海洋觀是一個充分展現「四夷來貢，綏靖遠服」的經世外王視野，與對於海外異族的中原王權意識。第三，對於先秦漢魏六朝小說中的道家與道教海洋觀，書中藉由經典、史籍、諸子雜說、小說等面向，勾勒道教蓬萊仙系傳說中有關海上三神山、陸上方壺勝境、仙館神鄉、帝王園林閬苑、方士傳說等演變，進而展現道家與道教仙話系統的海洋觀。第四，漢魏六朝小說中佛教海洋觀，從官書中的海路交流傳播，佛典、僧傳故事與小說等面向，建構佛法海上的現奇表極，與斾威顯瑞的神靈傳播觀。第五，隋唐五代小說中的儒道佛海洋觀書寫，儒家則是以海外貿易與國家經濟利益結合，並彰顯中國王朝「九州殷富，海夷自服」的王權意識。道教更以張皇仙道佛界因果報應，輪迴之說，和海洋志怪，靈山洞府、神仙洞窟理想世界等蓬萊海洋仙境的殊寫演化。而佛教海洋觀在演變中，海洋已為中外高僧仰蒙三寶、遠被西天，與求法東歸，載譽中土，了悟生死的宗教道場。第六，宋元小說中的儒家海洋觀載述「朝貢貿易」及「市舶貿易」的濃厚政治色彩，並以修職貢，奉正朔，以典型的華夏中心主義的史觀呈現。道教海洋觀則結合儒道佛三家的文學神話色彩，使海上的蓬萊仙話成為儒道佛合一的思想載域。佛教高僧更是在變化莫測的狂風巨濤，與泛海陵波的嶮惡海天裡，順利的從事佛法的播傳與緊密的政經文化流通。

目　次

上　冊

第十冊　小說與閱讀公眾——明代通俗小說傳播與接受研究

作者簡介

蘭文銳（1972 年～），古代文學博士，中國戲曲學院戲文系副教授。主要從事古代小說傳播與戲曲文獻的相關研究，先後到日、俄、英等著名大學進行教學交流。主持北京市教委社科科研專案（《詩與聲：中國戲劇的詩樂綜合研究》、《程硯秋藏戲曲抄本整理與研究》），在中文核心期刊發表學術論文若干篇。編著《大學語文》（北京科學技術出版社，2001 年，21 萬字），《藝文類聚‧祭文》（中華書局，2010 年，15 萬字）。

提　要

明代通俗小說的文本傳播是否達到大眾化程度，小說文本傳播的受容層如何，研究者眾說紛紜。本文立足於「小說的印刷文本」，著眼於小說文本傳播的兩極——傳者和收容層，以「小說與閱讀公眾」為中心，側重討論作為商業印刷媒介文化一部分的明代通俗小說文本傳播的特點。

小說，尤其以文本的形式，能夠在大眾中傳播、被大眾所接受，特別依賴物質條件的成熟和傳播環境的形成。明代社會中後期，商業資本介入圖書出版發行領域，促進民間書坊的規模化發展，使小說文本的大眾化出版成為可能；商業交通與郵驛發達，拓寬了小說文本傳播的管道，小說社會流佈方式多樣。可以說，明代中後期，一個雛形的大眾傳播社會已基本形成。小說從此進入到主要以文本形式和讀者閱讀為主的傳播時代。

以江南為中心的明代城市化進程中，市民階層不斷成長和壯大，成為通俗小說最可能的閱讀公眾。小說的閱讀依賴於一定的物質環境與精神環境，在性別、年齡、教育、經濟、審美、地域、文化及宗教等因素影響下，通俗小說的閱讀公眾形成不同的讀者層。讀者群的差異不僅形成不同的閱讀傾向，也影響到小說編撰者——邊緣文人與書坊主對於小說的編撰方式，甚至也影響到小說文體、流派及文本特點的形成。明代通俗小說是大眾讀者的文學。

目　次

第十一、十二、十三冊　明代嘉隆間戲曲三論

作者簡介

林立仁，女，中華民國臺灣省新北市人，輔仁大學中國文學系學士，輔仁大學中國文學研究所碩士，輔仁大學中國文學系博士。

現任：明志科技大學通識教育中心專任副教授，用心於教學，曾獲明志科技大學 98 年度優良教師教學獎、101 年度優良教師教學獎，中華民國私立教育事業學會模範教師(中華民國 99 年)。

在研究上，除了教學類之論文，則以明代戲曲爲研究重心，著有論文：〈論明代宮廷演劇——以《脈望館鈔校本古今雜劇》教坊劇爲討論範圍〉、〈論沈璟《博笑記》之創作旨趣與藝術成就〉、〈明嘉隆間雜劇所呈現之士人形象及其生命情懷〉、〈論張鳳翼《陽春六集》之文士化〉、〈論傳奇徵實風氣之興起——從《浣紗記》、《鳴鳳記》加以探討〉……等。

提　要

本書《明代嘉隆間戲曲三論》，文分三編：上編　明代的社會背景及戲曲環境、中編　嘉隆年間南戲四大聲腔考述、下編　嘉隆年間雜劇研究，此即題目「三論」之意。

　　明代中葉，世宗嘉靖、穆宗隆慶年間，不論在政治經濟、哲學思想、文學思潮及社會風尚等方面，都與明初有著顯著的不同。此時劇壇盡除明初沉悶之象，且南戲四大聲腔已經形成，並流播四方。無論是流行於民間的餘姚腔、弋陽腔，或是受文人士夫喜愛的海鹽腔、崑山腔，它們都爲戲曲發展帶來了蓬勃的生氣，尤其弋陽腔、崑山腔在音樂上的成就，更對後來戲曲的發展有極大的影響。

　　至於雜劇，在南戲諸腔盛行、北曲日趨衰微的影響下，其面貌早已不同於元雜劇，而有「南雜劇」、「短劇」，乃至「套劇」的產生。此時劇作家多爲文人士夫，一改南曲戲文及元雜劇質樸自然的語言風格，取而代之的是典雅綺麗、形式工整、用典使事……等「文士化」的現象，劇作漸由場上走向案頭，終成「文人之曲」，其影響直至清代。

　　總之，嘉隆時期劇壇之發展，既改明初劇壇沉悶之氣，又啓晚期萬曆鼎盛之端，實居過渡時期的關鍵地位，故取之爲題。書中所述，就文獻及劇本所見，具體呈現嘉隆時期的戲曲環境、聲腔發展與流播及雜劇之蛻變與特色，同時釐清諸多因名義混淆而產生之紛爭，足供學者參閱。

目　次

第十四冊　李漁戲曲作品及理論研究

作者簡介

陳佳彬，台灣新竹人。國立成功大學藝術研究所助理教授。國立中央大學文學博士。曾任中國文化大學中國戲劇學系助理教授兼教卓副主任、中華戲劇學會電子報主編、中國藝術研究院訪問學人。曾獲教育部文藝創作獎、行政院大陸委員會中華發展基金獎助。

攻讀博士期間，師事洪惟助教授，學習中國古典戲曲專業。碩士班師從王士儀教授，學習西方戲劇理論、中西戲劇比較專業。求學期間，亦向多位名師求教，曾向馬榮利老師學習京劇小生表演藝術；李寶春老師、陳華彬老師學習傳統京劇導演排演技法。2009 年，正式拜中國大陸張奇虹導演為師，學習斯坦尼斯拉夫斯基導演體系。

著有學術專書《罪與罰——元雜劇公案故事研究》，以及多篇學術研究論文，散見中、臺等地知名學術期刊。亦從事戲劇、戲曲劇本創作，發表舞台劇作品幸福系列六部作品、戲曲作品三部。

提　要

本文以《李漁戲曲作品及理論研究》為題。以《閒情偶寄》及《笠翁傳奇十種》為主要探討對象，希冀以「創作真實」這一理念，討論李漁戲曲學的理論體系。擬完成以下五項目標：

一、整理近四百年來李漁研究成果：在李漁著作及前賢的研究成果，發現少有對其版本進行考證者，另一方面台灣學人的研究成果不容忽視，為此作回顧整理。

《閒情偶寄》對於劇本創作與劇場實踐，開啓中國古典戲劇理論的整體性論述。本文針對劇作者、劇本、導演創作、演員創作、觀者（讀者與觀眾）、評論者、劇場演出，這七者對於戲劇創作真實層面分別進行研究。

二、李漁的劇本創作與其理論的生成：就「劇本創作真實」探討李漁劇作及編劇理論之間的關係，並討論其劇本結構的形式要求。

三、李漁對導演、演員、劇場實踐與理論的建立：針對李漁導演的創作技法、演出修改本的實踐、家班演員培訓，以及劇場演出進行論述。

四、李漁對觀者（讀者與觀眾）到評論者的探討：從劇場演出的觀者「觀看意識」概念以及李漁提出教育觀眾之法，形成評論真實。

五、李漁劇本創作與劇場實踐的整體概念及理論體系：在劇本（文學）及劇場（演出）的系統研究中，詮釋上述七者的本質及其彼此關係的場域建立，將其關係構成圖譜，並據此說明李漁如何完成劇本與劇場創作。

透過筆者所創的圖譜，認為李漁的創作體系，涵蓋劇本系統與劇場系統，其中劇作者創作的劇本、導演創作、演員創作、觀者（讀者與觀眾）、評論者這五者間對於戲劇創作真實的層面，是有其全面性、體系化的成立，實屬開創中國戲曲史上的第一人。

目　次

第十五、十六冊　中國古典戲劇敘事技巧研究——以西方古典戲劇爲參照

作者簡介

胡健生，男，1965 年生，江蘇徐州人，文學博士，現爲廣東財經大學人文與傳播學院教授，主要講授外國文學史、外國作家作品專題、比較文學（偏重中西戲劇比較）、戲劇鑒賞等課程，在《外國文學評論》、《國外社會科學》、《戲劇》、《學術論壇》、《甘肅社會科學》、《東嶽論叢》、《齊魯學刊》、《藝術百家》、《民族藝術研究》等刊物發表學術文章，曾出版《外國經典作家作品探幽》、《中西戲劇名家名作探幽》等著作。

提　要

本書從中西方古典戲劇互爲參照的宏闊視野出發，運用比較對照的研究方法，遴選以元雜劇、明清傳奇爲代表的中國古典戲劇，以及以古希臘戲劇、莎士比亞、莫里哀等爲代表的西方古典戲劇爲研究對象，從「停敘」、「戲中戲」、「幕後戲」、「預敘」與「延敘」、「發現」與「突轉」、「誤會」與「巧合」幾個論題切入，以深入細緻地解讀大量戲劇文本爲依據，關注中西方古典戲劇事技巧之歷時性嬗變與橫向性發展所產生的「同中之異」與「異中之同」，

嘗試就中國古典戲劇事技巧問題，展開一番專題性的比較研究，藉此探究中西方古典戲劇事藝術具有普適意義的某些共同性創作規律。

目　次

第十七、十八冊　魏晉南北朝論體文通論

作者簡介

楊朝蕾，女，山東青島人。文學博士。貴州師範大學文學院副教授。主要致力於漢唐文學、中國文體學、佛教文學研究。先後發表學術論文 40 餘篇，主持和參與國家社科基金項目 3 項，主持和參與省部級課題 3 項。其性情沉靜，心志單純，既不喜依阿取容，以徇世俗，亦不願庸庸碌碌，隨波逐流。心無旁騖，專心治學，無戚戚於貧賤、汲汲於富貴之表現，有樂道束脩、博覽精研之追求。根柢無易其故，裁斷必出於己。任紅塵滾滾，繁華滿目，於喧囂之中，獨守靈魂之淨居。立足隨緣隨喜地，展翅無欲無求天。滴水粒米，亦具般若滋味；安步當車，自有從容無限。

提　要

作為我國古代散文之大宗的論體文，經過先秦的孕育和兩漢的發展之後，在魏晉南北朝時期漸趨繁盛。其時文士受思想解放與多元文化發展態勢的推動，在較普遍而自覺的追求立言不朽風氣的影響下，通過創作子論來勸

誠於當世、立名於後世，以達到生命之永恆。論體文堪稱魏晉南北朝的時代脈搏。魏晉南北朝論體文流傳於今的單篇作品近 300 篇，完整的史書之論有 9 部之多。這些論作思慮深湛，文采精拔，不僅是思想史上的珍品，也是文學史上的佳製。鑒於當今學術界對魏晉南北朝論體文文學性研究的欠缺，本書從文本出發，結合文本生的時代與文化背景，探究魏晉南北朝時期論體文獨特的題材分類、結構類型、言說方式、審美特徵、審智特徵等，透視其時文士的思辨特點、情感特徵與審美品格，在新的理論視野下評價其在文學史上的價值和地位，以填補文體學在魏晉南北朝論體文研究方面的空白。

目　次

第十九冊　補益世教：李卓吾《開卷一笑》研究

作者簡介

　　何佳懿，女，1980 年生，嘉義市人。畢業於國立花蓮師範學院，國立中興大學中國文學系研究所碩士，現任台中市市立中正國民小學教師。曾發表期刊論文〈《詩經‧國風》與節氣關係〉，《補益世教：李卓吾《開卷一笑》研

究》爲碩士學位論文，是個人第一本學術著作。

提 要

　　李贄（1527～1602），字宏甫號卓吾，是晚明（1573～1620）年間思想獨出胸臆的思想家，父親李鍾秀開明的思維與教導，加上身處與外族接觸頻繁的泉州中，塑造出李贄獨特的個性，在歷經仕途不遂、親人驟逝等困厄磨難後，對於社會、政治、綱常倫理等，皆有感悟，尤其是舊題李贄所著的《李卓吾開卷一笑》帶有憤激辛辣的諷刺，藉以批評晚明陳舊腐敗的封建制度、假道學等，頗值得探論，因此本文擬透過兼具戲謔話語與嬉笑怒罵的《李卓吾開卷一笑》，來探賾其關懷社會百態的企圖與情懷，並分析其形構方式、敘寫技巧、主題意蘊等項，進一步檢視顯發的文學價值與文化意義。

　　本論文以文本分析法爲基礎，佐以笑話、寓言、喜劇理論之運用，探討書中意蘊，冀以彰顯李卓吾勸君悟正之理念，全文共分七章探析：首章介紹研究動機、明代社會背景與李卓吾生平，以及編者版本、全書、前人研究成果概述，研究目的、進路等；第二章探討形構理念，從勸誡文選、寓言、笑話等組構方式，通過探討本體、寓體關係，論其意蘊，進而從作者、文本、讀者知悉寓意探求方式；第三章則由語言策略、修辭特色、邏輯結構論述諧趣性之敘寫技巧；第四章探討眾生群相及人物個性之寫照；第五章分析社會生活，由不良行爲、違逆倫常，家庭寫照以及官場生涯，展現晚明社會階層樣貌；第六章則揭示價值與意義，包含笑話文學觀、諧謔文選、趣詩敏對等文學價值，從滑稽幽默的娛樂旨趣求得市井意識的反響與諧隱教化的用心；末章歸結上述所論，揭示《開卷一笑》傳承晚明寓莊於諧的文學理念與補益世教之旨趣，呈現寓教於樂、規勸向善之價值與提升通俗文學、市井意識的地位。

目 次

第二十、二一冊　中國古代圍棋藝文研究

作者簡介

　　姜明翰，東吳大學中國文學碩士、世新大學中文研究所博士候選人。曾為廣告創意人、電腦公司商品企畫、育達教育文化事業創辦人祕書，現任育達商業科技大學華文傳播與創意系助理教授。書法曾獲一九九七「迎香港回歸」書畫展一等獎；入選第三十六、三十七屆全省美展、第十屆臺北市美展、八十六年國語文競賽第一名。圍棋棋力達業餘四段，目前從事圍棋文化之相關研究。著有《中唐贈序文研究》及學術論文二十餘篇。

提 要

圍棋是中國古老而奇特的發明，數千年來，伴隨華夏文明演變，成爲盛行東亞的一門高深技藝。如今圍棋朝世界化發展，被歸類爲體育競賽項目，學者多以爭勝爲務，卻忽略了它涵藏著博大精深的思想文化淵源及韻致高妙的文學、美學意境。在歷經各代文人雅士的創造和發明下，形成強調藝術性、趣味性及娛樂性的特殊美學型態，即「文人棋」的傳統。然而當前學術界有關圍棋的研究，多偏重在自然和社會學科領域；相較之下，文史學界在此方面的研究，則顯得貧乏許多。

本研究多方蒐羅中國古代圍棋相關之文獻、史料，就其文字載述部分窮原竟委、鉤玄纂要，從圍棋之溯源、本質、功用、演變、思想、流別、風尚、文學等方面，進行縱橫兼及、主從有別的全面性研究。復鑑於以往學者在中國古代圍棋思想內涵及文學技巧兩方面探討之不足，本研究於此著力尤多，透過文本的深入詮析，輔以實戰驗證，抉闡其精義蘊奧所在，而有以補苴罅漏，見其豐富多彩之一斑。

目 次

上 冊

第二二冊　古代文學與文化研究

作者簡介

　　胥洪泉，男，漢族，四川鹽亭人，西南大學文學院教授，中國古代文學、中國古典文獻學專業碩士研究生導師。主持教育部和重慶市社會科學項目 3 項，出版《清代滿族詞研究》《顧太清詞校箋》《古代文學論稿》等著作 7 部，在《文藝研究》《文學遺產》《民族文學研究》《古籍整理研究學刊》等刊物上發表學術論文 80 餘篇，有的論文被收入《唐代文學研究年鑒》，有的論文被中國人民大學複印書報資料全文轉載。曾獲重慶市高等教育教學成果三等獎、重慶市社會科學優秀科研成果三等獎。

提　要

　　本書爲作者已發表的關於中國古代文學和文化研究論文的結集，分爲「古代作家作品論評」「古代詞語釋解」「古代文化漫談」三部分。「古代作家作品論評」部分，既有對中國古代文學史上著名作家的評論，如李白出生傳說的淵源、杜甫詩中的宴飲音樂、元稹的交遊、白居易與花、滿族詞人納蘭性德的興亡之歎以及尙南情結、滿族女詞人顧太清與全眞教等，也有對中國古代文學作品的論述，如傳爲宋玉所作《高唐賦》《神女賦》，曹操的《短歌行》，李白的《梁園吟》《靜夜思》，元稹的《鶯鶯傳》，唐代的傳奇小說、敦煌變文《太子成道經》，元代無名氏雜劇《蘇子瞻醉寫〈赤壁賦〉》，清代戲曲家尤侗的雜劇《清平調》等；「古代詞語釋解」部分，有對辭書「青梅煮酒」釋義的辨正，有對辭書解釋「前度劉郎」運用書證的考辨，有對辭書解釋「淺斟低唱」含義的商討等；「古代文化漫談」部分，有對道教法術「嘯」的考證，有對鯉魚、白鶴與道教關係的探討，有對唐代的圍棋活動的考察，還有對古代婦女眉式、假髮、奇裝異服以及服飾裝扮的考述等。

目　次

自　序

第二三、二四、二五、二六冊

民族戲劇學研究與田野考察

作者簡介

　　李強，筆名黎羌，黎薔。陝西師範大學文學院教授，戲劇與影視學、中國少數民族語言文學學科帶頭人、比較文學與世界文學博士研究生導師。校學科帶頭人，中國西域藝術研究會秘書長，中國戲劇家協會會員，教育部通訊評審專家，《長安學術》編委，陝西師範大學中外民族戲劇學研究中心主任。撰著有《塔塔爾族風情錄》、《六十種曲〈運甓記〉評注》、《中西戲劇文化交流史》、《民族戲劇學》、《西域音樂史》、《中外劇詩比較通論》、《絲綢之路戲劇文化研究》、《神州大考察》、《絲綢之路音樂研究》、《電影與戲劇關係研究》、《民族戲劇文化大視野》、《那些外國大盜》等十二部學術專著；以及編著《絲綢之路樂舞藝術》、《絲綢之路造型藝術》、《新疆各族歷史文化辭典》、《新疆小品精選》、《古典劇曲鑒賞辭典》、《新疆通志・文藝志》、《中國少數民族舞蹈史》、《中國佛教文化大觀》、《中國少數民族音樂史》、《民族音樂學新論》、《民族文學與戲劇文化研究》、《中外民族戲劇學研究》等十餘部著述。撰寫學術論文近二百篇。分別榮獲新疆社科、山西社科、吉林省人民政府、陝西省人民政府、山西教育廳、陝西教育廳、教育部、國家民委、文化部社科人文、國家新聞出版總署藝術圖書、中國文聯民間文化、中國圖書獎等十餘項廳、局、省部級與國家級大獎。

提　要

　　「民族戲劇」係指以少數民族戲劇為主的中外國別、族別傳統戲劇文藝形式，它不僅包括廣義的人類戲劇文化遺產，亦包括狹義的世界各民族戲劇理論與作品；不僅包括歷史文物文獻中用文字記載的民族戲劇文學，亦包括流傳於民間與活躍於舞臺的民族戲劇表演藝術。中華民族文化歷史源遠流長、形式多樣，並以獨具風格的東方民族戲劇藝術形象屹立在世界文化藝林。民族戲劇學是一門綜合了人類文化學、民族學、文學、藝術學的新興人文學科，自從它誕生起就具有強大的藝術生命力。昔日不僅是「戲劇戲曲學」的

重要組成部分，如今又成爲「戲劇與影視學」的中堅力量。中華民族戲劇學的最大優勢在於科學、有機地整合了古往今來中外戲劇學科史地知識與方法，並且以傳統的文獻學、考據學與現代社會學、文化田野作業爲基礎，全面、系統、科學地反映了中國各民族戲劇文化的厚重歷史與學術意義。筆者與山西師範大學、陝西師範大學諸位碩士、博士生共同合作，以中華民族博大精深的傳統文化、藝術爲基礎，歷時 8 年，對全國範圍 56 個民族戲劇文化資源與作家作品進行認眞、深入，富有成效的學術考察與研究。以其悠久的歷史、豐富的文化、鮮明的色彩和重要的學術價值，來證實方興未艾的民族戲劇學在中國、亞洲，乃至世界民族學、戲劇學中的崇高地位及其美好的未來。

目　次

三晉文化與唐代文學（上）

智宇暉　著

作者簡介

智宇暉，1976 年生，山西太谷人。1991 年入陝西第一工業學校讀書，畢業後入工廠工作十年，期間酷愛閱讀文史哲，自學文學課程。2005 年考入閩南師範大學攻讀文學碩士學位，2008 年畢業。2010 年再入南開大學學習，2013 年獲文學博士學位，現於三亞市瓊州學院教書，主要從事古代文學與地域文化的研究，已發表論文十餘篇，專著一部。

提　　要

　　河東道之政治、軍事、經濟在唐王朝佔有重要之地位。作爲三晉文化的主要傳承地域，其深厚而獨特的文化因子與唐代文學發生了深度碰撞融合，對唐代文學產生了深遠之影響。三晉文化對於唐代文學的影響大致通過三條途徑實現：文學家、文學作品、文學活動。河東道本土文學家群體形成了家族化與文學政事兼能的地域文學傳統；外來文學家則受到地域風習之薰染，使得河東道創作成爲其文學生涯中的重要階段，李商隱、李賀、崔顥等皆是；太原作爲唐王朝的發跡之地，軍事重鎮，名列北都，由此衍生出以唐太宗、唐玄宗爲核心的帝王文學，以河東節度使幕府爲創作空間的軍國應制文學；三晉軍事文化的濃厚氛圍，一方面促成了關隘詩歌的密集呈現，一方面影響了創作主體的審美趣味，王之渙、王翰等河東道詩人促成了盛唐前期邊塞詩創作的第一次高潮；并州游俠的縱橫馳騁之風，在被唐代開國元勳帶入長安的同時，還直接導致了中晚唐豪俠傳奇的繁榮，產生了《虯髯客傳》、《紅線傳》、《無雙傳》等傑作；介子推以降隱逸與節烈兼容的隱逸文化傳統，使得河東道誕生了王績與司空圖兩位標高一代的隱逸詩人；河東道農業與手工業的繁榮爲唐代文學增添了題材方面的內容，太原馬、河東鹽、葡萄、并刀等進入了文學家視野，使唐代文學意象中展現出新異的元素；帶有地域獨特性的民間信仰，如后土、妒神崇拜，成爲文學創作的內容，產生了《后土夫人傳》和《妒神頌》這樣獨具特色的作品。

《三晉文化與唐代文學》序

盧盛江

關於地域文化與文學發展，我一直在關注。劉師培的《南北文學不同論》自不用說早就一邊讀一邊思考。近年相關的一些著作，李浩兄的《唐代三大地域文學士族研究》、《唐代關中士族與文學》、戴偉華兄的《地域文化與唐代詩歌》，都讓我讀後受益匪淺。還有一些個案的研究，如景遐東君的《江南文化與唐代文學研究》，讓我感到這方面的研究有很大進展，同時又覺得還有不小的發展空間。特別是個案研究。如果從一個一個的個案入手，細緻加以清理，再綜合起來考察，一些問題會不會有更進一步的認識呢？這引起我的興趣。但這個題目太大，太多。我自己在做別的題目，沒有精力做，於是讓我的好幾個博士都從這方面選題。

智宇暉君是山西人，博士選題時，我因此建議他寫《三晉文化與唐代文學》。他寫三晉雖有其優越條件，但他原來並不做唐代，也不做詩文。他做此題，原有的知識積纍和研究路數很多都用不上。他接受這個選題，開始做的時候，說實在話，我多少有些擔心。但後來證明他是能夠充分勝任的。他對材料的細緻清理，對一些問題的獨到分析，一步一步，做得很紮實，而且思路很開闊，證明他雖幾乎白手起家，亦能開創一片天地。這得益於他的勤奮，也要感謝他的碩士導師給他打下的紮實基礎。他的碩士導師、福建漳州師院（現爲閩南師範大學）王春庭教授，是我讀碩士時的大師兄。江西師範大學讀碩士期間，重國學功力的導師胡守仁先生，在我們面前不止一次稱揚春庭師兄的學術根底深厚。有春庭師兄前期培養打下的基礎，我就輕鬆了許多。當然，智宇暉君走的是一條艱難之路。除將唐代文學及地域文化研究的相關

情況耕耘一遍之外，還數次回山西查閱資料，實地考察。智宇暉君老家山西，而小家在海南，既是孝子，又是慈父，讀博期間需兩頭跑，什麼都得顧。我交給他這個題目，說實話，我對三晉文化並沒有多少研究。每次談論文，只能從大思路上說一些話，並不能對他有多少具體的幫助。一切靠他自己。他性格平和開朗，好交友，善處事，很能為人設身處地設想，對導師特別尊敬，從未聽他說寫論文有多難。但我知道，為寫論文，他克服了很多困難。數百個日夜的辛勤耕作之後，厚厚的一本書放到了我的桌前。一方面，為論文的完成，並且寫得那麼厚實感到欣慰；另一方面，作為導師，總是很挑剔的。於是這樣那樣地說了一堆。現在看來，做一個東西，每個人有每個人的想法和創造性，一個題目深入下去之後，往往會有很多和預期不一樣的東西。兩年之後，智宇暉君這部專著將出版，我得以重新讀過一遍，自覺對這部著作有了進一步的理解。

　　他把握了三晉文化與唐代文學的核心問題。他把握三點：北都文化，軍事文化以及隱逸文化。龍興之地為三晉所特有，軍事文化以及隱逸文化其他地域亦有，但三晉自有其特點。這三點，智宇暉君都有很好的分析。比如他指出，河東道既是龍興之地，帝王們屢屢巡幸，留下了獨具特色的詩文，有一系列唱和活動，其中豐沛情結和述德頌功是兩大主題，而后土祭祀對文學也有很大影響。唐代於太原設北都，開幕府，北都既為龍興故地，又為軍事重鎮，因此成為黃河以北文學創作最為繁榮的城市，北都亦成為唐詩中獨特的都市形象，而「富吳體」亦與北都有著密切的文化淵源，北都幕府軍國應制文亦得以繁榮。三晉作為邊塞之地，其尚武精神與俠烈之風，對唐代邊塞詩及豪俠小說有著多方面的影響。他指出，先秦河東隱士具有隱逸和節烈雙重特徵，這種重節氣的傳統延續下來，為後代士人所繼承，從而在唐代河東形成一個有別於時代主潮的隱逸氛圍，從而影響著文學。研究一個問題，最忌泛泛而談，最忌談一些看似放到哪裏都對，卻沒有抓住特點、抓住要害的話。地域文化與文學的研究尤其如此。只有把握一個地域文化的最主要的特點，才能真正把握其真切面貌，把握其深層次的東西。這一點上，這部著作是把握得很好的，有很多精當的分析。這體現出智宇暉君從大局上把握問題的能力。三晉文化可能還有其他方面的問題，但這三點，應該是主要的。把握了這三點，三晉文化的獨特之點，它的基本面貌就出來了。

　　他系統清理和考察了相關的大量材料和問題。比如，他統計河東道本土

文學家的分佈情況，外來文學家在河東道的地域分佈。比如考察唐玄宗開元十一年由東都至北都，北都返長安旅途中君臣間六次唱和活動，對學界相關研究進行辨誤。比如考察唐玄宗兩至河東祭祀后土及相關文學創作情況，指出圍繞祭祀產生的文化活動和祭祀文學作品，標誌著唐玄宗黜吏崇文傾向的正式形成，並對開元文學的發展產生了影響。比如，考察上黨祥瑞頌以及開元時期諛頌文學的第一個高潮，考察圍繞北都的文學創作，指出北都實為具有相當規模的文人活動中心，考察北都幕府應制文創作的作家群，河東道軍事文化景觀的文學抒寫。作為地域文化與文學研究，和其他的研究一樣，第一步的工作應該是相關材料和問題的全面清理。這一點，這部著作是下了很大功夫的。

他對很多問題作了深入思考和分析，還有不少考證。他提出一些新的問題。比如，他分析三晉文化的基本內涵有兼容並蓄、尚功重利、尚儉重質、飽含憂患、文武兼資。這些特點，有些並非三晉文化所獨有，但有些確屬三晉文化更特出，比如重實尚武。比如，他指出河東道本土文學家的特徵，在家族化和政事與文學兼能。一些問題，他盡可能地對學界提出的觀點作出自己的思考和回應，有爭議的問題，各家觀點中取某家之說，總是能夠作出自己的分析。或在正文長篇論述。比如分析初唐河東兩大文學家族，指出王通游離於宮廷之外，其思想在唐初政權中傳播的可能性較小，貞觀君臣的文學觀與王通的狹隘性有較大差別，不必與王通強硬發生聯繫，而薛元超既提拔文學後進，又推動文風改革，這兩個家族綿延幾代，基本保持各自的創作空間，從內外兩個方向推動了唐代文學的進程。他分析「富吳體」，指出，「富吳體」應該視作駢文領域內由李嶠、崔融時代向蘇頲、張說時代發展過程中一個先導性的轉折點，視其為古文運動的先聲則顯得疏闊不實，它與北都文化傳統有著更為內在的淵源。或加注以作辨析，廖廖數語，甚至隻言片語，而體現作者的思考。比如，辨析李淵起義的歷史，辨計有功將「谷倚」之名作「魏谷倚」之誤，辨王昌齡居太原時遊邊之可能性，辨田承嗣文中「山東」應為「山西」之誤，辨王績的生年等。對學界觀點的回應和不同看法，都有根有據，立足史實。一些問題，凡學界有所論，均盡可能列出，以示所據。第一章「三晉文化概說」尤為特出。這顯出作者的嚴謹。

當然，這部著作也留下了繼續深入研究的空間。研究河東本土文學家，人們不滿足於只分析文學家的特徵，同樣，人們不滿足於只考察外來文學家

與三晉文化的關係，而更希望進而分析其作品表現的特色，作品中所留下的三晉文化的印蹟。作者考察河東道邊塞文學的地域文化特色，注意與隴右、河北比較，這一思路若能更爲擴展，既從三晉文化的角度考察整個唐代文學，又從整個唐代文學的視角考察三晉文化的其他問題，論文的視野可能會更開闊一些，也就能更準確地把握三晉文化在整個唐代文學中的地位。如前所說，三晉文化是一個個案。若能從個案出發，思考整個地域文化研究，提出一些理論性規律性的問題，作出分析，當然就更完滿了。

　　這些問題，不可能期待一部著作去完成。有研究經歷的都會知道，凡解決一個問題，會發現有更多更大的問題需要解決而沒有解決。學術往往是遺憾的。學術也是艱難的。認眞解決一個問題，需要花費多少精力，非親歷者是難以感知的。但學術又是愉悅之事，當一個問題經歷艱難得以解決，心情之輕鬆愉悅，同樣是非親歷者無法體會的。智宇暉君不論工作能力還是生活能力都很強，從這部專著，也看出他的學術潛力。相信他能在學術上取得更大的成績。

2015 年 6 月 27 日於津門

目

次

前　言

　　關於地域文化與文學關係的研究，西方的理論建構比中國要早得多，19世紀的史達爾夫人和泰納就有了系統深入的研究，我們則到現在也沒能建立一套有效的理論，以指導當今這方面較爲火熱的研究。個中原因置而不論，實際上我國古代對這個問題的認識很早就開始了。

第一節　地域文化與文學關係研究史回顧

　　人對地域的感知基本上是與人類的誕生同步的，而文學與地域發生關係則是從文學產生時便開始了，《詩經》和《楚辭》作爲中國文學的兩大源頭，詩歌的創作就充滿了鮮明的地域性，而古人自覺的認識從評價《詩經》開始。《詩經·國風》的編纂分類就隱含了當代人關於民歌與地域關係的認識，但這種認識基本上是基於政教的立場，《左傳·襄公二十九年》中記載的季札觀風的評論是現存最早的對於文學和地域關係的認知〔註1〕。到漢代，班固在《漢書·地理志》中更爲廣泛具體地展開了對《詩經》中地域文化因素的考察，涉及範圍非常廣泛，有勞動生產、戰爭、宗教、男女之風化、地域人

〔註1〕　《左傳·襄公二十九年》：「吳公子季札來聘。……請觀於周樂。使工爲之歌《周南》《召南》，曰：『美哉！始基之也，猶未也，然則勤而不怨矣。』爲之歌《邶》《鄘》《衛》，曰：『美哉，淵乎！憂而不困者也。吾聞衛康叔、武公之德如是，是其《衛風》乎！』爲之歌《王》，曰：『美哉！思而不懼，其周之東乎？』」。他依次評論了十三個地區的詩樂，他從歌詩的風格中感受到的不是感性的審美，而是理性的關於詩歌產生地域各個國家的歷史盛衰和風俗厚薄，其政治教化的色彩是非常濃厚的。見楊伯峻，《春秋左傳注》，北京：中華書局，1981年，1161～1162頁。

-1-

民性格等〔註2〕。但班固關於詩歌與地域文化的某些對接顯得牽強，其所選擇的詩歌並不能代表該地詩歌的全部。班固在具體的表述中基本遵循地理——風俗——詩歌這樣的邏輯結構，與季札從文學、音樂出發感知推測其中的地域風教因素不同，主要從地理的角度，說明不同地域詩歌的地域性特徵的產生淵源。後來封建時代的學者在研究規模上沒有能超越班固。

魏晉南北朝以後，人們關於地域與文學關係的認識從注重風俗教化轉移到自然地理環境對文學風格的影響。大致而言，地域文化影響文風的途徑一般集中於兩點，一是自然地理環境通過影響詩人的審美理想和審美情趣進而影響到文學的風格〔註3〕。二是自然地理形成不同的語音進而影響到文學的風

〔註2〕 其中勞動生產的因素，如《豳風》的考察，「其民有先王遺風，好稼穡，務本業，故《豳詩》言農桑衣食之本甚備。」戰爭的因素，如《秦風》，「天水隴西山多林木，民以板爲屋……皆迫近戎狄，修習戰備，高上氣力，以射獵爲先，故秦詩曰『在其板屋』，又曰『王于興師，修我甲兵，與子偕行』，及《車轔》、《四䭿》、《小戎》之篇，皆言車馬田狩之事。」宗教的因素，如《陳風》，「婦人尊貴，好祭祀，用史巫，故其俗巫鬼。《陳詩》曰：『坎其擊鼓，宛丘之下，亡冬亡夏，值其鷺羽。』又曰：『東門之枌，宛丘之栩，子仲之子，婆娑其下。』」男女風化的因素，如《鄭風》，「土狹而險，山居谷汲，男女亟聚會，故其俗淫。《鄭詩》曰『出其東門，有女如雲』，又曰『溱與洧方灌灌兮，士與女方秉蕑兮』，『恂盱且樂，爲士與女，伊其相謔』」。人的氣質個性，如《齊風》，「初太公治齊，修道術，尊賢智，賞有功，故至今其土多好經術，矜功名，舒緩擴大而足智。」又云：「《齊詩》曰：『子之營兮，遭我乎峱之間兮。』又曰：『俟我於著乎而。』此亦其舒緩之體也。」見班固，《漢書‧地理志下》，北京：中華書局，1962 年，1640～1659 頁。

〔註3〕 劉勰在《文心雕龍‧物色篇》中較早點明這種影響關係，他說：「若乃山林皋壤，實文思之奧府；略語則闕，詳說則繁。然屈平所以能洞見風騷之情者，亦抑江山之助乎？」范文瀾《文心雕龍注》，《范文瀾全集》本，河北教育出版社，2002 年。《文心雕龍》中尚有許多零散的關於南北文風差異的評論，詳見劉暢《〈文心雕龍〉的南北文學觀》，《天津師範大學學報》，1998 年第 1 期，48～55 頁。同時代的蕭繹也有「荊山萬里，地產卞和之玉；水流千仞，隨出靈蛇之珠。故能胤茲屈景，育斯唐宋」的感慨。見嚴可均《全上古三代秦漢三國六朝文》，北京：中華書局，1958 年。宋人黃伯思更明確了「書楚語，作楚聲，紀楚地，名楚物」的地域特色，見《宋本東觀餘論》，北京：中華書局，1988 年。到清代孔尚任就普遍意義上把作家氣質與自然地理的關係直接表述出來了，「蓋山川風土者，詩人性情之根柢也。得其雲霞則靈，得其泉脈則秀，得其岡陵則厚，得其林莽煙火則健。凡人不爲詩則已，若爲之，必有一得焉。」《孔尚任《古鐵齋詩序》，見徐振貴主編《孔尚任全集輯校注評》，濟南：齊魯書社，2004 年，1180～1181 頁。沈德潛從個人的閱讀經驗肯定了地域文化對詩人詩風的確定性影響，「余嘗觀古人詩，得江山之助者，詩之品格每肖其所處之地」《歸愚文抄餘集》卷一《芳莊詩序》）清代詩文集彙編本，上海：上海古籍出版社，2010 年。

貌〔註4〕。學者文人更多從文學的審美上立論，強調地域文化中自然的因素，具有體悟感發的特點，比班固的實證比附性研究更接近文學本質。但他們的零星研究從始至終都沒有能進入到規律性的認知階段。變化是從近代的劉師培、王國維、梁啓超開始的。

　　劉師培《南北文學不同論》被認爲是有關文學的地域性研究的經典論文。這篇論文的獨特之處在於從地域的角度考察魏晉南北朝隋唐時代的文學變遷，內容豐富，論述多變，其中有地域文學流派的傳承衍變，有地域的影響與文風的變遷，有南北融合中文學構成的不同因素的微觀考察〔註5〕。此篇論文尤可注意者兩點，一是以文體文風稱南北，打破地理的限制，完全從文學的角度立論，地域與文學的關係表現出內在的一體性；二是論述中的時空交叉形式，既不是一地的靜態描述，也不是兩地間影響的條框式思路，而是動靜結合，以動態爲主的關係方式，橫向、縱向無一定先後，完全以南北之體作爲研究的核心貫穿其間。

　　與劉師培的綜合性研究不同，王國維主要在《屈子文學的精神》一文中以個案的形式，圍繞屈原的文學精神展開了地域文化、作家精神氣質和文學

〔註4〕顏之推在《顏氏家訓·音辭篇》中較早地提出了地域水土自然與音聲的關係，「南方水土柔和，其音輕舉切詣，失在膚淺，其辭多鄙語。北方山川深厚，其音沈濁而訛頓。得其質直，其辭多古語。」王利器，《顏氏家訓集解》，上海：上海古籍出版社，1980年。唐代魏徵在《隋書·文學傳序》裏進了一步，他云「江左宮商發越，貴於清綺；河朔詞義貞剛，重乎氣質。」見魏徵，《隋書》，北京：中華書局，1974年，第1730頁。這裏的宮商與詞義有互文對舉的意思，但宮商所指音樂的意涵多一些，但語音的因素並未單獨指出來。黃伯思提出楚辭語言上的獨特性，帶動後來的楚辭研究者都在楚語與楚辭的風格關係方面做了很多細緻的工作。宋末的王應麟則把地域環境、人的心理、語言文辭混同而言之：「人之心，與天地山川流通，發於聲，見於辭，莫不繫水土之風而屬三光五嶽之氣。」也同樣缺乏語言文學間關係的更爲具體的論說。王應麟，《詩地理考校注·序》，張保見校注，成都：四川大學出版社，2009年。

〔註5〕論南方文學：「陰何吳柳，厥製益工，研煉則隱師顏謝，妍麗則近則齊梁。子山繼作，掩抑沈怨，出以哀怨之詞，由曹植而上師宋玉，此又南文之一派也。鮑照詩文，義商光大，工於遣勢；然語乏清剛，哀而不壯。大抵由左思上效蘇張。此亦南文之一派也。」如論魏晉之文，「魏晉之際，文體變遷，而北方之士，侈效南文」，「故力柔於建安，句工於正始。此亦文體由北趨南之漸也。」如論隋代文學，「隋煬詩文，遠宗潘陸，一洗浮蕩之言，惟隸事研詞，尚近南方之體。楊薛之作，間符隋煬，吐音近北，辭藻師南。」劉師培，《中國中古文學史講義·附錄》，南京：鳳凰出版社，2011年，261～262頁。

風格之間關係的具體而微的考察〔註6〕。通過屈原文學精神的分析，王國維得出這樣一條原理，不同地域的文化因素，在文學創作主體的精神結構中佔有不同之地位，並且決定著所在地域文學的特質，然而真正偉大的文學作品需要恰當的融合。對屈原文學精神的地域性闡釋，王氏超邁前人，突破以往研究者孤立地關注其楚地山川風土的特殊性，而是把他放在全民族的文化背景下，從文學創作的內在關係出發揭示其中的關係。

同時代的梁啓超在因襲前人的基礎上，提出了文學地域性差異的逐漸縮小問題。他在《中國地理大勢論》中云：「蓋文章根於性靈，其受四圍社會之影響特甚焉。自後世交通益盛，文人墨客，大率足跡走天下，其界亦浸微矣。」〔註7〕就自然地理來說，他的觀點有其實際意義，與古代文學的發展狀況是比較契合的。地域性的減弱正說明問題的另一面——地域性的融合。

另有汪辟疆先生《近代詩派與地域》，屬於現代有意識的從地域分派撰寫的一部同光以降的詩歌史。作者採取地域與詩歌分而論之的結構，沒有能在詩派的內部探求其地域特色。

其後的半個世紀，文學與地域文化關係的研究一直以零散的非自覺的形式進行。直到八十年代任繼愈、金克木、袁行霈相繼提出了哲學、文藝學、

〔註6〕 王國維關於南北的概念與劉師培趨同，不以地理局限分野。關於先秦南北文化差異，他從政治觀念上區分爲「帝王派」與「非帝王派」，從社會階層的趨尚分爲「貴族派」和「平民派」，從性格分爲「熱情派」和「冷性派」，由此出發探索不同地域人性的不同色彩對創作主體精神結構的影響，最終導向南北文化因素的融合問題。王國維認爲，詩歌與人生密切相關，「詩之爲道，既以描寫人生爲事，而人生者，非孤立之生活，而在家族、國家、社會中之生活也。」北方派與南方派的生活理想是不同的，「北方派之理想，置於當日社會中；南方派之理想，則樹於當日之社會外」，南北方不同的性情氣質決定著他們對待生活理想的不同方式，「南方之人，長於思辨，而短於實行，故知實踐之不可能，而即於其理想之中，求其安慰之地，故有遁世無悶，囂然自得以沒齒者矣。若北方之人，則往往以堅韌之志，強毅之氣，恃其改作之理想，以與當日社會爭。」人生理想的不同表現形式導致了文學內容和風格的差異。北方人是熱情派，故感情深厚，南方人是冷性的遁世派，故想像力發達。而詩歌的原質是感情，想像是其助力，大詩歌二者缺一不可。「北方人之感情，詩歌的也，以不得想像之助，故其所作遂止於小篇。南方人之想像，亦詩歌的也，以無深邃之感情之後援，故其想像亦散漫而無所歸，是以無純粹之詩歌。而大詩歌之出，必須俟北方人之感情，與南方人之想像合而爲一，即必須南北之驕驛而後可，斯即屈子其人也。」

〔註7〕 梁啓超，《飲冰室合集》第二冊《飲冰室文集》之十，北京：中華書局，1989年，第86頁。

文學等人文學科研究的地域性問題之後〔註8〕，這種學科間的交叉才在文學研究中逐漸引起學者的注意，文學的地域性研究成果如雨後春筍般湧現。研究形式多樣，個案研究，專題研究，綜合研究，各種研究方法不斷被嘗試，許多研究成果爲本論題的寫作提供了有益的啓發。鑒於文學研究領域此類研究成果的豐富，結合本論題的研究性質，此段時期的學術考察側重古代文學，古代又以唐代爲主，緊緊圍繞與本論題關係較爲密切的研究成果論列。

　　袁行霈先生《中國文學概論》中設置一章「中國文學的地域性與文學家的地理分佈」討論中國古代文學的地域性。關於地域性，他說：「這裏所說的地域性包括兩方面的意思：一，某些文學體裁是從某個地區產生的，在它發展過程的初期不可避免的帶著這個地區的特點；二，不同地區的文學各具不同的風格特點。」〔註9〕關於文學家的地理分佈，他指出了三種具體情況：「一，在某個時期，同一地區集中出現一批文學家，使這一地區成爲人文薈萃之地；二，在某個時期，文學家們集中活動於某一地區，使這裏成爲文學的中心；三，在某個時期，各地區出現的作家數量的統計分析。」〔註 10〕袁先生所言雖就整個中國文學而言，但縮小地域，其結論對本論題的研究亦具有方法論的意義。

　　其後文學與地域文化研究的熱潮卻是由現代文學發端，九十年代初嚴家炎主持策劃了「二十世紀中國文學與區域文化叢書」，1995 起出版，到 1998年共出專著十種，齊魯、三晉、巴蜀、三秦、湘楚等具有代表性的地域文化都囊括其中。其視野的開闊，思路的多樣，文本的文化解析對古代文學的相關研究都具有借鑒意義。但其中暴露出的學術問題也是很多的，就筆者所及的幾種，往往研究對象範圍的界定不很嚴謹，基本沒有什麼地域特徵的作家作品也予以論述，因此兩張皮現象比較嚴重。陳平原教授在學術規劃初期提出的一些關鍵性的研究預期也沒能得到很好地實現。他說：「研究 20 世紀中國文學與區域文化，要避免牽強，避免弄成區域文化＋文學，避免把現當代文學現象簡單、機械地同區域文化嫁接在一起。要在『與』字上下功夫，落

〔註 8〕　任繼愈，《中國古代哲學發展的地區性》，見《中華學術論文集》，北京：中華書局，1981 年，461～472 頁。金克木，《文藝的地域學研究設想》，《讀書》，1986 年第 4 期，85～91 頁。袁行霈，《中國文學概論》第三章《中國文學的地域性和文學家的地理分佈》，北京：高等教育出版社，1990 年。
〔註 9〕　袁行霈，《中國文學概論》，北京：高等教育出版社，1990 年。
〔註 10〕　袁行霈，《中國文學概論》，北京：高等教育出版社，1990 年。

腳點要在文學上，從文學看文化。要少一點哲學，多一點史學，不要過多地使用空泛、抽象、不準確的概念，而要熟悉史料，追求實證。」〔註 11〕他的建議對於古代文學的研究同樣適用，提出的學術關節點對於本論題的研究具有極大的警示意義。這部叢書中有一部與筆者的論題密切相關，朱曉進《山藥蛋派與三晉文化》，是迄今為止唯一的一部關於三晉文化與文學研究的學術專著，也是筆者所閱幾種著作中最好的一種。該著的研究在許多方面為本論題的展開起了先導示範作用。在方法上，作者將個別作品的微觀分析與整體流派的宏觀審視相結合，三晉文化的理性觀照與「山藥蛋派」作品的藝術感悟相結合，在文化與文學的互動關係中展開論述。在史料上，重實證，大量運用地方志文獻抽繹三晉文化的要素，由於作者的外地籍身份，缺少親身體驗，有些文化特點的總結顯得較為隔膜。在文學與文化的對接上，著者從作品、作家兩個大的層次把握，除作品中直接表現的三晉地域的風土民情和人生觀念部分以外，作者還提取出「實」的地域個性心理作為三晉文化與「山藥蛋派」對接的一個核心要素，學術眼光非常精準。山西人務實、崇實、求實、拘實的個性特徵既是文學作品中人物的共性，同時也深深影響了以趙樹理為代表的「山藥蛋派」作家的精神世界，他們的思維方式，觀察問題的視角，審美的偏好，敘事的方式方法，都使得作品體現出鮮明的地域特色。而這些，著者完全通過對作品的剖析揭示出來，毫無牽強之處。儘管《三晉文化與唐代文學》研究的時代背景、文體與《三晉文化與山藥蛋派》一書的研究對象差別很大，但其中基本關係的把握處理有極大的借鑒意義。

整個九十年代，古代文學地域性的研究還沒有形成熱潮，較早的兩部論著都是以文學地理為特色的研究。曾大興的《中國歷代文學家之地理分佈》和胡阿祥的《魏晉本土文學地理》，一個通代，一個斷代，前者以宏觀的統計為主，後者以歷史的考證為特點，兩者都側重於靜態的描述，於地域文化與文學的關係方面涉及不多、不深。九十年代末李浩的《唐代關中士族與文學》的出版推動了相關課題的研究，之後的十年間，研究成果不斷湧現，各種方法、角度都不同程度得到嘗試和拓展。

從總體研究格局看，大體呈現出三種研究模式：

第一種研究模式是以文學地理學的學科建構為目標的研究，前述曾著、

〔註11〕 羅成琰，《20 世紀中國文學與區域文化學術研討會述要》，《文學評論》，1993 年第 1 期，159 頁。

胡著都屬於此類，楊義的《重繪中國文學地理》、《重繪中國文學地圖圖釋》、《中國古典文學圖志——宋遼西夏金回鶻吐蕃大理國元代卷》等一系列著作從理論和實證兩方面意圖重新構建中國文學史。梅新林的《中國古代文學地理演變》，其格局更爲闊大，從地理學的角度勾勒整個中國古代文學的分佈變遷。作者企圖以「場景還原」和「版圖還原」的方法，創造性地運用「本土地理」、「流域軸線」、「城市軸心」等一系列範疇，令人耳目一新，但史料的運用頗爲簡單粗率。此類著述中學科交叉的視角值得借鑒。

　　第二種研究模式是區域文學史的撰寫。河北、河南、山西、山東、湖北、湖南、浙江、福建，超過三分之一的省區都出版了區域文學史。此類著作的經驗教訓多於學術貢獻。以與本題切近的《山西文學史》來說，其出臺的背後是地方政府的文化宣傳策略。書成眾手，求全求快，整部專著彷彿是區域作家作品的展覽會，文學的地域性沒能很好地凸顯，另一面又片面誇大地方作家的地位和影響，學術的客觀性不足。以唐代爲例，王維、柳宗元的文學創作活動絕大部分與三晉地域無關，而在論述中卻佔有很大比重，相反曾經在三晉活動的一些有創作特色的作家卻沒有得到應有的重視。《三晉文化與唐代文學》所關注的是一個地域與一個時代文學的關係，與區域文學的研究有較大區別，但就研究展開的空間範圍而言，主要還是依託三晉地域，發生在三晉地域的文學活動和文學現象依然是本書所要考察的主要部分，因此《山西文學史》負面的教訓自有參考價值。陳慶元先生提出的區域文學研究中難以處理的幾個問題對於本論題之寫作尤其重要，「例如地域與地域、區域與區域間文學的相互影響問題，外地區作家對本地區文學發展的作用和影響問題，籍貫在本區域而生長在他地、或生長於本地而長期活動在他地如何取捨的問題。」〔註 12〕區域間的相互影響在《三晉文化與唐代文學》中就轉換成三晉地域和整個全國文壇之間的影響；外地區作家對本地文學發展的影響問題轉換成兩個命題，即外地作家在本地區創作受本地文化的影響和本地區作家攜帶著地域文化因素對外地文學的影響；籍貫地、出生地、創作地三者之間的非同一性在重視家族郡望的唐代更困擾著本論題研究對象的取捨。總之，文化邊界的模糊性、重疊性和文化核心的穩定性、傳承性之間的矛盾，使得處理不同地域作家之間的同異和影響變得極爲困難。

〔註 12〕陳慶元，《文學：地域的觀照》，上海：上海遠東出版社、上海三聯書店，2003
　　　　年，21 頁。

　　第三種研究模式，就是立足於傳統意義上的地域文化與文學的專題性研究。在唐代文學研究的領域，成果很豐富。陳景春《五十年來唐代地域文化與文學研究述評》有較爲詳細全面的研究回顧，戴偉華教授《地域文化與唐代詩歌》導言部分有著更爲深入的反思。就唐代地域文化與文學研究而言，戴偉華教授總結了已有的六種不同角度，一、本貫占籍，如陳尚君《唐詩人占籍考》；二、隸屬階層，如李浩《唐代三大地域文學士族研究》，《唐代關中士族與文學》；三、南北劃分，余恕誠論文《地域、民族和唐詩剛健的特質》；四、文人移動路線，如李德輝《唐代交通與文學》；五、詩人群和流派，如賈晉華《唐代集會總集與詩人群研究》，楊曉靄論文《唐代隴籍詩人詩作與關隴文化淵源》，韓成武論文《盛唐河北詩人群與「燕趙文化」精神》；六、文化景觀，如余恕誠《李白與長江》，復旦大學 2009 年楊爲剛博士論文《唐代長安洛陽文學地理與文學空間研究》。除此之外，還可以補充五種角度的研究，一、幕府角度，戴偉華《唐代幕府與文學》和《唐代使府與文學研究》；二、都市角度，如揚州大學 2008 年謝遂聯博士論文《都市文化與唐代士人心態》，復旦大學 2003 年魏景波博士論文《唐代長安與文學》；三、詩類的角度，如任文京《唐代邊塞詩的文化闡釋》；四、一個傳統文化區的綜合研究，如景遐東《江南文化與唐代文學研究》；五、整個唐代詩歌的宏觀研究，戴偉華《地域文化與唐代詩歌》。成果很多，這裏就與本題相關的作一點簡略的討論。本書論題的設置與景遐東的視角最爲接近，他的研究綜合運用多種視點，自然景觀、人文傳統、家族教育、詩人群體、幕府創作在橫向面展開，屬於一個文化區與整個唐代文學關係的研究方式。三晉文化相對於江南文化的範圍和內涵，更具有歷史的穩定性和空間範圍的確定性，這是本論題與景著的一個大的差別。李浩在古代文學的地域研究中較早有意識地從文化地理學的視角展開研究，他的兩部專著採用時空交叉的論述策略，克服了相較於現當代文學在地域、作家和士族方面文獻欠缺的局限，文史結合，考辨精審。其中隸屬於關中士族的裴、柳、薛等大家族郡望河東，與本論題相關，如何歸屬，筆者以爲不妨兩存之，隸屬於關中是唐代柳芳的分法，這種劃分把河東道的南北分開了，晉南部分劃入了關中，代北獨立。實際上晉作爲一個文化區的整體性，在唐代人的文化感覺中與關中是有差別的〔註 13〕，河東作爲一個文

─────────────

〔註13〕詳見張偉然，《唐人心目中的文化區域及地理意象》，見李孝聰主編《唐代地域結構與運作空間》，上海：上海辭書出版社，2003 年。

化整體的歷史性依據也是充分的。因此本論題同樣把河東郡望的大士族作爲有選擇性的研究對象，在三晉地域文化的層面上權衡取捨。戴偉華教授的研究頗具宏觀視野，立足於整個唐代詩歌，從地域文化與文學富有規律性、普遍性的聯繫上以詩歌創作地點爲依據展開研究，意圖「改變過去文史結合過程中文史分論或重史弱文的表述結構，以文學問題立題，在文史結合中解決文學問題」，「將過去主要以詩人籍貫爲主的地域文化與文學創作的分析，轉換爲以詩歌創作地點爲主的地域文化與詩歌創作的研究」〔註 14〕。他提出的研究方式對本論題很有指導意義。

　　具體到三晉地域文化與唐代文學的研究，除有關詩人、文體的專題性研究中有所涉及外，總體成果不多。從士族的角度，除李浩教授的研究外，尚有 2006 年陝西師範大學李靜博士論文《中古「河東三姓」文學研究》，2011年西北大學郤三親博士論文《唐代河東裴氏與文學》，都主要圍繞士族展開，有關地域文化的因素很少。賈晉華專著《唐代集會總集與詩人群研究》附編第一部分《河汾作家群與隋唐之際文學》，杜曉勤論文《王績詩歌與河汾文化精神》，2007 年陝西師範大學李偉碩士論文《初唐「文儒」與河東王氏文學研究》把王通所代表的河汾文化與河東作家聯繫起來研究，其中賈著較早提出河汾作家群的概念，論述隋末活動在王通兄弟周圍的八位作家；杜文從河汾道統提煉河汾文化精神，與王績的詩歌創作作關聯性研究，富於創新，其結論有進一步討論的必要；李偉碩士論文把王通家族的文學創作與初唐文壇相聯繫，其主要部分還是家族文學的靜態研究，但王氏家族對初唐文學的影響是確定不疑的。康玉慶論文《唐代「富吳體」與北都晉陽》、2003 年山西大學王劍碩士論文《三晉唐傳奇考論》和 2007 年山西大學鄭少林碩士論文《從〈太平廣記〉看唐代山西社會生活》從文體的角度出發探討三晉文化和唐代文學的關係，其中康文討論唐代開元時期「富吳體」風格的散文創作與北都晉陽文化之間的關係，論題富於學術價值，還有進一步深入的必要；《三晉唐傳奇考論》就三晉作家創作的唐傳奇與發生在山西地域的唐傳奇展開研究，材料較爲豐富，涉及面廣，對於作家的選擇去取較爲寬泛，文化與文學的關係有貼標籤現象；《從〈太平廣記〉看唐代山西社會生活》的研究中含有三晉地域文化的因素，論者從小說中總結概括唐代山西社會生活風貌，屬於外層的社會文化研究。另有一篇 2005 年華南師範大學韓春平碩士

〔註 14〕戴偉華，《地域文化與唐代詩歌》，北京：中華書局，2006 年，24 頁。

論文《唐代「蒲州——太原」沿線區域文學簡論》，可視作唐代河東地區文學狀況的概論，論者從地理的視角就三晉區域內的汾河沿線展開，舉凡政治、經濟、民俗、地貌、家族、人文景觀都論述到了，視點是比較全面的，深入不夠，地域與文學的關係研究還有很大的學術空間。總體而論，三晉文化與唐代文學的研究成果雖不多，但家族、作家、文體、文風都有所涉及，爲進一步的研究開啓了很多有價值的思路。

第二節　研究思路

　　相對於現當代文學，古代文學中地域文化與文學關係的研究存在三個方面的局限：一，作家生平與地域文化文獻的欠缺；二，與地域性相關的作品留存數量的稀少；三，文體的限制，就唐代而言，文學成就主要在詩歌，最能體現地域文化色彩的小說份額很小。此外，戴偉華教授還提出了另一重困難：唐代地域文化分際的模糊和文人地域意識的薄弱。他認爲，「地域文化與中國文學的研究歷程，舉其要者而言，唐代以前側重於上古的交通不便以及諸侯國的各自爲陣，中古則側重於南北分裂時期的文風差異與交流；唐代以後則側重於文士自覺分派傳承而形成的區域或學派的文化傳統以及各自的地域性特色。而唐代詩歌創作從總體上看，既缺少前者的客觀形勢，又缺少後者的主觀意識。」〔註15〕「唐代的創作總體上體現了大一統的文化特點，從區域文化角度切入，其優勢不及它前面的春秋戰國、南北朝，也不及其後的各個朝代」，因此得出結論，「唐代詩歌中地域文化分析是有限的」。筆者基本同意戴教授的觀點。關聯到本論題，就研究的可行性還可以補充幾點。一、唐代人缺少地域文化觀念，而是有著強烈的以郡望爲標識的士族觀念。這是客觀現實，但地域文化的差別不會因唐代人的忽視而弱化或者消失。歷史地理學學者張偉然教授的《唐人心目中的文化分區和地理意象》一文提出了感覺文化區概念，並從大量的史地文獻和詩文創作中簡略勾勒了唐代人自己心目中的文化分區和對固有傳統文化區的感覺認知，材料豐富，平實客觀，學術價值很高。這就提示研究者，克服文獻上的困難，還有研究的空間。二、詩歌作品的地域文化分析只是地域文化與文學關係研究中的一個層次，另外還有作爲創作主體的人的層次，有客觀存在的地域文學活動的層次，文化與

〔註15〕戴偉華，《地域文化與唐代詩歌》，北京：中華書局，2006 年，200～201 頁。

文學發生聯繫的方式是多樣的，變動的，複雜的，研究的可能性是存在的。

三、就本題選取的三晉文化，無論從自然地理還是歷史傳統方面考察，其穩定的地域分界，鮮明的文化特色，相對於燕趙、齊魯等其他傳統文化區，地域化程度高。唐以前常常分爲并州和河東兩個大區，至唐代以河東道統一行政區劃，自此以後直到現在，其行政區範圍與兩山夾一河的地理範圍基本重疊，這種一致性是其他同級傳統文化區少有的。另外語言學的研究成果也證明這一區域文化傳承的封閉性與穩定性，晉語被認爲是北方方言區主要保存了古代入聲發音的語種。三晉文化的特異性爲本論題的研究提供了一個較爲科學堅實的前提。

爲了便於拓展研究的空間，本論題中文化的內涵採用張岱年先生《中國文化概論》一書中提出的四層次說，即物態文化層、制度文化層、行爲文化層、心態文化層。就地域文化而言，其中物態文化層與文學發生直接的關係，就是地方風物，自然景觀，人文景觀等地域因素直接進入文學的描寫，這些描寫具有了一定規模和頻率之後，就表現出文化象徵意象的內涵；制度文化層在宏觀上決定文學的發展格局，地方的行政、經濟、軍事、文化制度的設置會引發一系列的文化反應，對於文學家的生活形態，文學創作的題材，文體的創作風格，作家群體的形成都會有相當的影響；行爲文化層更多以特定地域民風民俗的形式進入文學的視野，共同地域的作家群易於形成共同的富有地域特徵的行爲模式，對作家的日常生活方式形成影響；心態文化層與文學具有最內在的關係，一個地域文學家的思維方式、價值觀念、審美情趣帶有地域文化的烙印，一旦進入文學創作，其作品風格必然包含地域的因素。由於文學創作是複雜的多層次的精神活動，因此，從地域文化與文學關係的三個層次出發，也許可以較全面把握三晉文化與唐代文學的關係。一、特定地域的山川、風土、景觀成爲文學創作的對象；二、地域文化影響作家的思維方式、審美取向、文體選擇；三、地域文化的佈局結構影響作家創作活動和生命心態，影響文體的生成發展。

第一種關係方式，本土作家和外來作家之間，本土的風物景觀之間，不同文體之間會有表現的差異。在詩歌中，本土作家對本土風物的文學描寫，與外來作家的觀察有別，蘇頲的《汾上驚秋》和李白的《太原早秋》中的對秋的季節感受比當地生活的人要強烈得多。地方風物和景觀在文學描寫中所佔有的分量是不同的，有一些物象是一般性地出現在詩文中，如并刀并剪，

葡萄牡丹；而有一些物象由於出現的範圍廣，頻率高，便表現出帶有地域文化印記的意象形態，如并州的游俠駿馬，太行之關隘險道，汾河之行船羈旅；還有一些人文景觀成爲詩人專題吟詠的對象，如鸛雀樓和長平古戰場，其深厚的歷史文化內涵引發詩人豐富的詩情，集中而大量的歌詠又強化了這種文化象徵的意義，並與當代歷史交織在一起，自然成爲三晉文化的新元素。在小說和散文的領域，地方獨特的生活和景觀更大量的進入文學的視野，河東的鹽池和并州的鐵鏡，古老的都市和軍事要塞，帝王遺迹和神祠廟宇，商人與俠士，都不同程度出現在文學家的筆下。

　　第二種關係方式，因影響的對象和途徑不同而有不同的表現形式。就影響的對象而言，因地域的不同而有本土文學家與外來文學家的分別，地域傳統對本土文學家的影響一般較外來的爲大；對於敏感的易於吸納新風俗、新文化的文學家，來到三晉地域即使是短時間內也能在作品中很快表現出當地文化的色彩，三晉文學家也能在遷移出生長地後很快地與其他地域的文化融合，失去鮮明的地域色彩；對於保守的封閉的文學家而言，即使進入一個新的地域文化環境，還是能頑強地保持著自身獨特的地域風格，如此，則三晉外來文學家就失去了考察的價值，三晉遷出文學家又成爲研究的重點。由於個性的差別，地域文化影響的程度深淺不一，甚至可有可無。那種認爲一個文學家在一地生活過一段時間，其文學創作的風格必定受所在地域文化的影響的論斷，顯然過於片面。在中華文化圈內，地域與地域之間的共性太多了，故比附性的研究常常能夠自圓其說。影響的時效性也是研究者容易忽略的一個指標，外來文學家受當地文化影響的時間和本土遷出作家攜帶的地域文化因素留存的時間，都是非常細微的，不易把握的，需要在研究中謹慎衡量。實際上，作家在一個地域生活的人生時期不同，影響也是不同的。王績基本是一生的主要創作固定在一個地域——龍門，司空圖、盧綸則是在京城和本土之間穿梭，代表性的創作還是在本土；張說、令狐楚是青少年時期離開，成年後又回到河東任職，留下數量可觀的作品，王維、岑參少年時期離開了生長地，成年後基本上是作爲一個過客有過短暫的停留，相關作品很少，楊巨源是少時離開老年歸鄉；李白的太原之遊，李賀的潞州寄食，李商隱的永樂隱居，崔顥的代北從幕，韓愈的出使停留，都有種種的差別，並非每一個居留過的詩人都可以進入研究的領域。

　　就發生影響的途徑而言，大致有人文傳統、自然環境、家族教育三個渠

道。人文和自然因素往往融合在一起，通過作家影響文體文風的選擇和形成。
并州、代北的邊塞詩，晉南王績、司空圖的田園詩，北都「富吳體」，張說、
令狐楚的應制文都與地域文化相關。具體而言，一、并州以北特殊的軍事地
理條件和頻繁的邊疆戰爭、胡漢雜居的生活環境、尚武從軍的風氣，正是邊
塞詩常常汲取的題材。但在三晉之外尚有隴西、幽燕兩個北方文化亞區的邊
塞詩創作，在三晉內部，也有中唐時代盧綸在河中府的篇章。相較南方的劍
南西川，作為同質因素更多的代北、隴西、幽燕，其邊塞詩的內質有更大的
趨同性，邊塞詩的產生因素絕非三晉獨有，因此，從與其他兩個北方亞區的
比較中提煉三晉的特色，是達到最終研究目標的有效途徑。二、田園詩的創
作，王績、司空圖所生活的龍門、王官谷的自然地貌和人文傳統造成一種隱
居的氛圍。兩個作家，佔據唐代的一首一尾，在同一個地域樹立唐詩隱逸的
標杆，是一個有趣的現象，有其必然的地域因素。龍門和虞鄉距京城不遠，
較之長安文人的終南山又保持了適當的距離，雖然也有山中別墅，但隱居的
情趣截然不同，附近首陽山的兩個古老的靈魂支撐起他們隱居傲世的信念。
王績的隱居使得他的田園詩對當代詩壇沒有發生什麼影響，儘管朝中有故舊
親友，好友呂才為他編撰了詩集，他遭到與陶淵明同樣的宿命，他不以詩而
以陰陽術數為朋友稱道，尤其是在對陶淵明模倣創作的前提下卻形成與之不
同的表現風格，除開時代與個人氣質的關係，地域也是必須考察的一個重要
因素。戴偉華教授在《唐代詩歌與地域文化》一書中有關於王績的先導性研
究，啟發筆者進一步研索的思路。三、制誥文體在太原的興盛與太原的政治
地位和教育環境應有重要關聯。「富吳體」在開元初期揚名文壇，富嘉謨、吳
少微是否在當地學習作文之法，無文獻可徵，但「富吳體」的形成在太原，
與北都的文化氛圍不無關係。令狐楚青少年時期在太原接受教育，並以太原
籍的身份參加貢舉，他的四六文創作的成功是否與太原的教育密切相關呢？
張說很少強調自己的河東生活經歷，據他撰寫的親人墓誌，他的祖父和父親
都生活在河東，本人也是在即將成年時離開河東的。可以推測，他的文學教
育有一部分是在河東進行的，而且後來他兩次歸河東都留下數量可觀的應制
詩文。事實上，杜佑在《通典》中就稱河東「閭井之間，習於程法」，並且認
為是其文學興盛的一個原因。嚴耕望先生在《唐人習業山林的風尚》一文中，
通過文獻記載推測太行山、中條山是北方的一大讀書中心。這些研究成果都
為此種文體興盛的地域因素研究提供了可能性。四、就小說而言，與地域文化

之間的互動特徵很鮮明。豪俠小說《紅線傳》、《虬髯客傳》的故事發生地都在三晉，一在澤潞，一在太原，與其特殊的軍事文化和尚武俠風有關。初唐《古鏡記》的誕生與王氏家族和本土交遊圈中盛行的陰陽術數思想有重要的關係。《無雙傳》的敘事模式則與三晉先秦時代的俠烈故事有密切的親緣關係。

　　家族教育傳統與文學創作的關係，古代文學研究成果非常多。就唐代與本論題相關的研究有李浩教授的《關中士族與文學》、《唐代三大地域文學士族研究》和梁靜的《中古「河東三姓」文學研究》，李著把河東大姓列入關中的範圍研究，梁文也僅僅在標題上注明了家族的地域屬性。本論題的觀察角度著眼於地域文化因素，而非全景式的家族文學展示。鑑於地域文化色彩的表現與本土生活經歷密切相關，在三晉文學家族的選擇上以生長於河東道的文學家為主，進入唐代以後遷出河東道的文學家族也列入考察範圍。據毛漢光《從士族籍貫遷移看唐代士族之中央化》一文研究，太原王氏，七個著房支，只有一個在河中府；河東裴氏，十二個著房支，兩個在聞喜，一個在河中府；柳氏，五個著房支，一個在河中府；薛氏，五個著房支，一個在河中府。〔註 16〕可見，河東大族遷出的比例遠高於留居於本地的比例。需要指出的是，遷出的家族，原地域的山川風土，人文傳統是造成其家族文化的基本條件。因此，對於遷出家族而言，地域因素在其性情氣質方面，總會有一定程度的遺留，無論遷徙到何方，這種遺留都不會完全消失。雖然遷移使得那些家族文學的地域特點減弱，但對於地域觀念強的家族而言，會在新的居留地形成自己的風格，並有可能影響到其他地域的創作活動。可以說，這種鑑別梳理的難度相當大，所以，也只能在前期的史料排比中擴大範圍，一步一步選擇剔除。另有一個有趣的現象，河東道文學家中家族化現象非常突出，筆者據《唐五代文學家大辭典》統計，以有直系親屬關係為準，河東道大小家族二十餘個，這樣一個文學家生成的地域特點也具有地域文化研究的價值。

　　第三種關係方式，地域內部的文化地理佈局與文學創作活動和詩人的生命心態。整體上看，三晉地域在唐代的特殊政治地位，導致產生了相對於東都西京之外的帝王文學，帝王的創作和關於帝王的創作。太原作為李唐王朝的龍興之地，女皇武則天祖籍文水縣，唐玄宗也把潞州視為發跡之地，而且太宗、高宗、玄宗和朝臣都有不同數量的文學創作，玄宗君臣之間還有一次

〔註16〕毛漢光，《中國中古社會史論》，上海：上海世紀出版集團，上海書店出版社，
　　　2002 年，234～333 頁。

大規模的巡遊式的唱和活動，表現出的一些色彩是與宮廷中的唱和不同的。
分開來看，唐代的河東道先後設置過長短不同的四個節度方鎮，河東、河中、
澤潞、大同，這樣的分區大致符合河東道內部的文化分區，即使今天看來，
也具有其合理性。代北是軍事前沿，胡漢雜居；并州是雄藩巨鎮，大唐北都；
河中是京師屏障，唐堯故里；澤潞是盤踞太行，勒控河內。這四個文化亞區
中，代北在唐代沒有產生一名本土作家，就大同市出土的墓誌看，幾乎全是
軍人身份，其軍事文化色彩是很濃的，軍事生活、塞外風俗、自然風光成爲
作家關注的創作對象，像崔顥、馬戴、許棠都有長期幕府生活的體驗，只是
缺少文學集會酬唱活動的記載。澤潞節度使駐地在太行山深處，其設置的軍
事意義遠大於政治意義，唐代只有四名詩人產生（涉縣應排除在外，現屬於
河北，爲牽制河北節鎮，太行山以東河北平原上的邢、洺、磁三州也在澤潞
節度使的管轄範圍，基本不屬於一個文化區，因此，不列入考察範圍）據戴
偉華《唐方鎮文職僚佐考》，該節度使幕府的文學家相對較少。最突出的是李
賀，據朱自清、錢仲聯《年譜》，他的最後三年是在潞州度過的。這在他的生
命旅程中應是一個非常重要的居留地，然而他投奔澤潞節度幕府是靠友人的
接濟還是做幕府從事，還是單純的遊歷，是否僅僅局限在潞州一地，迄無定
論，有進一步釐清的必要，他在這一時期的心態與創作特點也應予以考察。
河東節度使無疑是河東道的最重要最大的政治軍事中心，對於唐王朝的安危
至關重要，故北都的藩臣節帥許多都是文武兼資的朝廷重臣，像張嘉貞、張
說、裴度、張弘靖、令狐楚都是一時之選，因此，在太原幕府的文學集會活
動相對而言是比較多的，記載比較全的卻只有一次。先後有吳少微、富嘉謨、
李德裕、令狐楚、李商隱等散文大家在幕府中供職，形成了持續不斷的散文
創作的興盛現象。河中府由於臨近長安，本身的歷史文化底蘊深厚，圍繞著
名景觀的創作活動非常多，如鸛雀樓、白樓、逍遙樓、汾陰后土祠、普救寺、
蒲津關都是文人流連吟賞的形勝之地。

第三節　研究方法和目標

　　本論題屬於文化與文學關係的研究，因此除具體論述中常用的如統計
法，歸納法，演繹法等一般技術性研究方法外，結合本論題的具體特點，在
整體的研究過程中，主要運用四種方法：交叉研究，比較研究，動態研究，

影響研究。一、交叉研究。在地域文化的考察中，充分借鑒歷史地理學和文化地理學的研究成果和方法，在文學的文化表現方面，借鑒文化批評學的方法。二、比較研究。爲了突出三晉文化的獨特要素，需要在與其他相似地域的比較中展現出來；地域文化對作家的影響需要在其前後創作的比較中凸顯；同區域內次文化區之間的文學創作活動需要在比較中探求其分佈格局的特點和原因。三、動態研究。文學家的分佈和文學活動的分佈整體上運用靜態的描述方式。地域文化的因素應放在歷史變遷的背景上分析；攜帶著地域文化因子的作家的活動範圍很大，生活地點屢有變遷，在唐代尤甚，動態的角度更能較爲眞實地貼近文學創作的現實。文化與文學之間的關係應該是一種互動關係，絕不是單方面的，靜止的。四、影響研究。三晉歷史傳統對唐代三晉文化的形成和表現有著巨大的根本性的影響；自然地理環境對於詩歌風貌的影響；人文傳統和家族教育對文學家的影響。

　　本論題的研究期於完成以下問題的解決：描述三晉文化區域內唐代文學創作分佈的一般風貌；揭示三晉文化對唐代文學創作類型的獨特貢獻；闡明三晉文化對唐代不同文體的發展所產生的影響；剖析三晉文化對唐代作家創作風格的形成及轉變的影響；三晉地域作爲許多文學家人生旅途中的驛站所具有的文化和文學意義。

第一章　三晉文化概說

　　三晉作爲現今山西省的雅稱，爲一般文史研究者所習用，大眾亦習於接受，不致發生邏輯指稱上的混亂，故本論題亦採用此雅稱討論古代山西文化。此處稍爲釐清之。「三晉」一詞最早見於《商君書‧徠民》：「秦之所與鄰者，三晉也。」〔註1〕《戰國策卷十八‧趙策》中也屢有出現，「及三晉分智氏，趙襄子最怨智伯，而將漆其頭以爲飲器」〔註2〕，「三晉合而秦弱，三晉離而秦強」〔註3〕。很明顯，此處三晉所指乃一國家概念，分指韓魏趙三國，而進入戰國以後，韓都新鄭，魏都大梁，趙都邯鄲，三國之疆域皆越出了今山西省區域範圍，亦遠大於唐代之河東道。「三晉」一詞由國家概念轉爲地域概念，始自北魏王遵業的《三晉記》〔註4〕，之後三晉便常常作爲山西地域的雅稱而被廣泛使用。唐人也有以三晉指稱河東道的習慣，如張喬《題河中鸛雀樓》即有「水連三晉夕陽多」之句。宋人謝悰更明確地以三晉指稱唐代的河東道：「三晉之地，古爲冀州。北接雁代，據雁門、雲中之塞，東達趙魏，帶太行、碣石之險。大河界其西，汾水貫其中。堯之所都，晉之所封，唐之所興地也。」本論題之三晉文化主要就是唐代的河東道文化，其地理範圍西、南兩面以黃河爲界，東依太行，北至雲中馬邑，與唐代河東道實

〔註1〕高亨，《商君書注譯》，北京：中華書局，1974年。
〔註2〕范祥雍，《戰國策箋證》，上海：上海古籍出版社，2006年，955頁。
〔註3〕范祥雍，《戰國策箋證》，上海：上海古籍出版社，2006年，1008頁。
〔註4〕王遵業《三晉記》十卷已佚，散見於樂史《太平寰宇記》。

際轄區稍異，與今山西省轄區大致相同〔註5〕。

　　把河東道作爲唐代一個獨立的文化區看待，與以往通行的觀點有異。唐柳芳《姓系論》劃分士族的地域歸屬云：「山東則爲郡姓，王、崔、盧、李、鄭爲大，關中亦號郡姓，韋、裴、柳、薛、楊、杜首之；代北則爲虜姓，元、長孫、宇文、於、陸、源、竇首之。」〔註6〕。其中裴、柳、薛爲河東大族，柳芳將其歸入關中立論，其原由概有二，河東概念狹義而言，大略指唐河東道河中府所轄範圍，此區域漢代至北魏都作爲直屬中央的司州而存在，習慣上將此地域與京師連爲一體，此其一；唐代河東大族絕大多數已遷移至東都或西京，留在原籍的房支是極少數〔註7〕，此其二。故稱其爲關中郡姓亦有一定之合理性。李浩教授《唐代關中士族與文學》、《唐代三大地域文學士族研究》兩書亦將裴、柳、薛列入關中地域，但其所關注的是士族層面，眞正與地域文化的聯繫並不多。另有嚴耕望先生之觀點，認爲「關中、山西在人文地理上，自古爲一個區域，漢世所謂關西出將者也，至唐蓋猶不改」〔註8〕。嚴氏爲歷史地理宗師，此處所論亦不免草率。關中與山西，先秦時代分爲兩國，後世亦不在一個行政區，雖文化風貌上有若干相似之處，然其自然地理差異還是非常明顯的，所謂「自古爲一個區域」，實難成立。他又認爲唐代前期時人之地理範圍有三，關中，山東，南方，與李浩之劃分同，總之河東未成爲一獨立之文化區域。實質上，將河東道作爲一個獨立文化區進行研究，亦有其學理上的可行性和歷史認知的客觀依據。就學理而言，文化區的形成主要依賴於自然環境和社會活動兩大因素之影響，其中自然環境先天地決定了文化區域內的一些基本屬性，而社會活動之作用重要的一面即是體現爲行政區劃對文化的融合交流所起的引導規約作用。周振鶴認爲就全國各文化區而言，自然區域、行政區域、文化區域三者一致的情形不多〔註9〕，而三晉文化應是其中一致性程度較高的一個文化區域，

〔註5〕晉南之永樂、河北、安邑、夏縣四縣曾一度屬於陝州管轄，今劃入考查範圍，河東道之虢州已入河南範圍，蔚州之飛狐、興唐二縣，潞州之涉縣屬太行以東，今河北省管轄，由於其行政區劃純爲政治軍事的需要，與自然地理單元和傳統風俗區不一致，故不列入研究範圍。

〔註6〕董誥，《全唐文》卷372，北京：中華書局，1983年。

〔註7〕毛漢光，《中國中古社會史論》，上海：上海世紀出版集團，上海書店出版社，2002年等，234～333頁。

〔註8〕石璋如等，《中國歷史地理》（下）《唐代篇》，臺灣：中國文化大學出版部印行，1984年，428頁。

〔註9〕周振鶴，《文化區域的分異與整合──陝西歷史地理文化研究·序》，張曉虹

左太行右呂梁的狹長谷地，由滹沱河、桑乾河、汾河、涑水河串起一連串盆地，此一非常封閉的地理環境極易形成較爲穩定持久的地域文化風貌。唐代首先將現在山西省所在的這一地理單元作爲一個統一的行政區進行管轄，以後歷代相沿，這就意味著河東道作爲一個獨立的文化區具備了自然地理與行政地理相一致的客觀條件。歷史認知方面，唐代人對河東道地域的感知也有較爲一致的指向，張偉然先生《唐人心目中的文化區域及地理意象》一文，從唐人的角度劃分他們心目中的感覺文化區，在北方四區中，有大體並列的四區，關中、河東、河北、河南，雖然河東作爲一個區域其顯赫程度似不及另外三區，以致連他專有的地域名稱都不曾出現〔註10〕。他認爲，從柳芳的士族地域分類中，代北作爲與山東關中相對立的地域，說明在後兩個地域中間還應有另一個地域存在，此地域即是河東。（此論似可商榷）雖然此區的地域範圍較爲明確，但在唐人的稱謂卻各有不同。有時以河東稱之，如李世民，「太原王業所基，國之根本；河東富實，京邑所資，若舉而棄之，臣竊憤恨。」〔註11〕有時以山西稱之，如虞世南，「山西多勇氣」〔註12〕，杜佑「山西土瘠，其人勤儉」〔註13〕。但其文化的歸屬，時人普遍地把河東與古代的晉聯繫，唐玄宗《南出雀鼠谷答張說》有「歸途猶在晉，車馬漸歸秦」〔註14〕，白居易有「晉國封疆闊，并州士馬豪」〔註15〕，張喬《題河中鸛雀樓》「樹隔五陵秋色早，水連三晉夕陽多」〔註16〕，特別是柳宗元的《晉問》一篇統河東道一體而言之〔註17〕。以上唐人之文化區感覺認知，說明河東道作爲一個獨立的文化區是客觀存在的。當然，文化地理學上的文化區的劃分是相對的，其邊界往往是模糊的，文化區內也非完全一致，此不具論，後文詳述。

　　此論題之三晉文化既然限定於唐代，則關於三晉文化的考察，其時間限斷則從遠古至唐代，唐以後勿論，有可以說明唐代文化風貌的現代遺存，則

　　　著，上海：上海書店出版社，2004年。
〔註10〕李孝聰主編，《唐代地域結構與運作空間》，上海：上海辭書出版社，2003年，385頁。
〔註11〕〔五代〕劉昫，《舊唐書》，北京：中華書局，1975年，25頁。
〔註12〕見《全唐詩》卷363《出塞》，北京：中華書局，1960年。
〔註13〕杜佑，《通典》，北京：中華書局，1988年，4745頁。
〔註14〕《全唐詩》卷3，北京：中華書局，1960年。
〔註15〕見白居易《寄獻北都留守裴令公》，《全唐詩》卷457，北京：中華書局，1960年。
〔註16〕見《全唐詩》卷639，北京：中華書局，1960年。
〔註17〕柳宗元，《柳河東集》，上海：上海人民出版社，1974年。

間涉之。

　　蓋地域文化的形成，最早地決定於該文化所處之地理環境，而且在以後的發展中也會一直受制於此一地理因素；由於文化的歷史繼承性，唐代的三晉文化，絕不僅僅限於唐代當代的文化表現，而是自有人類以來三晉地域文化形成演變積澱的結果；在與文學的關係中，河東道唐代的當代文化表現無疑是最具體生動、最密切的部分；與文學發生聯繫的最內在的文化因素應是地域的文化精神和文化特徵。故本章分別就三晉的自然地理環境，三晉唐前文化源流，唐代河東道的文化風貌，三晉文化的內涵四個部分展開論述。

第一節　三晉文化賴以存在的自然環境

　　一定的自然地理條件孕育一定地域的文化因素，決定著地域文化的個性特徵。三晉文化就是由三晉特殊的自然地理與人文地理環境中產生發展的。其中自然地理方面有地形、氣候、土壤、水文、植被等要素，人文地理方面主要有生產活動和交通關隘。

一、多樣的地形與複雜的氣候

　　今日山西之地理輪廓似由東北斜向西南的平行四邊形，其地勢東西兩邊多山，貫通中部的河谷盆地略呈北高南低之勢。東部的太行山與華北平原隔起了一道天然屏障，西部呂梁山已屬於黃土高原的東部。東北部的五臺山，號稱「華北屋脊」，其中北臺海拔 3058 米，為本區第一高峰。中部有太嶽山，南部有中條山，其海拔均在 1500 米以上。與上述諸山相連的是高原和丘陵，太行、太嶽和中條山之間是晉東南高原，呂梁山以西是黃土高原，高山、高原、丘陵占全區域總面積的 72%。

　　山嶺、高原、丘陵相互交錯，形成若干盆地。由北到南、由高到低依次是大同盆地、忻定盆地、晉中盆地、臨汾盆地、運城盆地，尚有晉東南的上黨盆地。這些盆地，都在山地的陷落地帶，遠古時期皆為面積很大的湖泊。「除高峻的山嶺外，大部分地區繼承了上新世的古地理格局，為湖水佔據。自北而南依次有泥河灣古湖（大同古湖）、忻定古湖、晉中古湖、臨汾古湖、侯馬古湖、三門古湖。晉東南的許多山間盆地如榆社等也為湖水佔據，其它如古交、蒲縣等地也都在不同程度上發育有湖相地層，人類主要生活於湖濱或河

流附近。」〔註18〕如晉中盆地，則是著名的昭餘祁藪乾涸枯竭的結果，在唐時尚有遺存。這些盆地皆為早期農業文明的發生地。

　　三晉地區的氣候，受到地形和緯度的綜合影響。從緯度來看，三晉處於北緯 34°16′至 40°44′之間，屬於北暖溫帶到溫帶的過度地帶。從經度而言，處於東經 110°15′至 114°32′之間，屬大陸東岸溫帶季風氣候區。這種過渡性的氣候帶複雜多變，再加上地形的差異，使東西南北之氣候呈現顯著差異。南北兩個氣候帶，以恒山、內長城為分界線，恒山以北屬於溫帶季風型大陸氣候，以南為暖溫帶季風型大陸氣候。而且由北而南地形逐漸降低，北部的大同盆地，海拔 1000 米左右，南部的運城盆地海拔為 200 到 300 米之間，使南北的溫差增大，北部出現高寒區，南部出現暖濕區。東西方向而言，雖無南北差異大，亦存在兩個不同的氣候帶。呂梁山北部和晉西高原，比太行山南部和晉東南高原要寒冷許多。

　　另外，三晉地區的氣候垂直變化也非常明顯，丘陵與高原，高原與山嶺，盆地內與盆地邊緣，其氣候往往有所不同。東北之五臺山與西北之呂梁山的一些高峰終年積雪，而五臺山腳下的忻定盆地，呂梁山東部的晉中盆地卻只有較暖的冬季。就全境氣候變化而言，總體上冬春長，夏季短，冬春兩季寒冷乾燥，夏秋兩季溫熱多雨。但實際情形各地又有所不同，由於山地、盆地、高原、丘陵相交錯，其降水很不均勻。冬季受西北寒潮之影響，應有多次降雪，然而山嶺的阻隔導致西北多東南少的分佈特點；夏季受東南季風的影響，降雨量較為集中，雨量分佈卻是東南多西北少。氣候之南北東西差異，自遠古時代皆然。秦漢以後，隨著華北地區的氣溫逐漸降低，三晉地區汾河中下游流域氣候開始變得溫暖而乾燥，三晉北部地區氣溫也有所提高。

　　總之，三晉地區複雜的地形和多變的氣候，給居住者的生產活動和社會生活帶來了多樣性，因而也形成了其內部物質文化與精神文化的差異性與多層次性。

二、土壤、水文、植被

　　三晉屬黃土高原腹地，除一部分石質山地黃土覆蓋較薄外，丘陵溝壑、河谷平原地帶大多沉積著數十米以上的黃土層。三晉內部一連串珠狀盆地及

〔註18〕山西省考古研究所，《山西考古四十年》，太原：山西人民出版社，1994 年，44 頁。

盆地周圍的丘陵，黃土堆積深厚，礦物成分豐富，不易風化，並且有良好的保水、供水性能，不但容易開墾，而且非常肥沃，有利於作物栽培。「它的保墒能力使它能在雨水很少的條件下獲得豐收。因此，可以想見，爲什麼黃土區是中國古代農業最古老的中心區」〔註19〕。

除土壤作爲農業發生的主要條件外，水文的狀況也強烈地影響著人類的生產活動。三晉地區的西部和南部爲黃河所環繞，內部有十條大的河流分別彙入黃河與海河。其中汾河、涑水河、朱家川河、三川河、昕水河、丹河、沁河屬黃河水系，桑乾河、滹沱河、漳河屬海河水系。這些河流大多源於高山峽谷中的泉流與雨季的山洪，有明顯的漲水期與枯水期，水流量極不穩定。水量比較恒穩，流域面積最大的是汾河，其次是桑乾河、滹沱河、漳河和涑水河，絕大部分河流均屬於發源於境內的外流河。三晉是北方熔岩泉水發育的典型地區，泉水主要分佈在呂梁山、太行山及晉西北地區，是河川的主要補給水源。

汾河是省內最大的河流，從呂梁山脈北部管涔山南麓雷鳴寺泉發源，中經晉中盆地、臨汾盆地、運城盆地（共二十個縣市），中途彙集晉中之文峪河、洞渦水，南部之澮水河、澗河等支流，於運城盆地向西南注入黃河。全長716公里，流域面積3.94萬平方公里，幾乎縱貫三晉南北，屬黃河第二大支流。早期汾水古河道沿太原西南行，流至太嶽山爲靈石峽所阻，在晉中形成面積很大的古湖——《爾雅》中稱之爲十藪之一的昭餘祁，漢魏以後逐漸縮小，至酈道元《水經注》的時代，昭餘祁古湖分爲鄔澤、汾陂、祁藪等小湖沼了，至唐尚存。汾水在隋唐時擺蕩至今祁縣、平遙一帶，致使其中下游留存許多小湖澤，《水經注》中所載就有文澤、方澤、王澤、洞渦澤等，至唐時又有捕魚之力。汾水是河東道出現在唐人詩文中最多的一條河流。

其次尙有大同盆地之桑乾河向東北進入燕山以北地區，忻定盆地之滹沱河向東越太行山入華北平原，沁河自太行山東麓自北而南入黃河，分別發源於石灰岩和黃土高原的清、濁兩條漳河合流以後穿越太行進入海河。涑水河是三晉唯一的一條內流河，發源於絳縣，至永濟入五姓湖，其流域有農鹽之利，是古代文明的發源地。

與水文氣候相伴的，有植被的變遷。據研究，從新石器時代中後期到夏商周時代，三晉地區平均氣溫高出現在2℃左右，冬季氣溫高出3到5℃〔註20〕，

〔註19〕李約瑟，《中國科學技術史》第一卷，科學出版社，1975年，145頁。
〔註20〕竺可楨，《中國近五千年來氣候變遷的初步研究》見《竺可楨全集》第四卷，

因而雨量充足，林木草原遍地，當時此區域森林面積約占土地面積的 63%，草地占 6%〔註 21〕。尤其是晉南，緯度地勢均低，此處出土的舊石器時代早期動物化石，既有哺乳類動物之大象、野牛、野馬、披毛犀，又有水生類之魚鼈、巨河猩，更有屬於亞熱帶的大熊貓、東方劍齒象等，以此可推測當時的森林、草地、河流之豐富充足。迄今在中條山主峰舜王坪方向，方圓 200 平方公里的地區，還完整的保存著面積為 12000 畝的原始大森林，共有樹種 160 餘種，並有亞熱帶罕見的連香樹古生樹種〔註 22〕。

與現在溝壑縱橫，荒山秃嶺的植被面貌相比，封建時代三晉的森林資源非常豐富。直到南北朝時代，洛陽地區的土木營建所需木材主要來自呂梁山北部之林區〔註 23〕，酈道元《水經注》記載了北魏時期三晉林木水源之豐富。如汾水源頭的東西溫溪之間，「水上雜樹交蔭，雲垂煙接」〔註 24〕；汾水支流原過水的源頭，「攢木猶茂」〔註 25〕；晉水源頭所在的晉祠，「左右雜樹交蔭，稀見曦景」〔註 26〕；平陽境內平水源頭，「其地茂林翳鬱，俯枕清流」〔註 27〕；滹沱河的上游，水流「懸河五丈，湍激之聲，響動山谷，樵伐之士，咸由此度」〔註 28〕，而森林採伐亦以河流為運輸通道，水流之上「巨木淪湑，久乃方出，或落懸崖，無不粉碎也」。可以推測，到隋唐時期，其森林覆蓋率甚高。豐富的水源和大面積的森林、草地、厚積的黃土層為農業文化和畜牧業文化的發生發展奠定了良好的基礎。

上海科技教育出版社，2004 年，453～454 頁。

〔註 21〕凌大燮，《我國森林資源的變遷》，《中國農史》，1983 年第 2 期，33 頁。

〔註 22〕《中條山原始森林》，《人民日報》，1984 年 6 月 27 日。

〔註 23〕《周書》卷十八列傳第十《王羆傳》：「授右將軍、西河內史。辭不拜。時人謂之曰：『西河大邦，俸祿殷厚，何為致辭？』羆曰：『京洛材木，盡出西河，朝貴營第宅者，皆有求假。』」〔唐〕令狐德棻，《周書》，北京：中華書局，1971 年，291 頁。

〔註 24〕〔北魏〕酈道元，《水經注疏》卷六，楊守敬、熊會貞疏，南京：江蘇古籍出版社，1989 年，525 頁。

〔註 25〕〔北魏〕酈道元，《水經注疏》卷六，楊守敬、熊會貞疏，南京：江蘇古籍出版社，1989 年，603 頁。

〔註 26〕〔北魏〕酈道元，《水經注疏》卷六，楊守敬、熊會貞疏，南京：江蘇古籍出版社，1989 年，610 頁。

〔註 27〕〔北魏〕酈道元，《水經注疏》卷三，楊守敬、熊會貞疏，南京：江蘇古籍出版社，1989 年。

〔註 28〕〔北魏〕酈道元，《水經注疏》卷六，楊守敬、熊會貞疏，南京：江蘇古籍出版社，1989 年。

三、物質生產活動

在自給自足的自然經濟區內，生產方式基本是農業和畜牧業。三晉地區由於山地、高原、丘陵、盆地的交錯互存，故其境內存在農耕文化和畜牧文化兩種生產文化區。三晉農業的發生最早在晉南盆地，濕潤之氣候、充足之水源、疏鬆之土質，爲農業的開闢發展提供了優越的條件，自然形成農業文化區。實際上，由於地形條件的限制，三晉農業較爲發達的地區，大都集中在由北而南的一系列盆地中，這些地區的農業發達程度遠高於山區。至春秋中後期，晉中盆地的農田水利事業已經相當發達，水稻、小麥已成爲主要農作物。桑乾河、滹沱河流經的大同、忻定盆地，在春秋至秦漢雖然一直是漢族與少數民族爭奪的地區，其農業發展亦不慢。盆地內的農業區，雖發展程度不同，但在三晉的早期歷史中，卻形成了相對獨立的農業文化體系。

三晉廣大的山區，是畜牧文化產生的基本條件。春秋時代，中條山有皐落氏之戎，黃河東岸的呂梁山區有犬戎，晉東南高原有赤狄、潞狄、鋒辰、留籲之戎，晉西北則有林胡、樓煩之戎。這些少數民族依賴著山區豐美的水草，從事畜牧和狩獵，雖然沒有統一的政治組織，卻也從整體上形成了一種畜牧文化。只是這種畜牧文化沒有獨立地延續下來，一方面，受到自然環境惡化的影響，不得不轉移或衰弱，另一方面農業文化對畜牧文化的不斷蠶食，也導致其逐漸衰落。春秋時期魏絳和戎，以晉國無用之寶貨易戎狄有用之土地，即是蠶食之一例。故戰國以後，三晉境內的畜牧業已非獨立之文化，而成爲農業之補充與附庸。直到唐代，呂梁山北部山區依然是理想的放牧場，唐政府於此設牧馬監，放養戰馬。

綜上所述，三晉地區客觀的地理環境和自然條件，爲盆地內農業文化的發育，山區畜牧文化的產生造成了可能，人類對自然的自覺適應與改造能力，使此種可能成爲現實，從而最終形成了以盆地爲中心的農業文化區和山區爲主的畜牧文化區。在此兩種文化區內，物質文化與精神文化都表現出本質的差別。雖然隨著自然和社會條件的變化，農業區逐步擴大，畜牧業逐漸衰落，全境主要由農業文化主導。而在精神氣質方面，兩種文化的差別延續下來，農業文化的纖儉習事，柔順內斂與畜牧文化的好氣任俠、豪放倔強融合在三晉人民的性格中，時時有所表現。

四、交通地理

　　關於三晉所處之地理優勢，顧祖禹有一段經典之描述，他說：「山西之形勢最爲頑固。關中而外，吾必首及夫山西。蓋語其東則太行爲之屛障；其西則大河爲之襟帶；於北則大漠、陰山爲之外蔽，而勾注、雁門爲之內險；於南則首陽、底柱、析城、王屋諸山濱河而錯峙，又南則孟津、潼關，皆吾門戶也。汾澮縈流於右，漳沁包絡於左，則原隰可以灌注，漕粟可以轉輸矣。且夫越臨晉，泝龍門，則涇渭之間可以折箠而下也。出天井下壺關，邯鄲、井陘而東，不可以惟吾所向乎？是故天下之形勢必有取於山西也。」〔註29〕就華北自然地形看，山西高原處在游牧民族盤踞的蒙古高原和華北關中平原之間，地形險要，成爲阻擋北方民族入侵的屛障；相對於中原而言，山西高原依憑太行之險，黃河之阻，進退攻守，因利乘便，其軍事地理優勢至爲明顯。向東穿越太行山，有八條孔道通向河北平原，俗稱「太行八陘」。此八陘依次是：

　　　　軹關陘。在今濟源縣西11公里處，是華北平原進入三晉之第一條通道。有道通垣曲縣古城。十六國時，石虎由此入擊前趙之河東；北齊時，斛律光在軹關西築勳掌城，防北周軍隊之偷襲。

　　　　太行陘。位於太行山南麓丹水之出口，今沁陽縣與晉城縣之間，闊三步，是上黨盆地南出的主要通道，其北有天井關，又名太行關，漢唐五代一直爲兵家必爭之地。

　　　　白　陘。又名孟門，位於河南輝縣西，是豫北與晉南之間的孔道。春秋時，齊晉爭霸，齊師由此而入伐晉。

　　　　滏口陘。位於河北磁縣西北石鼓山口。魏晉時，其東口正對鄴都，是上黨地區東出之要道。戰國時，秦軍由滏口陘東出，直接威脅趙都邯鄲。

　　　　井　陘。又名土門口，河北獲鹿縣西南十里，四面高，中央低下似井，故名之。秦始皇十八年王翦伐趙，漢韓信、張耳東下擒成安君陳餘皆走井陘。拓跋鮮卑從平城揮師南下滅後燕亦從此出。井陘是三晉東出太行山最捷近之路。

　　　　飛狐陘。一名望都關，在今河北淶源縣北，崖壁夾之，一線微通，蜿蜒

〔註29〕〔明〕顧祖禹，《讀史方輿紀要》，上海：上海書店出版社，1998年，268頁。

百里，是古代河北平原與雁門地區的交通孔道，可以直接桑乾河上游盆地。西漢初酈食其說漢高祖據飛狐之口，以防匈奴偷襲。

蒲陰陘。在三晉段稱靈丘道，位於河北易縣西北。蒲陰陘至淶源與飛狐陘相交。

軍都陘。即居庸關，是從桑乾河上游大同盆地東出的要道。

除太行八陘外，太行間小路尚有晉城至沁陽的白起羊腸阪，長治到林州的曹操羊腸阪。

三晉北部有內外兩道長城阻擋少數民族的入侵，西部、南部主要是黃河要道關口通向關中、河南。重要的關口有：

永和關。在山西永和縣西 35 公里處，和陝西延水關隔河相對。兩岸峭壁懸崖，異常陡峻，是古代通向陝北之主要通道。

禹門渡。在河津市西北 15 公里處，黃河在此衝出峽谷，河面變寬。古渡口在龍門山腳下。

蒲津關。在永濟市西，是歷史上關中平原通往三晉的重要通道。

風陵渡。永濟市南 30 公里處，和潼關華山隔河相望。

茅津渡。在平陸縣，是從河南三門峽北上過黃河越中條山進入運城盆地的主要通道。

在三晉內部，各歷史時期，爲加強京師對各地的政治控制和戰爭需要，秦至唐有三次在本區大規模修路，一是秦始皇修馳道，北達晉北，貫通韓魏趙舊地；二是隋煬帝開通了太行山以東至太原的御道；三是唐代修築了始於長安，渡黃河北至太原，東出娘子關至范陽的北幹線。境內道路如線一樣，把各個盆地串起來，盆地之間的山道，成爲交通的咽喉要地，雁門關，石嶺關，冷泉關，陰地關，隘口，皆設在盆地與盆地之間的山嶺之中。

特殊之地理條件，使三晉成爲歷史上的軍事要地。據統計，先秦至隋唐在三晉地區發生的大規模戰事有 455 次，同期現有的古戰場遺存 250 餘處〔註30〕。現存古關隘 164 處〔註31〕，戰爭遺址和關隘數量皆爲全國第一。

〔註30〕李愛軍，《飛狐上黨天下脊——山西歷史軍事文化景觀及分佈研究》，太原：山西出版集團，山西人民出版社，2009 年，73 頁。

〔註31〕李愛軍，《飛狐上黨天下脊——山西歷史軍事文化景觀及分佈研究》，太原：山西出版集團，山西人民出版社，2009 年，86 頁。

另外大同、朔州、忻州、呂梁四地 70% 以上的縣市，太原、陽泉、晉中、長治、臨汾、運城六地 40% 的縣市，都起源於歷史軍事城堡。「在春秋戰國以後的很長的歷史時期，山西城市建設的指導思想，並不是以發展經濟為目的，而是作為歷史戰爭重要策源地和重要的政治邊緣地域，用軍事地理思想來指導城市的規劃和區域城市佈局的」〔註 32〕。大量的戰爭遺址、軍事古城和軍事關隘分佈在三晉的高原、山谷、盆地之間，其軍事文化色彩是很濃的。

綜上所言，複雜的地形地貌，差異懸殊的氣候分佈，使三晉地域內的文化呈現出多層次性和豐富性，適宜的氣候和優良的土壤使山間盆地成為農業文化的發達地帶，而茂密的植被和充沛的水源使山地成為天然的牧場，孕育發展了畜牧文化，一主一輔，成為三晉精神文化的兩種基本元素；作為中原與草原的連接通道，三晉地區成為游牧文明與農耕文明反覆衝突融合的歷史舞臺；其表裏山河的優越軍事地理位置和靠近京師的行政地緣，孕育了深厚悠久的軍事文化，尚武精神成為三晉人民非常突出的文化性格。

第二節　唐前三晉文化源流

三晉文化源遠流長，唐代的三晉文化無疑是歷史積澱與時代塑造的結果。鑒於文化的廣泛性，本節不擬對物質文化、制度文化、精神文化作全景式的尋源溯流，而是主要圍繞精神文化層面，間涉物質與制度，就不同歷史階段三晉文化的主要表現形式及主要表現特徵，以及不同時期之間同類文化要素的衍變嬗遞，作一簡略梳理。根據不同歷史時期三晉文化載體的不同及國家形態的差異，將唐前三晉文化分為四期進行討論：一，新舊石器時代考古文化；二，古史傳說時代文化；三，商周至戰國時代三晉核心文化；四，秦漢至隋，三晉文化的傳承與新變〔註 33〕。

〔註 32〕李愛軍，《飛狐上黨天下脊——山西歷史軍事文化景觀及分佈研究》，太原：山西出版集團，山西人民出版社，2009 年，91〜92 頁。

〔註 33〕關於戰國之前三晉文化之分期，其上限有不同觀點，蘇秉琦、王克林先生主張以陶寺文化為上限，其時出現了國家之雛形；吉琨璋、吳振祿認為應嚴格以叔虞封唐這一有明確歷史記載的政治事件為上限。詳見李元慶，《晉文化研究中的宏觀理論問題綜述》，見《晉學初集》，太原：山西人民出版社，2003 年，3〜25 頁。筆者此處取寬泛意義上的三晉概念，國家形成以前三晉地區已經有考古文化上的連續性，前後完整銜接，故可視為三晉文化的史前孕育期。

一、新、舊石器時代之考古文化

（一）舊石器時代

人類原始社會之舊石器時代，根據石器打製技術和生產力水平，分爲早中晚三期，紀元前 300 萬年至前 20 萬年爲早期，前 20 萬年至前 10 萬年爲中期，前 10 萬年至前 1 萬年爲晚期。

山西地區舊石器時代文化積纍非常深厚，共發現舊石器時代遺址 255 處〔註34〕，尤其是早期遺址，國內共有 200 餘處，山西即有 157 處〔註35〕，此區的舊石器遺址分佈非常廣闊，北起大同，南至三門峽水庫區和晉陝豫交界的黃河拐角處，西到黃河沿岸，東達太行山之壽陽、平定，皆有考古之發現，且貫穿了整箇舊石器時期。

其早期遺址，以西侯度文化和匼河文化爲代表。西侯度遺址位於晉南芮城縣風陵渡鎮以北約 10 公里的西侯度村一帶，距今 180 萬年。不僅爲中國境內最古老的文化遺址，世界範圍內亦少見。西侯度文化特點有二：一是石器之使用。發掘出的砍斫器、刮削器和三棱大尖狀器，考古學家稱之爲「大石器傳統」，是華北地區舊石器時代兩大傳統工具之一，由西侯度人開創；同時西侯度人主要以石片加工工具，考古學家稱之爲「石片文化傳統」，世界上以中國爲最早〔註36〕，並成爲中國舊石器文化的主要特徵。二是火的使用。遺址中被火燒過的動物器官化石，說明西侯度人已開始用火，開創了中國用火的最早記錄，比北京人用火提前了 100 多萬年。匼河文化遺址位於芮城縣風陵渡西北 7 公里的匼河村一帶，距今約 60〜70 萬年。其文化特徵可以說是對西侯度文化的繼承和發展，沿用了西侯度人的石器製作技術而有所提高，多數石器進行兩次加工，且發明製作了小尖狀器與石球，發展了大石器傳統之外的又一文化傳統，透出演進的信息。西侯度文化與匼河文化所在的晉西南黃河沿岸一帶，還發現了一大批舊石器時代遺址，如此密集的分佈說明此一地區爲原始文化的重要發源地之一。由西侯度人開創的原始文化，經一代代原始人傳承創新，一步步形成了在華北地區占主導地位的舊石器文化發展序列。

〔註34〕山西省文物局編，《山西文物選粹》，太原：山西人民出版社，1984 年。

〔註35〕山西省考古研究所，《山西考古四十年》，太原：山西人民出版社，1994 年，44 頁。

〔註36〕賈蘭坡等，《西侯度文化遺存》，見《山西舊石器時代考古文集》，太原：山西經濟出版社，1991 年。

　　舊石器時代中期以丁村文化和許家窯文化爲代表。丁村遺址位於臨汾盆地南端襄汾縣丁村附近的汾河兩岸，分佈在以丁村爲中心南北長達 11 公里的範圍內。丁村文化「不是單一的舊石器時代中期文化遺址，而是一個包括舊石器時代早期和晚期在內的丁村遺址群」〔註37〕，其文化主體距今 14～15 萬年。丁村文化之特點有：第一，在山西首次發現人類骨骼化石，是「介於中國猿人與現代人之間的人類」〔註38〕，屬於人類學上的早期智人，較接近於現代人的蒙古人種〔註39〕。第二，工具製作方面，不僅增加了石核石器，而且以三棱尖狀器爲代表的粗大石器製作技術更加精緻嫻熟，說明粗大石器傳統已經走向成熟。第三，丁村文化分佈更加密集，範圍更廣，包括了汾河上、中、下游，跨越了早、中、晚三期。特別是到晚期的丁家溝遺址，同時存在粗大石器和細石器兩個傳統，說明丁村文化到後期已經發展到了一個新的文化階段〔註40〕。丁村文化無論是在山西地區的舊石器文化由南向北的推移過程中，還是由粗大石器向細石器文化的演化中，都處於承前啓後的地位，「無論在中國在歐洲從前都沒有發現過類似的文化。它是在中國黃河流域中下游，汾河沿岸生活的一種人類所特有的文化」〔註41〕。許家窯文化位於山西北部的大同盆地東北，桑乾河流域陽高縣古城鄉許家窯村東南 1 公里處，距今約 10 萬年。許家窯文化特點有二：第一，發現的人類骨骼化石最多，共 20件，據研究，與北京猿人有親緣關係，正處於向現代人過渡的階段。第二，生產工具以細石器爲主，共出土石製品兩萬餘件〔註42〕，各種小石器類型多，製作精細，說明許家窯文化屬於華北地區舊石器兩大傳統之一的「小石器傳統」。考古學家認爲，「許家窯文化有很多北京人文化的成分，又有很多峙峪

〔註37〕裴文中、賈蘭坡，《丁村舊石器》，見《山西舊石器時代考古文集》，太原：山西經濟出版社，1991 年。

〔註38〕吳汝康，《丁村人牙齒化石研究》，見《山西舊石器時代考古文集》，太原：山西經濟出版社，1991 年。

〔註39〕山西省考古研究所，《山西考古四十年》，太原：山西人民出版社，1994 年，15 頁。

〔註40〕山西省考古研究所，《山西考古四十年》，太原：山西人民出版社，1994 年，20 頁。

〔註41〕裴文中、賈蘭坡，《丁村舊石器》，《山西舊石器時代考古文集》，太原：山西經濟出版社，1991 年。

〔註42〕山西省考古研究所，《山西考古四十年》，太原：山西人民出版社，1994 年，21 頁。

文化的成分」〔註43〕，它是早期的北京人文化與晚期的峙峪文化的傳承環節。

舊石器時代晚期以峙峪文化與下川文化爲代表。峙峪文化遺址位於山西北部桑乾河的發源地附近，距今約 3 萬年。峙峪文化的特點是：第一，在繼承北京人文化和許家窰文化小石器傳統的基礎上，在石器加工技術上發明了間接打擊法，石器形制趨向複雜，出現了一批具有高度工藝水平的精美器物。在峙峪文化中，「細石器是一個穩定的成分，隨著時間的推移，細石器所佔比例愈來愈大，大石器所佔比例越來越小」，「細石器的類型也愈來愈增加，細石器的製作技術也愈來愈完善」〔註44〕。峙峪文化成爲華北地區典型細石器文化的直接先導。下川文化遺址在晉東南地區，地跨沁水、垣曲、陽城三縣，距今兩萬年左右。下川文化創造了華北地區舊石器時代晚期最高水平的製作工藝。當時已經普遍使用了復合工具，細石器可以製作成刀、鋸、劍、弓箭、標槍，生產力水平已經很高。最重要的是石磨盤和石磨錘，預示著「舊石器時代晚期採集天然穀物加工成糧食的信息，使我們看到由原始採集經濟向原始農業經濟過渡的先兆」〔註45〕。有學者認爲「研磨盤在下川文化中的出現，代表了我國黃河流域粟作農業的先聲」〔註46〕。

綜括山西地區舊石器時代文化發展，早、中、晚三期先後相續，由南向北不斷擴展，形成了較爲封閉的獨立的文化發展序列。由於受生存環境和地形特點的制約，南部和北部呈現出兩種不同的文化形態，預示了後來文明史中三晉文化的南北差異格局。以南部爲主體形成了「匼河──丁村系」爲代表的粗大石器傳統，以北部爲主體形成了「周口店第 1 地點──峙峪系」爲代表的小石器傳統；南部以採集業爲主的經濟生活方式和北部以狩獵爲主的經濟生活方式，分別預示著農耕文化區和畜牧文化區的誕生，三晉文化中農耕文化與游牧文化交相輝映的格局已經奠定。舊石器時代兩大傳統的衍變交匯發生在山西地區，其地域文化的古老意義是不言而喻的。

〔註43〕賈蘭坡等，《陽高許家窰舊石器時代文化遺址》，見《山西舊石器時代考古文集》，太原：山西經濟出版社，1991 年。

〔註44〕賈蘭坡等，《山西朔縣峙峪舊石器時代遺址發掘報告》，見《山西舊石器時代考古文集》，太原：山西經濟出版社，1991 年。

〔註45〕黃崇嶽，《從出土文物看我國的原始農業》，《中國農業科學》，1979 年第 2 期，89 頁。

〔註46〕衛斯，《試論下川遺址出土的研磨盤在我國北方粟作文化起源中的歷史地位》，《山西文物》，1986 年第 1 期。

（二）新石器時代

距今約 1 萬年左右，人類進入新石器時代。中國的新石器時代，約從距今 8000 年前開始，延續到距今 4000 年前，經歷了早、中、晚三個發展時期。新石器時代文化的基本特徵是出現了原始農業和畜牧業，出現了長期定居的村落，生產中使用磨光石器，燒製陶器，並開始蓄養家畜，採集和漁獵退居次要地位。中國新石器早期文化以河南新鄭裴李崗文化、河北武安磁山文化為代表，中期以仰韶文化為代表，晚期以龍山文化為代表。新石器早期遺址在山西境內發現不多，到中後期遺址非常豐富，此處擇要概述中後期文化形態。

仰韶時期約為紀元前 5000 到 3000 年。此期居民主要從事農業生產，以種植粟黍為主並飼養家畜，兼營採集和漁獵，進行多種手工業生產。生活用具以紅色陶器為主。依據生產力發展水平、聚落形態和埋葬制度的研究，仰韶時期處於母系氏族社會的鼎盛期，晚期衰落後便邁入父系氏族社會的龍山時代。此期山西地區文化遺存非常豐富，從南端之黃河北岸，到中部的晉中盆地，再到北部的大同盆地，皆有廣泛的分佈，由南到北數量遞減。仰韶早期的晉南文化受到西部半坡文化和東部後崗一期文化之影響，但其文化面貌以本地特色為主；處於仰韶中期的晉北文化與同屬桑乾河流域的河北三關文化下層存在諸多共同文化因素〔註47〕；晉中地區之晚期文化與晉南屬於不同譜系，他接受了西部馬家窯文化和北面海生不浪文化的影響，與太行山東麓的大司空文化關係也十分密切，儘管如此，其文化主體表現出強烈的地域風格〔註48〕。

仰韶文化與龍山文化之間尚存在一種過渡形態，即廟底溝二期文化。約為紀元前 3000 至 2400 年。山西是廟底溝二期文化遺存最多的省份，已發現 100 多處，晉南、晉西南最為密集。大體上可劃分為三個區域類型：以涑水河流域與中條山南麓的黃河沿岸為主的晉西南地區，以汾河下游為主的晉南地區，以汾河中游和呂梁山中段為主的晉中地區。廟底溝二期文化以灰陶為主，陶器之文飾以籃紋最典型，製陶業開始使用輪製技術，發明了木耒，出現了半月形的石鐮刀，傳統的半地穴式的住宅有所改進。以運城盆地為中心的晉西南是廟底溝二期文化的策源地，向北傳播進入晉中地區。這一時期的文化

〔註47〕山西省考古研究所、大同市博物館，《山西大同馬家小村新石器時代遺址》，《文物季刊》，1992 年第 3 期。

〔註48〕海金樂，《晉中地區仰韶晚期文化遺存研究》，見《山西省考古學會論文集》，太原：山西人民出版社，1994 年。

都相應吸收了其他地區的文化因素，文化間存在緊密的交流影響。

龍山時期，約紀元前 2400 至 2000 年，屬父系氏族社會，晚期進入夏代文明，這是國家和文明形成的前夜。山西地區的龍山文化遺址星羅棋佈，大致以滹沱河、汾河爲主幹，太行山、呂梁山爲兩翼，晉中、臨汾、運城盆地爲中心，在境內各河谷地帶和丘陵地區均有分佈〔註49〕。

新石器時代的三晉考古文化，各種文化此起彼伏，交互影響。仰韶早期，後崗一期文化擴張至山西中北部，並滲透到南部，隨後半坡文化也跨過黃河進入晉南。源於晉南的廟底溝文化以頑強的生命力兼容並蓄，迅速崛起並向四周輻射，終於在仰韶時代中期佔據了全境。仰韶晚期，廟底溝文化的後裔退守於祖輩的發祥地，山西中部則被義井文化、大司空文化和海生不浪文化交錯控制。自此，三晉不同地域的文化特色開始眞正形成，不同文化之間相互交流，共同發展。龍山時代，山西南部峨嵋嶺南北文化重新分化組合，形成三里橋類型和陶寺類型。屬於「唐堯文化」的陶寺類型異軍突起，創造了國家出現之際最爲燦爛的中原文明〔註50〕。

陶寺文化遺址位於襄汾縣崇山西麓，面積 300 多萬平方米，約紀元前 2500 至 1900 年之間，大致相當於古史傳說的堯、舜、禹時期。陶寺文化中，原始農業、畜牧業、手工業高度發展，禮器、樂器等象徵王權的隨葬品的出現，說明階級和早期國家已經形成。著名考古學家蘇秉琦先生認爲陶寺文化的重要性在於，他已經具備了從燕山以北到長江以南的廣大地域的綜合體性質〔註51〕。首先是距今 5000～6000 年間，華山腳下的仰韶文化由渭河進入山西，沿黃河、汾河、桑乾河和太行山北上，到達了張家口西合營一帶，同來自燕山北側的紅山文化碰撞，由此發出「照亮中華大地的第一道文明曙光」；當紅山文化衰落後，進而又同來自大青山下的河套文化相碰撞，向前推進了華夏文明；接著，距今 4500 年左右，又從原路折回晉南〔註52〕，由此奠定了華夏族群的根基，成爲「中國文化總根系中的重要直根」〔註53〕，陶寺所在的晉南

〔註49〕王克林，《山西考古工作的回顧與展望（上）》，《山西文物》，1986 年 1 期。
〔註50〕喬志強等，《晉文化志》，上海：上海人民出版社，1998 年，109 頁。
〔註51〕蘇秉琦，《華人　龍的傳人　中國人——考古尋根記》，大連：遼寧大學出版社，1994 年，89 頁。
〔註52〕蘇秉琦，《華人　龍的傳人　中國人——考古尋根記》，大連：遼寧大學出版社，1994 年，200～217 頁。
〔註53〕蘇秉琦，《華人　龍的傳人　中國人——考古尋根記》，大連：遼寧大學出版社，1994 年，84 頁。

由此成爲了最早被稱爲「中國」的地方。他認爲，距今 4000～2000 年，歷經夏、商、周三代到秦統一，中國文明的發展由方國到帝國，是三代到秦逐鹿中原的結果。從陶寺文化以來的晉南恰恰處於逐鹿舞臺漩渦的邊緣，社會生活較爲穩定，經濟文化發達。總之，小小的晉南一塊地方保留遠至 7000 年到距今 2000 年的文化傳統，作爲中華民族文化的直根地位毋庸置疑。

二、古史傳說時代之三晉文化

關於古史之傳說時代，徐旭生先生有言：「世界上任何一個民族最初的歷史，總是用口耳相傳的方法流傳下來。在古文獻中保存有古代傳說，而在當時尚未能用文字把它直接記錄下來的史料，用這種史料所記述的時代，就叫做傳說時代。」〔註 54〕他針對「古史辨派」主張的「神話的歷史化」提出了「歷史的神話化」的新觀點，從而在瑣碎浩繁的神話傳說中尋出中國早期文明的歷史軌跡。實際上，無論「神話的歷史化」或「歷史的神話化」，對於民族精神文化而言，都具有始源性的意義。「我們從文化的大體上看古史，縱有後人的想像，仍然充滿著古人的精神。我們看到古人的艱辛創造，看到他們的成就，看到他們的後嗣延續到現在，這絕不是一件無價值或偶然存在的事情」〔註 55〕。

中國古史傳說時代的上限，可以根據傳說內容追溯至遠古，其下限，一般主張斷在夏王朝建立之前。有大量的神話傳說產生，蘊含了中華先民深厚博大的文化精神。劉毓慶先生將其分爲兩個系統，一是太行太嶽系統，一是崑崙系統。其中太行太嶽系統就是以晉南晉東南爲中心向外擴散的。此一歷史時期流傳於三晉的神話傳說按其文化內涵有：以炎帝爲代表的農耕文化；以蚩尤爲代表的戰爭文化；以堯、舜、禹爲代表的聖君文化；以精衛、夸父、愚公爲代表的改造自然的文化；以女媧爲代表的始祖文化。

（一）以炎帝為代表的農耕文化

炎黃並稱，同爲華夏文明之祖。炎帝又常與神農並稱，稱炎帝神農氏，彼此之間的關係非常混亂〔註 56〕。劉毓慶先生綜合排比各種說法後認爲，神

〔註 54〕 徐旭生，《中國古史的傳說時代·序》，桂林：廣西師範大學出版社，2003 年。
〔註 55〕 錢穆，《黃帝》，生活·讀書·新知三聯書店，2004 年，138 頁。
〔註 56〕 有四種說法。一，炎帝即神農，孔穎達《春秋左傳疏》云「炎帝即神農之別號」；鄭玄注《禮記》，趙岐注《孟子》，高誘注《呂氏春秋》皆主此說。二，炎帝爲神農之後，《淮南子·兵略訓》注：「炎帝，神農之末世也。與黃帝戰於阪泉，

農與炎帝，分別代表著兩個不同的歷史階段，炎帝之稱呼晚於神農氏，神農
氏作爲一族之代號亦可加之於炎帝身上；炎帝與黃帝並非兄弟，乃同一族源，
皆爲游牧民族，後炎帝與神農族融合，從事農耕，襲用神農之號，故有「炎
帝神農氏」之稱〔註57〕。

關於炎帝文化的發源地，異說頗多，主要有陝西寶雞說〔註58〕，湖北隨州
說〔註59〕，湖南炎陵說〔註60〕，山西晉東南說，其中寶雞說最爲古老，山
西說最爲晚出〔註61〕。劉毓慶先生在《上黨神農傳說與華夏文明起源》一書
中從經典文獻、方志碑刻、民間信仰、考古發現四個方面詳細論證了炎帝文
化發源於晉東南的合理性。第一，先秦文獻中直接和間接關於神農氏活動方
位的記載各有三條，其地都在晉東南太行、太嶽山周圍〔註62〕。第二，晉東
南地區從多個層次上保存了在全國佔有明顯優勢的炎帝神農氏的傳說遺迹和
碑刻資料〔註63〕。第三，民間信仰方面，上黨地區流傳有相當豐富的炎帝傳

黃帝滅之。」韋昭注《國語》，司馬貞《史記索隱》皆主此說。三，神農與黃帝
並稱，《呂氏春秋‧離俗覽‧上德》曰：「爲天下及國，莫如以德，莫如行義。
以德以義，不賞而民勸，不罰而邪止，此神農黃帝之政也。」見陳奇猷，《呂氏
春秋新校釋》，上海：上海古籍出版社，2002年，1264頁。《莊子》、《文子》皆
主之。四，炎帝與黃帝並稱，《國語‧晉語四》：「昔少帝取於有蟜氏，生黃帝炎
帝。黃帝以姬水成，炎帝以姜水成。」見《國語》，韋昭注，上海：上海古籍出
版社，1978年，356頁。《左傳》、《史記》、《漢書》皆主。

〔註57〕劉毓慶，《上黨神農氏傳說與華夏文明起源》，北京：人民出版社，2006年，
34～35頁。

〔註58〕陝西省地方志編纂委員會，《陝西省志‧炎帝志》，西安：陝西出版集團，三
秦出版社，2009年。

〔註59〕林思翔，《炎帝故里隨州》，《炎黃縱橫》，2011年第8期，40～41頁。

〔註60〕株洲市修復炎帝陵籌備委員會，《炎帝和炎帝陵》，北京：光明日報出版社，
1988年。

〔註61〕1995年2月21日中央電視臺首次報導山西高平發現炎帝陵，形成一股炎帝文
化尋蹤熱潮。

〔註62〕直接之記載：一是《國語》中「炎帝以姜水成」的記載，《山海經》中有姜水，
亦稱郊水，其地在太行山中；二是《管子》記載神農樹谷於「淇山之陽」，淇山
即淇水發源之山，在太行山中；三是《山海經》中炎帝少女與發鳩山的記載，其
地屬於太嶽山脈，在長子縣西。間接之記載：一是《山海經》中炎帝之妻曰「赤
水氏」，「赤水氏」據《路史》，當作「桑水氏」，其地在山西南部，河南北部；二
是《呂氏春秋》中凤沙之民歸神農的記載，凤沙其地在運城鹽池附近；三是《戰
國策》神農伐補遂的記載，「補」在河南鄭州附近，「遂」在河北徐水。凡炎帝族
活動之地皆在太行太嶽之野，與炎帝族發生關係的方國皆在太行太嶽周圍。

〔註63〕以古上黨爲中心的太行太嶽之野，關於神農活動的重要遺迹有八處，涉及三

說，以及有關炎帝的祭拜活動與民俗。最突出的是對羊的崇拜和當地五座羊頭山的對應。炎帝爲古羌人的一支，以羊爲圖騰〔註64〕。第四，太行山周圍大量的關於農業的考古發現也證明這裏是炎帝神農氏最早的活動地域〔註65〕。迄今留存可考的唐以前的遺迹尚有數處。羊頭山《五佛碑》，碑立於北齊天保二年，碑文言「山號羊頭」，爲「神農聖靈所託」；黎城縣《保泰寺碑記》，隋開皇五年立石，碑文云：「秦將定燕卒之鄉，炎帝獲嘉禾之地」；高平縣羊頭山《清化寺碑》，立於唐天授二年，詳細記載了炎帝在羊頭山植穀興稼之迹；另有晉東南出土的《師言墓誌》、《申君墓誌》皆云炎帝神農之苗裔，《畢剛墓誌》有神農鄉神農里的記載，均可說明唐代此地區炎帝信仰之盛。由古文獻中的記載可知，神農第一個發現了可食的穀物，治病之草藥，發明了農業生產工具，徹底改變了先民茹毛飮血的生活，炎帝神農氏的時代，正是母系氏族社會向父系氏族社會的過渡時期，即是農業文明的創始時期。這一農耕文化傳說集中於晉東南，形成三晉文化亞區中獨特的文化氛圍。

　　另一農耕文明的開創者后稷的活動地也應在晉南地區。后稷爲周人之祖，其活動地域自《史記》起一般認爲是在關中地區。自 1931 年錢穆先生發表《周初地理考》主張后稷起源於晉南以後，引起了長期之論爭〔註66〕。錢穆先生的證據有四：「豳」之地名來自於汾水；古公亶父之名得之於古水，古水在山西境；陝西豳地有旬邑，而「旬」字原當做「郇」，晉南有郇瑕氏之地；周之得名與晉南有關。《水經注》引《竹書紀年》：「晉獻公二十五年

　　　　省九縣。關於炎帝的廟宇建築，古有百餘，而今可考者近四十座，涉及上黨六個縣區。關於炎帝之碑刻，今存約九十餘件，包括五個縣。

〔註64〕　《帝王世紀》載炎帝生於常羊山，神農有烈山氏、連山氏之稱，連山系黎山之音轉，緩言之則爲謁戻，謁戻山古亦名羊頭山，指太嶽北端的山群。另據《詩經》、《左傳》、《國語》等文獻，「嶽」、「太嶽」與炎帝族關係極爲密切，而姜呂申許諸姓，皆太嶽之後。「嶽」字在甲骨文中從羊從山，古太嶽即山西中部之霍太山，古上黨地區分佈著五座以「羊頭」「羊神」命名的山嶺，太嶽即最大之羊頭山。其炎帝信仰習俗已滲透入歲時風習。

〔註65〕　中條山的下川文化遺址出土了殘缺的石磨盤、石銛，學者們認爲下川文化傳統是至今發現的由採獵文化向高級採集文化以致向採集農業過渡時期最完整和持續發展的文化遺存。見石興邦《下川文化的生態特點與粟作農業的起源》，《考古與文物》，2000 年第 4 期。另有太行山周圍新石器時代的磁山遺址，徐水南莊頭遺址，淇縣花窩，翼城棗園都出土大量的農業工具，表明這裏是中國北方最早的農業遺址。

〔註66〕　郭沫若、范文瀾、翦伯贊基本持關中說，黃懷信、楊向奎持調和觀點，認爲是周族後裔曾東遷入晉，呂思勉、陳夢家、許倬雲皆主錢穆之說。

正月，翟人伐晉，周陽有白兔舞於市。」〔註67〕除錢穆先生之考證外，此說尚有考古學上的強有力支持〔註68〕。因此，就現有材料而言，后稷族及其所派生出來的不窋族，他們生成於夏區，繁衍壯大於夏區，最後一部分走出夏區，與關中之先周族是一種派生關係〔註69〕。在晉南稷山，盛傳姜嫄后稷的傳說，並有相關之民風習俗與祭祀廟宇，后稷文化應該是其精神文化中的重要因素。

（二）以蚩尤為代表的戰爭文化

徐旭生將古史傳說時代劃分為三個集團，華夏、東夷、苗蠻，把蚩尤歸入東夷集團〔註70〕。孫作雲先生主張蚩尤之故地在河南魯山縣蚩水一帶〔註71〕。劉毓慶先生認為蚩尤部落是炎帝部落中的成員，其活動區域同樣是太行、太嶽之野，炎帝與黃帝之戰，實是農耕民族與游牧民族的戰爭。蚩尤作為炎帝族的成員，參加了與黃帝的涿鹿之戰，炎帝戰敗，歸順黃帝。蚩尤不服，九戰而敗。其中最大的一次戰爭就是阪泉之戰，而阪泉就在晉南〔註72〕。此次戰爭頗為慘烈，孫作雲先生譽為中華開國史第一次大戰爭，《太平御覽》卷十五引《黃帝玄女戰法》：「黃帝與蚩尤九戰不勝。」〔註73〕卷三百二十八引《玄女兵法》云：「黃帝攻蚩尤，三年城不下。」〔註74〕王嘉《拾遺記》謂其時積血成淵，聚骨成岡，最後蚩尤戰敗被殺〔註75〕。晉南流傳著關於蚩尤被

〔註67〕〔北魏〕酈道元，《水經注疏》卷六，楊守敬、熊會貞疏，江蘇古籍出版社，1989年，575頁。

〔註68〕襄汾陶寺遺址，夏縣東下馮，靈石縣商周大墓，是從堯舜到夏商的文明的序列發現，而關中地區目前只考古發現中先周文化上限只能到達公劉的時代，至后稷時代，還差好幾百年。

〔註69〕曹書傑，《后稷傳說與稷祀文化》，北京：社會科學文獻出版社，2006年，95頁。

〔註70〕他的證據有四：一，《逸周書・嘗麥篇》言蚩尤宇於少昊，少皞之虛在山東曲阜境內；二，漢代關於蚩尤之傳說全在山東之西部；三，東漢之學者認為蚩尤為九黎之君長，河南有黎陽，山東有黎縣，九黎應為山東河南河北三省交界處的氏族；四，據《鹽鐵論》的記載，涿鹿之戰中蚩尤與太皞、少皞在同一戰線。

〔註71〕他認為《焦氏易林》言蚩尤死於魯首（魚魯易誤，自昔而然），而蚩水出於魯陽，似即蚩尤敗亡與此。涿鹿之野即蛇龍之野，而蚩水魯縣並一地，則嗤魯亦為蛇龍之音轉。由此知魯縣為其故地。見《孫作雲文集》之《中國古代神話傳說研究》（上），開封：河南大學出版社，2003年，183〜185頁。

〔註72〕劉毓慶，《上黨神農氏傳說與華夏文明起源》，北京：人民出版社，2006年，234〜243頁。

〔註73〕〔北宋〕李昉等，《太平御覽》，北京：中華書局，1960年。

〔註74〕〔北宋〕李昉等，《太平御覽》，北京：中華書局，1960年。

〔註75〕〔前秦〕王嘉，《拾遺記》，北京：中華書局，1981年，19頁。

殺的傳說，《夢溪筆談》卷三：「解州鹽池方百二十里。久雨，四山之水悉注
其中，未嘗溢。大旱，未嘗涸。鹵色正赤，在阪泉之下。俚俗謂之蚩尤血。」
〔註 76〕錢穆先生推測阪泉之戰實是黃帝爲了爭奪鹽池而發動的戰爭〔註 77〕。
光緒《山西通志》卷五十云：「蚩尤城今名從善村，本即解城也。地之所以名
解，以蚩尤解體得名，見《路史》。《黃帝經序》曰：『蚩尤之血化爲鹵，又云
化爲渤澥，殆即今解池乎？』」〔註 78〕蚩尤戰敗被歷史記錄成一位犯上作亂、
殘殺無辜的兇暴之徒，絕非歷史的眞相。蚩尤勇武善戰，以致其死後天下復
亂之時，「黃帝遂畫蚩尤形象以威天下，天下咸謂蚩尤不死，八方萬邦皆爲弭
服」〔註 79〕，其威猛可知。故後世祀爲戰神，秦漢之時列爲國家祀典。出身
解州的關羽被封爲武聖，與蚩尤奉爲戰神之間，應有一種必然的聯繫。

　　蚩尤之後，炎帝族的一些部落與黃帝族進行了持久的抗爭〔註 80〕，其中
夸父逐日、刑天舞干戚、共工怒觸不周之山皆以神話的形式流傳下來〔註 81〕，
那種執著反抗的韌性戰鬥精神成爲神話人物的個性特徵，也影響著世代居住
在這裏的人民。

（三）以女媧爲代表的始祖文化

　　女媧作爲始祖神與生殖神，在全國有廣泛的民間信仰與傳說。關於其發
源地，始終未有定論。在大範圍上最具影響力的是南方說與北方說。聞一多、
袁珂主南方說，傾向起源於少數民族；張光直、茅盾持北方說。據統計，現
有 247 則有女媧出現的神話中，其中 235 則在漢族中傳播〔註 82〕。其中北方
說具體發源地分歧又多，學者們大體同意黃河中下游是其信仰傳說的密集區
〔註 83〕。而在晉南、晉東南的傳說異常密集，特別是在臨汾市吉縣柿子灘發

〔註 76〕〔北宋〕沈括，《夢溪筆談》，張富祥譯注，北京：中華書局，2009 年。
〔註 77〕錢穆，《黃帝》，北京：生活・讀書・新知三聯書店，2004 年，12 頁。
〔註 78〕〔清〕王軒等，《山西通志》，北京：中華書局，1990 年。
〔註 79〕司馬遷《史記》，北京：中華書局，1959 年，4 頁。
〔註 80〕袁珂、王獻唐皆主此說。詳見袁珂，《古神話選釋》，北京：人民文學出版社，
　　　　1979 年，146 頁。王獻唐，《炎黃氏族文化考》，青島：青島出版社，2006 年，
　　　　11 頁。
〔註 81〕其活動範圍非僅限於晉地，但鬥爭主要圍繞在太行山周圍，黃河中下游一帶。
　　　　詳見劉毓慶，《上黨神農傳說與華夏文明起源》，北京：人民出版社，2006 年，
　　　　243〜252 頁。
〔註 82〕楊志立、饒春秋，《女媧信仰發源地研究綜述》，見曹明權主編，《女媧文化研
　　　　究》，武漢：湖北人民出版社，2007 年，57〜61 頁。
〔註 83〕據曾少武統計，秦嶺以北的女媧文化史迹，主要有甘肅天水、陝西寶雞、山

現一幅有關生殖女神的岩畫，距今一萬多年。有學者對這幅岩畫進行了解讀，認為就是女媧之像：女媧兩手平舉，右手執物向上，象徵女媧「煉石補天」，其頭頂上並排七顆圓點，象徵北斗七星所在的天空；女媧身體部分之兩乳下垂，兩腿分開，陰器洞開，下面有六個散開之圓點，象徵其繁衍人類〔註84〕。此岩畫反映出早在新石器時代早期，當地即有女媧信仰之流傳。在古文獻記載中也表明女媧文化與晉南的密切關係。《淮南子‧覽冥訓》：「於是女媧煉五色石以補蒼天，斷鼇足以立四極，殺黑龍以濟冀州，積蘆灰以止淫水。」〔註85〕其主要平治的冀州最早指的就是唐代之河東道。至唐代，有關於女媧墳的記載，在黃河岸邊的風陵渡〔註86〕。當代之遺存亦頗多〔註87〕，說明女媧文化在此區的古老性。

（四）以堯、舜、禹為代表的聖君文化

堯之地望，今人主張有河北唐縣說〔註88〕，江蘇高郵說〔註89〕，山西晉南說〔註90〕。古籍中關於堯的記載雖多，在東漢之前，關於堯都的記載卻很少。自《漢書‧地理志》顏師古注引東漢後期應劭主堯都平陽之後，皇甫謐、司馬彪、顧炎武、顧祖禹皆主此說〔註91〕，又有唐縣、永安、涿鹿

西晉城、河北涉縣四處。見《從女媧文化史迹探尋女媧行蹤》見：曹明權主編，《女媧文化研究》，武漢：湖北人民出版社，2007年，105頁；閆德亮認為女媧神話之發源地應在山西東南部、河北北部及陝西中部一帶，見閆德亮，《中國古代神話文化尋蹤》，北京：人民出版社，2011年，34頁；楊利慧統計後發現山西流傳的女媧傳說信仰與陝西相當，而遠多於河北。見楊麗慧，《女媧溯源——女媧信仰起源地再推測》，北京：北京師範大學出版社，1999年。
〔註84〕劉毓慶，《吉縣女媧岩畫考》，《民間文學論壇》，1997年第1期。
〔註85〕劉文典，《淮南鴻烈集解》，北京：中華書局，1989年，207頁。
〔註86〕〔唐〕段成式，《酉陽雜俎‧忠志》，方南生點校，北京：中華書局，1981年，4頁。
〔註87〕臨汾市北部趙城鎮有女媧陵，霍州市有女媧行宮，運城風陵渡的女媧墳，閆喜相傳為女媧出生地，晉城有媧皇窟。
〔註88〕徐旭生主此說，見《中國古史的傳說時代》，桂林：廣西師範大學出版社，2003年。
〔註89〕丁季華、薛小榮，《堯文化圈漂移點擊——兼論高郵是堯文化的重要發祥地》，《探索與爭鳴》，2007年第4期。
〔註90〕主此說的占多數，另閆德亮持中和觀點，認為唐縣是堯的初封之地，後遷至山西平陽。見《中國古代神話文化尋蹤》，北京：人民出版社，2011年，172～173頁。
〔註91〕皇甫謐的說法見《史記集解》中《五帝本紀》引，司馬彪說見《後漢書‧志》第十九《郡國一‧河東郡》，顧炎武說見《歷代宅京記》卷一《總序上》，北

諸說〔註92〕，折中說，《帝王世紀》綜合諸說，謂「帝堯始封於唐，又徙晉陽，及爲天子都平陽」〔註93〕。堯都平陽一直是學界的主流觀點，顧炎武在《日知錄》卷三一晉國條有詳細的辯證。另外，古史傳說的堯舜時期相當於新石器時代晚期的龍山時代，山西襄汾陶寺遺址的考古發現爲唐堯活動於臨汾地區提供了最有力之證據〔註94〕。特別是特磐與鼉鼓等大型禮器的出土象徵著王權的存在，預示國家即將產生；彩繪盤龍紋陶盤中的龍圖騰更預示華夏民族的融合形成；在一個出土的殘破扁壺上發現了兩個文字「文」、「堯」，是堯文化發源於此地的最有利佐證〔註95〕。從空間上說，陶寺類型文化廣泛分佈與汾河下游及其支流澮河流域，已發現同類遺址七十餘處〔註96〕，從時間上說，陶寺文化產生於紀元前 2500～1900 年間，跨度年代正好是堯、舜、禹時期。這裏曾經分佈著密集的居民部落，經過長達 500～600 年的文化繁榮期，直接孕育了中國古代文明。唐代的國家祀典也規定了堯舜禹的祭祀地點，據《舊唐書》卷二十四《禮儀志》：「唐堯，契配，祭於平陽。虞舜，咎繇配，祭於河東。夏禹，伯益配，祭於安邑。」〔註97〕

舜的地望，歷來有山東、河南、浙江、湖南、山西諸說〔註98〕，其中山

京：中華書局，1984 年，2 頁；顧祖禹說見《讀史方輿紀要》卷四一《山西·三·平陽府》。

〔註92〕唐縣說，見《史記集解·五帝本紀》引張晏說；永安（山西霍縣）見《漢書·地理志》注引臣瓚說；涿鹿說見《史記正義·五帝本紀》。

〔註93〕李吉甫，《元和郡縣圖志》卷一三《河東道二·太原府》引，北京：中華書局，1983 年，360 頁。

〔註94〕從 1987 年以來，陸續發掘出住址兩千多平米，2001 年，確認了陶寺中期遺址，面積爲 250 萬平方米以上，是黃河流域史前最大的城址。發掘物除日常生活用具外，清理大小 1000 餘座墓葬。

〔註95〕何駑、葛英會、李玉潔從文字學、文獻學的角度對兩個文字特別是堯字進行了釋讀，基本認定爲「文堯」二字。見李玉潔，《中國古史傳說的英雄時代》，北京：科學出版社，2010 年，140～142 頁。

〔註96〕田昌五主編，《華夏文明》第 1 集，北京：北京大學出版社，1987 年，58 頁。

〔註97〕〔五代〕劉昫，《舊唐書》，北京：中華書局，1975 年，909～910 頁。

〔註98〕1 山東說，《史記·五帝本紀》云：「舜耕歷山，漁雷澤，陶河濱，作什器於壽丘。」《史記正義》云：「雷澤縣有歷山舜井，二所又有姚墟，云生舜處也。」《史記集解》引鄭玄曰：「雷夏，兗州澤，今屬濟陰。」濟陰即今山東菏澤，楊伯峻《孟子譯注》亦主此說。2 河南說。《史記正義》引《水經注》云：「軹橋東北有虞城，堯以女嬪於虞之地也。又宋州虞城大襄國所封之地也，諸侯也。」杜預注云：「舜後諸侯也。」可見河南說非舜之發源地。3 浙江說。《史記正義》云：「越州餘姚縣，舜後支庶所封之地。舜，姚姓，故云餘姚。縣西

西說的證據較之其他地域爲充足。首先，關於舜的出生地問題。舜的出生地，歷代之記載涉及三個地方，「諸馮」、「冀州」、「姚墟」。《孟子・離婁》下：孟子曰：「舜生於諸馮，遷於負夏，卒於鳴條，東夷之人也。」《史記・五帝本紀》：「舜，冀州之人也。」《史記正義》所引《孝經・援神契》云：「帝舜生於姚墟。」冀州是大範圍，諸馮是具體地名，姚墟爲專稱，三地所指在文獻中最一致的就是晉南。《史記正義》云：「蒲州，河東縣本屬冀州。《宋永初山川記》云：『蒲阪城中有舜廟，城外有舜宅及二妃壇。』」宋金履祥《孟子集注考證》謂「諸馮，在河中府河東縣，其地有姚墟」。其次，舜的活動地主要是歷山、服澤、河濱、雷澤、壽丘、負夏、嬀汭、蒲阪，文獻中關於這些地點的考證，全部指向的地域只有晉南地區〔註99〕。第三，舜的葬地，目前發生爭論的只有湖南、山西兩地，山西說的主張者也有堅強的證據。其中尤以宋羅泌《路史・發揮五》辯帝舜冢最爲詳盡。大致謂湖南蒼梧在舜時爲蠻荒之地，舜老年時不可能巡狩至此；應該死於鳴條，鳴條就在山西安邑縣，其地也有蒼梧山〔註100〕。

關於夏文化的發源地，現在學術界基本持兩種觀點，徐旭生、鄒衡、田昌五皆主夏文化發源於河南伊洛附近，之後才向黃河以北的地區擴展〔註101〕。

七十里有漢上虞故縣。《會稽舊記》云：舜，上虞人，去虞三十里有姚丘，即舜所生也。李玉潔認爲餘姚爲舜之後代遷徙之地。4湖南說。《史記五帝本紀》云舜帝「南巡狩，崩於蒼梧之野，葬於江南九嶷，是爲零陵。」《山海經》中關於舜葬蒼梧的記載有四處。可以確定，湖南說只限於舜的埋葬地。

〔註99〕1嬀汭。《史記・陳涉世家》云：「昔舜爲庶人時，堯妻之二女，居於嬀汭。」《水經注》卷四河水云：「（河東）郡南有歷山也，謂之歷觀，舜所耕處也。有舜井。嬀汭二水出焉。南曰嬀水，北曰汭水。西徑歷山下，上有舜廟。」見酈道元《水經注疏》，楊守敬、熊會貞疏，江蘇古籍出版社，1989年，303～304頁。2歷山，見前《水經注》。3服澤。《墨子・尚賢上》謂「古者堯舉舜於服澤之陽」。孫詒讓《墨子間詁》引畢沅云：「服與蒲，音之緩急。或即蒲澤，今蒲州府。」4河濱。《元和郡縣圖志》謂舜陶河濱，爲河東縣北四十里之陶城，見該書325頁，北京：中華書局，1983年。5雷澤。雷澤之名，孫詒讓《墨子間詁・尚賢中》引畢沅云：「（雷澤）《太平御覽》《玉海》引作『濩澤』。」並考定濩澤在山西永濟縣。見孫詒讓，《墨子間詁》，北京：中華書局，1986年，42頁。6蒲阪。《帝王世紀》云「舜都蒲阪」。顧炎武《歷代宅京記》云「舜都蒲阪，今山西平陽府蒲州」。詳參閆德亮《中國古代神話文化尋蹤》，人民出版社，2011年。

〔註100〕李玉潔，《中國古史傳說的英雄時代》，北京：科學出版社，2010年，171～173頁。

〔註101〕徐旭生，《一九五九年夏豫西調查夏墟的初步報告》，《考古》，1959年11期；

劉起釪、王玉哲主張夏文化發源於晉南，而後才向河南豫西地區擴展〔註102〕。劉起釪從五個方面論證夏之發源地在晉南：禹是冀州之人；冀州的原始地境在晉南；晉南是夏人之故墟；夏人西起晉南然後東進豫境；陶寺和東下馮的考古證據。學者們都一致同意豫西、晉南同爲夏文化之發源地。關於禹的居地，古史中說法亦多，但基本集中在晉南一帶〔註103〕。

（五）改造自然的神話

精衛塡海與愚公移山都發生在晉南地區。《山海經·北次三經》云：「發鳩之山，山上多柘木。其狀如烏，文首白喙赤足，名曰精衛。其鳴自詨，是炎帝之少女，名曰女娃。」〔註104〕郭璞注曰：「今在上黨郡長子縣西。」今發鳩山在長子縣城西25公里處，屬太嶽山脈。愚公移山神話見《列子》，或以爲道家的寓言，袁珂先生認爲是經學家改造利用的神話。愚公所移之太行、王屋二山，位於山西東南部，只有生活在此處的人們，才能感受到二山帶來的交通艱難。現在王屋山一帶，有愚公村、愚公洞之遺迹。夸父逐日的地區亦在黃河中下游，太行山的附近。據《太平寰宇記》，夸父山，一名秦山，在閡鄉縣南五十里。」〔註105〕其地在今河南靈寶縣，與風陵渡一河之隔。《山海經·中次六經》有「夸父之山」的記載。關於夸父逐日的文化內涵，說法各異，有與日賽跑說，驅日說，祈雨說，測日說等〔註106〕。夸父作爲逐日的英雄，以死亡的悲劇而告終，但其逐日的行爲象徵著神話時代的人們與自然抗爭並征服自然的強烈願望和積極幻想。

郭衡，《試論夏文化》，見《夏商周考古學論文集》，北京：文物出版社，1980年；田昌五，《夏文化探索》，《文物》，1981第5期。

〔註102〕劉起釪，《由夏族原居地縱論夏文化始於晉南》，《華夏文明》第1集，田昌五主編，北京：北京大學出版社，1987年。王玉哲，《夏文化研究中的幾個問題》，見《夏史論叢》，濟南：齊魯書社，1985年。

〔註103〕孫淼，《夏商史稿》，北京：文物出版社，1987年，140～144頁；錢穆亦有相關考證，見《古史地理論叢》，臺北：東大圖書有限公司，1982年，140～150頁。

〔註104〕袁珂，《山海經校注》，上海：上海古籍出版社，1980年，92頁。

〔註105〕樂史，《太平寰宇記》，北京：中華書局，2007年，106頁。

〔註106〕與日賽跑說，見袁珂，《中國古代神話》，北京：華夏出版社，2006年，141頁；驅日說，見張春生，《夸父神話和逐日巫術》，《上海大學學報》，2000年第4期，12～15頁；祈雨說，見沈懷靈，《從上古文化看「夸父追日」神話的原始內涵》，《雲南師範大學學報》，1998年第3期，14～20頁；測日說，見韓高年，《「夸父逐日」的儀式結構及其文化內涵》，《西北民族研究》，2006年第2期，140～144頁。

三、先秦時代之三晉文化

由商代開始，中國歷史進入有文字記載的文化發展時期。至秦代統一前，是三晉核心元素的形成期。在此一歷史時期，三晉文化形成了相對於其他地區的獨特面貌，並進而轉化為國家文化的一部分，融入了民族文化發展的總潮流中。

夏縣東下馮的考古發現證實了夏代文明國的存在，同時也含有商代前期文化的因素。商代前期的城址，目前為止共發現四座，鄭州商城、偃師尸鄉溝商城、垣曲商城、夏縣東下馮商城。後兩個商城遺址面積遠小於前兩個，學者們認為是商王朝設在晉南的兩座武裝軍事據點〔註107〕。表明晉南地區屬於商王朝統治的勢力範圍。當時在山西境內存在與商王朝文化並存的許多方國文化，有與商王朝保持友好關係的䣙方文化〔註108〕，和見於甲骨卜辭的友好方國；另有與商朝文化相異的石樓──綏德類型文化。

春秋時代的晉國是三晉文化形成的第一重要階段。晉國是西周王朝的同姓諸侯國，其開國君主為周武王之子叔虞，成王即位後，受封於古唐國之地，故又稱唐叔虞，其子燮父即位後改國號曰晉。自立國至為韓魏趙三家所滅，經歷了 600 年的歷史。此時期的晉文化表現出與其他諸侯國迥然不同的特徵。

在如何對待周禮的態度上，晉國與同期的齊、魯、楚等大國之間存在很大差異。晉國之施政方針，在立國之初即獨具地域特色，《左傳·定公四年》載：「分唐叔以大路密須之鼓，闕鞏姑洗；懷姓九宗，職官五正；命以唐誥，而封於夏墟，啟以夏政，疆以戎索。」〔註109〕其中之核心內容，即是「啟以夏政，疆以戎索」的治國方略。唐人既在夏之故墟，又在多山的戎狄地區，故治理唐國須靈活權變，因地制宜，「夏政」與「戎索」兼施並舉，兼顧兩種不同的文化傳統習俗。此種政治實踐直接影響了晉文化的品格，形成了兩個特徵：一是順時應變的反傳統色彩，一是兼容並蓄的寬容性格。就第一個特點而言，與同時期的諸侯國相較，晉國走上了一條截然不同的文化發展道路。同為周王室同姓諸侯的魯國，治國方針有別於晉，魯國之政是「以法則周公，

〔註107〕山西省史志研究院，《山西通史》，太原：山西人民出版社，2001 年，129 頁。
〔註108〕1976 年在山西靈石旌界村發現的商代墓葬，據研究確定為䣙方之國，與殷商之青銅文化喪葬制度趨於一致。見山西省史志研究院，《山西通史》，太原：山西人民出版社，2001 年，131～132 頁。
〔註109〕楊伯峻，《春秋左傳注》，北京：中華書局，1981 年，1538～1539 頁。

用即命於周」〔註110〕，伯禽向周公彙報施政措施是「變其俗，革其禮」〔註111〕，表現出鮮明的宗法文化色彩，其禮樂文化直接導致了儒家文化的產生；齊國之治國方針是「因其俗，簡其禮，通商工之業，便魚鹽之利」〔註112〕，齊國對於周禮之宗法制度採取半否定半保留的態度，在之後的歷史發展中走向了管仲禮法兼顧的文化特色，進而形成了戰國時代管仲學派、兵家學派、稷下學派兼容的多元化面貌；楚國之政，有異中原，長期與周王室分庭抗禮，居於少數民族地區，採取泛神論的宗教信仰模式，對周禮持批判懷疑態度，其人消極而非積極，形成老莊之道家學派。綜合觀之，晉楚文化之共性在於，對以周禮為核心的宗法制度及其觀念形態，既不像魯文化那樣持全面維護的態度，也不像齊文化採取折衷之態度，而是根本上的批判與否定。但晉文化與楚文化又有差異，晉文化屬於中原華夏文化傳統，而楚文化則非；晉文化之批判否定沒有楚文化之消極沉淪，而是表現了新興地主階級生機勃勃的開拓進取精神〔註113〕；晉文化之批判崇尚實用，楚文化則實踐與玄思並重。晉文化的這一特質，在晉國的政治歷史發展中表現得淋漓盡致。其中，最能體現此一文化特點的歷史事件是全面否定嫡長子繼承制的「曲沃代翼」事件和晉獻公「誅滅公族」事件〔註114〕。「曲沃代翼」是小宗侵淩大宗，徹底破壞了宗法制中的嫡長子繼承制，晉獻公大力誅滅公族也是對以血緣親親為主的周禮之否定。之後，晉國之異性貴族崛起，其變革之進程遠遠超出同時之諸侯國。晉國第一個建立三軍之制〔註115〕，首創論功行賞的制度〔註116〕，首創封

〔註110〕楊伯峻，《春秋左傳注》，北京：中華書局，1981年，1536頁。

〔註111〕司馬遷，《史記》，北京：中華書局，1959年，1524頁。

〔註112〕司馬遷，《史記》，北京：中華書局，1959年，1480頁。

〔註113〕此處參考李元慶先生的觀點，見《三晉古文化源流》，太原：山西古籍出版社，1997年，180頁。

〔註114〕曲沃代翼事件經過：晉國自叔虞封唐經歷八世，傳至晉穆侯。穆侯死，太子未能繼位，穆侯之弟殤叔自立為君，太子被迫出亡，四年後太子率眾殺殤叔奪回君位，即晉文侯，此為第一次危機。文侯死，昭侯繼位，封其叔成師於曲沃，號「曲沃桓叔」。桓叔為小宗，苦心經營，收買民心，昭侯七年（前739年）殺昭侯欲為君，未成功；桓叔之子「曲沃莊伯」繼續奪取政權的鬥爭，晉孝侯十五年（前725）殺孝侯，晉鄂侯六年（前718）逐鄂侯，未成功憂憤而死；莊伯之子「曲沃武公」在鬥爭中相繼殺掉晉悼侯、晉小子侯、晉侯緡，終於奪得君位，號晉武公，獲得周天子承認。晉獻公繼武公之位，為防止之前公族逼君的禍患，採納士蔿的建議，盡殺群公子。

〔註115〕文公時晉國設上中下三軍，建立卿統帥制。

〔註116〕《左傳·哀公二年》：「克敵者，上大夫受縣，下大夫受郡，士田十萬，庶人、

建郡縣制〔註117〕，創設最早之成文法〔註118〕。

晉國文化的第二個特徵即是兼容並蓄的文化態度。西周初年晉國所在的山西南部，山地、丘陵面積較大，故南遷而來的戎狄部族多聚集於此，「晉居深山，戎狄與之鄰」〔註119〕。清人高士奇概述其民族雜居之況曰：「晉四面皆敵，唯姜戎役屬於晉，爲不侵不犯之臣。赤狄在其北，即潞氏也；陸渾在其南，秦晉之所遷於伊川者也；鮮虞在其東，所謂中山不服者也；白狄在其西，嘗與秦伐晉者也。」〔註120〕晉與諸戎之間或戰或和，戰和交替，文化交流愈益深化。大要有三，居晉戎狄之游牧文化受農耕文化之影響，一步步融於華夏文明；晉國吸收戎狄之軍事文化，率先改車戰爲步戰，發展成後來胡服騎射，建立起一支強大的軍隊；婚姻方面，衝破宗法制的束縛，晉國與戎狄大量通婚，晉獻公娶狐戎、驪戎之女，第一次打破華夷之別的婚姻觀，晉文公與趙衰分別娶赤狄之女，趙簡子、趙襄子皆娶戎狄之女，同時，晉景公、趙鞅皆嫁女與戎狄爲妻，血統與習俗皆融合，進一步加劇了晉文化的異端色彩。

春秋末年，韓魏趙三家分晉，進入戰國時代，由於韓魏趙所處之地理位置，成爲戰國時代諸侯爭霸、兼併戰爭的核心地帶，加之晉國變革之歷史傳統，這裏成爲法家文化的搖籃，同時也是名家、兵家、縱橫家活動的重要舞臺。在戰國時代各學派的地域分佈中，侯外廬、任繼愈皆主張法家源於三晉〔註121〕。嚴耕望則通過對戰國時代各主要學術流派代表人物的籍貫和主要

工商遂，人臣、隸圉免。」見楊伯峻《春秋左傳注》北京：中華書局，1981年。

〔註117〕春秋後期，隨著奴隸制轉變爲封建制，晉國出現了代表新興地主階級勢力的卿大夫。這些卿大夫就在他們的領地內推行縣制，縣就成爲地主政權的地方行政組織。到春秋末年，晉國又出現了郡的組織。等到戰國時代，邊地逐漸繁榮，也就在郡下分設若干縣，產生了郡縣兩級制的地方組織。這種縣統於郡的制度，最初行於三晉。參見楊寬，《戰國史》，上海：上海人民出版社，1980年，210～211頁。

〔註118〕晉平公八年，即前550年，范宣子製定《范宣子刑書》，明確廢除「刑不上大夫，禮不下庶人」的貴族特權制，以後差不多每隔二三十年就要根據政治經濟形勢的變化重新修改法典，因此晉國成爲我國成文法產生的故鄉。參見李孟存、常金倉，《晉國史綱要》，太原：山西人民出版社，1988年，235頁。

〔註119〕楊伯峻，《春秋左傳注》，北京：中華書局，1981年，1371頁。

〔註120〕高士奇，《左傳紀事本末》，北京：中華書局，1979年，501頁。

〔註121〕侯外廬，《中國思想史綱》，上海：上海書店出版社，2004年，52頁；任繼愈《中國古代哲學發展的地域性》見《中華學術論文集》，北京：中華書局，1981年。

活動地域的統計分析，得出結論，認爲三晉有名、法、縱橫三家，除名家外，大抵皆以三晉爲局限，分佈於大河中游（三門峽以下）之南北，江淮平原中北部。所謂大河南北，縱橫範圍不過 300 公里，特別是法家的代表人物地理分佈極爲集中，其籍居，南北直線距離不過約 250 公里，東西距離更窄，僅約 120 公里〔註 122〕。嚴氏所劃定的此一區域雖基本處於今山西地域之外，然三晉國家之根本在晉之舊地，晉文化向法變革的精神爲其文化先導；其法家思想的實踐覆蓋包括今山西在內的三晉國家統轄之領土，故將法家思想視爲三晉地區戰國時代之主要學術文化有其歷史的合理性。

　　法家思想之主要代表人物，或生於三晉之國，如韓非、愼到、李悝，或受業於三晉，如商鞅、申不害、吳起，其兵家思想文化的實踐者爲吳起、趙武靈王，縱橫家之代表爲張儀、公孫衍，名家之代表爲惠施、公孫龍。以上諸家雖學術派別各異，在三晉地域卻表現出一種向法家重實用、重功利的性質趨同之現象。如吳起，法家兼兵家，趙武靈王的軍事變革中寓兵法二家的因素，申不害「本於黃老而主刑名」〔註 123〕，惠施出身宋國，其名辯思想具有南方玄思的特色，而在魏爲相，製法律，行合縱，公孫龍亦主張法術刑名之學，反對「王之所賞，吏之所誅」，「上之所是，而法之所非也」〔註 124〕。呂思勉先生言名家爲各家學術之基礎，然「持是術也，用諸政治，以綜覈名實，則爲法家之學」〔註 125〕。法家文化是戰國特定時代，三晉特定地域下的產物，「可以行一時之計，而不可長用」〔註 126〕。法家嚴酷的實用主義、功利主義本質雖適用於政治角逐之領域，對人類社會中精神領域的文學藝術持排斥貶抑態度，這種實用主義的思維特徵在它的核心區發生持久而頑固的影響，不能不進而影響到此後該地域文化事業的發展。即使是當時子夏的西河傳教亦受到法家功利主義的影響。關於先秦時期儒家文化在三晉之傳播，尚需一辨。孔子終身未入晉，其擅長文學的小弟子子夏於孔子歿後居西河教授〔註 127〕。然西河的屬地歷來眾說紛紜，自鄭玄在《禮記》注中言西河爲

〔註 122〕嚴耕望，《戰國學術地理與人才分佈》，載《嚴耕望史學論文選集》，北京：中華書局，2006 年，38 頁。
〔註 123〕司馬遷，《史記》，北京：中華書局，1959 年，2146 頁。
〔註 124〕《公孫龍子・迹府》，見胡曲園、陳進坤，《公孫龍子論疏》，上海：復旦大學出版社，1987 年，89 頁。
〔註 125〕呂思勉，《先秦學術概論》，上海：中國大百科全書出版社，1985 年，90 頁。
〔註 126〕司馬談《論六家要旨》，見《史記》卷一百三十《太史公自序》。
〔註 127〕《史記・仲尼弟子列傳》：「孔子既沒，子夏居西河教授，爲魏文侯師。」見

龍門至華陰間之地以後，許多學者皆認爲其執教之處就在河東以西近黃河之地〔註128〕。然上世紀三十年代錢穆先生即考定子夏居西河在東方河濟之間，不在西土之龍門汾州，而在今黃河以西、長垣以北、觀城之南一帶的河濱，屬於春秋衛國之轄區〔註129〕。因其時魏文侯尚都安邑，故子夏之學術亦曾傳至今山西地域〔註130〕，但其儒學文化傳授的實質，則頗爲混雜。其名弟子中李悝、吳起爲法家，禽骨離爲墨家，樂羊子爲兵家，田子方、段干木有道家之風。韓非將孔子後的儒學分爲八派，卻無子夏一派，郭沫若以爲「韓非把子夏氏之儒當成了法家。也就是自己承挑著的祖宗，而根本沒有把他們當成儒家看待的」〔註131〕。實際上，受三晉法家文化的影響，子夏的儒學已經非純儒，帶上了法家急功近利的色彩。其後雖有荀子崛起於晉地，然其一生的主要活動卻不在晉地，故其影響甚微。

相對於學術文化，此期之文學藝術中已蘊涵著三晉文化的精神特質。十五國風中之《唐風》、《魏風》皆產生於今山西南部地區，共十九篇，兩風之共同特點是深沉的憂患意識。春秋時的季札在觀風時評論：「爲之歌《魏》，曰：『美哉！渢渢乎，大而婉，險而易行，以德輔時，則明主也。』爲之歌《唐》，曰：『思深哉！其有陶唐氏之遺民乎？不然，何憂之遠也。非令德之後，誰能若是？』」〔註132〕其中《唐風》與《魏風》的憂患表現方式各有不同。《唐風》中《蟋蟀》、《山有樞》兩篇從關於生死問題的關注和理解流露出及時行樂、注重現世的思想，其思維定向的物質主義與法家的崇實尚利有相通之處；《魏風》中《伐檀》、《碩鼠》對貴族階級奢靡生活的諷刺批判與法家之否定性思維有相似性。法家思想的代表作《韓非子》一書，其赤裸裸的功利主義觀念與其隱約的憂患意識和批判鋒芒結合在一起，與《唐風》、

司馬遷《史記》，北京：中華書局，1959年，2203頁。《漢書·儒林傳》：「子夏居西河，……如田子方、段干木、吳起、禽骨離之屬，皆受業於子夏之倫，爲王者師。是時，獨魏文侯好學。」見班固《漢書》，北京：中華書局，1962年，3591頁。

〔註128〕酈道元《水經注》，司馬貞《史記索隱》，張守節《史記正義》皆主此說。
〔註129〕錢穆，《先秦諸子繫年考辨》，上海：上海書店出版社，1992年，115～118頁；另有袁傳章《子夏教衍西河地域考論》予以補充增益，見《安徽師範大學學報》，2006年第6期。
〔註130〕袁傳章認爲子夏晚年受魏文侯禮聘，一度離開西河赴安邑教授於魏文侯，見《子夏教衍西河地域考論》《安徽師範大學學報》，2006年第6期，679頁。
〔註131〕郭沫若，《十批判書》，北京：人民出版社，1954年，298頁。
〔註132〕楊伯峻，《春秋左傳注》，北京：中華書局，1981年，1163頁。

《魏風》有內在的一致性。這種現世主義的實用性和批判性，正是生活在這裏的人民的一種定向觀念，一直影響到後世。

從西周初晉國立國到秦統一全國，其間經過了八百多年的歷史發展。此期，三晉文化的主要特徵，李元慶先生概括爲兩點，一是順勢應變的的革新精神，一是兼容並蓄的開放態勢〔註133〕。就前者而言，革新是與批判意識、懷疑精神相聯繫的，表現出實用主義的鮮明傾向，並具重質黜文的特徵，對政治軍事利益的追求壓抑或貶低了儒學文化的構建，而兼容並蓄的整體性特點，由於三晉地理位置的獨特性，從舊石器時代以來一直延續到以後的歷史歲月中。

四、秦漢至隋的三晉文化衍變

秦漢至隋的八百餘年間，三晉文化在其核心區晉地的發展帶有持續性和多樣性之特徵。法家文化、軍事文化在該地域歷史人物身上得到了有效的傳承，儒學作爲先秦三晉文化中較爲衰弱的一端，在魏晉以後北方大文化背景下，其儒學在家族和民間兩個層面延續傳播不斷，至隋，誕生了一代大儒王通。漢末以後的的歷史歲月中，家族文化成爲三晉文化傳承和表現的最重要形式，尤其在文學方面，如此長的歷史時期，三晉家族成爲該地域文學創作的主要承擔者。

（一）法家文化

先秦三晉法家文化在西漢之延續至爲明顯，其中最直接的表現即在三晉地區產生了大量的法吏之士。《史記‧酷吏列傳》載酷吏十一人〔註134〕，河東籍有四人，另有尹翁歸、胡建亦屬於有名的法吏之士。茲例舉如下：郅都，楊人（今山西洪洞）。「以郎侍孝文帝。孝景時，都爲中郎將，敢直諫，面折大臣於朝」。後「濟南瞷氏宗人三百餘家，豪猾，二千石莫能制，於是景帝乃拜都爲濟南太守。至則族滅瞷氏首惡，餘皆股栗。居歲餘，郡中不拾遺。旁十餘郡守畏都如大府。」郅都爲人多公廉少私愛，「爲人勇，有氣力，公廉，不發私書，問遺無所受，請寄無所聽。常自稱曰：『已倍親而仕，身固當奉職死節官下，終不顧妻子矣。』是一位公正的執法之士。如義縱，「治

〔註133〕李元慶，《三晉古文化源流》，太原：山西古籍出版社，1997年，41頁。
〔註134〕司馬遷，《史記》，北京：中華書局，1959年，3131～3155頁。

敢行，少蘊藉」，「遷爲長陵及長安令，直法行治，不避貴戚。以捕案太后外孫修成君子仲，上以爲能，遷爲河內都尉。至則族滅其豪穰氏之屬，河內道不拾遺。」又「定襄吏民亂敗，於是徙縱爲定襄太守。縱至，掩定襄獄中重罪輕繫二百餘人，及賓客昆弟私入相視亦二百餘人。縱一捕鞠，曰『爲死罪解脫』。是日皆報殺四百餘人。其後郡中不寒而慄，猾民佐吏爲治。」胡建，河東人。孝武天漢中，守軍正丞。監軍御史打通北軍營牆開闢小型商業交易區以營利，胡建設計斬之，護軍諸校尉皆驚愕不知所以。胡建依法上奏朝廷云：「臣聞軍法，立武以威眾，誅惡以禁邪。今監御史公穿軍垣以求賈利，私買賣以與士市，不立剛毅之心，勇猛之節，亡以帥先士大夫，尤失理不公。用文吏議，不至重法。《黃帝李法》曰：『壁壘已定，穿窬不由路，是謂姦人，姦人者殺。』臣謹按軍法曰：『正亡屬將軍，將軍有罪以聞，二千石以下行法焉。』丞於用法疑，執事不諉上，臣謹以斬，昧死以聞。」胡建上章中云不用文吏議，則己爲法吏明矣。其具引法律條文，公正執法，不顧己身，誠法家之風格。另又有減宣、周陽由、尹翁歸等人亦執法不阿，有名一時。

相對於法家文化，儒家文化在三晉地區之發展甚爲不發達。據統計，西漢時期各地所出書籍之分佈，河東郡爲零，并州六郡只有雁門郡列一部，屬於墨法名雜縱橫類；西漢時期私家教授籍貫分佈，河東郡一人，并州之代郡、太原郡、上黨郡各一人；西漢時期五經博士籍貫分佈，河東郡一人，并州無；東漢時期各地所出書籍分佈，河東郡一部，并州之太原、上黨各有子、史一部，經部、集部缺。東漢五經博士籍貫分佈，河東郡無一人，并州太原郡一人〔註135〕。由此可以說明漢代三晉地區儒學文化之發展狀況。

「務實功利，崇尚實用，一切從實際出發，是法家推行『以法治國』背後所隱藏的價值追求，也是法家的一個顯著特點」〔註136〕。所以，漢魏以後，法家文化影響於三晉地域者，主要在其注重事功，貼近政治的品質方面，深刻影響了三晉家族文化傳統。魏晉以後三晉世家大族皆積極參與到現實政治和軍事的活動中，湧現出許多傑出的政治軍事人才，遠大於經生儒士的數量，至唐，河東道政治家大量活躍於唐王朝的政治舞臺。

〔註135〕 參見盧雲，《漢晉文化地理》附表之相關統計數據，西安：陝西人民教育出版社，1995年。

〔註136〕 時顯群，《論法家「務實功利」的價值觀》，《社會科學家》，2010年第1期，138頁。

（二）軍事文化

河東道一地，由漢至隋的歷史時期，其軍事文化方面最直接的表現是誕生孕育了一大批傑出的軍事人才。西漢時期，最著名的軍事統帥衛青、霍去病出身於河東平陽，其傑出的軍事天才爲漢王朝抗擊匈奴、平定邊陲貢獻至巨。與衛霍同時隸屬於其麾下的三晉將領尚有多人，特爲表出之。李沮〔註137〕，雲中人，武帝時，以左內史爲彊弩將軍。後一歲，復位彊弩將軍。郭昌〔註138〕，雲中人，以校尉從大將軍。元封四年，以太中大夫爲拔胡將軍，屯朔方。荀彘〔註139〕，太原廣武人，以校尉數從大將軍。路博德〔註140〕，西河平州人。以右北平太守從驃騎將軍（霍去病），封符離侯。驃騎死後，博德以衛尉爲伏波將軍，伐破南越。曹襄〔註141〕，衛青麾下將軍，爲曹參曾孫。曹參於高祖六年封邑平陽，一萬六百三十戶，世世勿絕。傳國至曾孫襄，武帝時爲將軍。

以上六人，李沮、郭昌、荀彘、曹襄皆隸屬於衛青麾下因戰功至將軍者，衛青麾下爲特將者十五人，三晉一地占三分之一；霍去病麾下至將軍者共二人，路博德、趙破奴皆三晉籍貫。三晉地域爲西漢時期軍事人才集中的地區。

至三國時代，并州刺史部產生以呂布爲首的軍事集團，角逐於漢末群雄之間。又有張遼，雁門馬邑人，少爲郡吏。漢末，并州刺史丁原以張遼武力過人，召爲從事，使將兵。後歸曹魏，屢立戰功，文帝時封晉陽侯。〔註142〕徐晃，楊人。爲郡吏，從車騎將軍楊奉討賊有功，拜騎都尉。後歸曹操，曹操評徐晃治軍有周亞夫之風，文帝時因功封逯鄉侯。〔註143〕最爲著名者，三晉地域南部出武聖關羽，河東解人，爲千古名將。

魏晉之際，此地域亦產生一批戰功卓著的軍事將帥，如王渾、王浚、郭淮、溫羨、溫嶠，皆積極參與了歷史進程中許多重大的軍事行動。如太原王氏，在魏晉之際，其家族成員積極參與一系列的軍事戰爭。從王允誅殺董卓，到正始間征吳，平定毌丘儉之亂，到伐滅吳國之戰，都顯示了他們突出的軍事才能。王淩隨曹休徵吳，主帥失利，王淩力戰解圍；王沈一生參與軍務，

〔註137〕司馬遷，《史記》，北京：中華書局，1959年，2943頁。
〔註138〕司馬遷，《史記》，北京：中華書局，1959年，2944頁。
〔註139〕司馬遷，《史記》，北京：中華書局，1959年，2944～2945頁。
〔註140〕司馬遷，《史記》，北京：中華書局，1959年，2945頁。
〔註141〕司馬遷，《史記》，北京：中華書局，1959年，2944頁。
〔註142〕陳壽，《三國志》，北京：中華書局，1959年，517～520頁。
〔註143〕陳壽，《三國志》，北京：中華書局，1959年，527～530頁。

督軍事三次,四個將軍封號;王渾則文武全才,以滅吳之功,獲得以文官將兵之殊榮。南朝時代,遷往江左的太原王氏以軍功著稱。此一時期「太原王氏有仕宦可考的一十四人中,有武職者八人,占57%強,顯宦者咸因軍功。」〔註144〕如王懿,「功冠諸將」〔註145〕,王玄謨,王通之遠祖,英勇善戰,屢立戰功〔註146〕。王神念,其才「少善騎射,既老不衰,嘗於高祖前手執二刀楯,左右交度,馳馬往來,冠絕群伍」〔註147〕。至王僧辯,王氏家族的軍功軍權皆發展至頂峰〔註148〕。北朝時代,有王慧龍,躲避劉裕的追殺,逃歸北魏。多次抗表請求南征,官至寧南將軍。至北朝後期,東魏、北齊時代,晉陽士族唐邕和白建統領兩朝之兵馬和軍備,掌握著高氏政權的軍事力量。時人稱為「并州赫赫唐與白」〔註149〕。

另外,在北朝時期,由於前漢、後漢、後趙、北魏、東魏、北齊皆以河東道為基地,此地域成為群雄逐鹿的戰場,其時由少數民族帶進一股強有力的向武騎射風習,進一步增強了該地域的軍事文化氛圍,其中的劉淵、石勒、斛律金皆是縱橫馳騁的著名軍事統帥。

唐前河東道的尚武的軍事文化傳統一直延續到唐代,影響了其詩歌的創作類型。

(三)儒學文化

河東道儒學在先秦兩漢時期衰弱不振,魏晉以後,由於河東道的政治地緣優勢以及統治者的提倡,其儒學發展有漸次繁榮之勢,至隋誕生大儒王通。

東漢時即有劉茂、郭泰居鄉教授儒學,有名於時。劉茂,晉陽人,習禮經,教授常數百人〔註150〕。郭林宗,界休人,「博通墳籍」,黨錮之禍起,「遂閉門教授,弟子以千數」〔註151〕。此時儒學傳授偏於河東道之北部,南部不見傳授之記載。至三國曹魏時期,河東太守杜畿大興文教,親自執經教授諸生,河東郡儒業大興〔註152〕。杜佑《通典》即指出杜畿興教對河東文化

〔註144〕汪波,《魏晉北朝并州地區研究》,北京:人民出版社,2001年,82~83頁。
〔註145〕沈約,《宋書》,北京:中華書局,1974年,1392頁。
〔註146〕沈約,《宋書》,北京:中華書局,1974年,1973~1976頁。
〔註147〕姚思廉,《梁書》,北京:中華書局,1973年,556頁。
〔註148〕姚思廉,《梁書》,北京:中華書局,1973年,623~635頁。
〔註149〕李百藥,《北齊書》,北京:中華書局,1972年,447頁。
〔註150〕〔南朝・宋〕范曄,《後漢書》,北京:中華書局,1962年,2671頁。
〔註151〕〔南朝・宋〕范曄,《後漢書》,北京:中華書局,1962年,2225~2226頁。
〔註152〕陳壽,《三國志》,北京:中華書局,1959年,497頁。

事業發展的重要轉折意義。至西晉，晉陽郭琦，善天文五行，注《穀梁》、《京氏易》百卷，鄉人皆就琦學〔註153〕。晉末前漢主劉淵，「幼好學，師事上黨崔游」，《史》《漢》諸子，無不通覽，王濟譽其文武全才〔註154〕。陳元達，匈奴人，「少而孤貧，常躬耕兼誦書，樂道行詠，忻忻如也」〔註155〕。羯族後趙石勒皇族中太子石弘，「受經於杜嘏，誦律於續咸」，「虛襟愛士，好為文詠，其所親昵，莫非儒素」〔註156〕。北朝時期，河東道各政權皆倡導儒學經術，推動了該地區儒學之發展。北魏道武帝拓跋珪，「始建都邑，便以經術為先」〔註157〕。至孝文帝更全面吸收儒家文化，推動鮮卑族漢化之進程。在民間有太原張偉，通諸經，傳授鄉里，受業者常數百，循循善誘，誨人不倦，門人事之如父。又有上黨王總，為北魏大儒徐遵明的老師，遵明至上黨受《毛詩》、《禮記》、《尚書》〔註158〕。東魏、北齊時代，因晉陽為鮮卑高氏的霸府、別都，處於政治文化的中心。在當時的北方政權中，東魏、北齊統治區之文化遠較西魏、北周為發達，故唐代因襲北齊文化制度為多〔註159〕。晉陽處於北齊統治的中心區，故其儒學文化之發展甚為迅速。尤其高歡父子在晉陽經常延致著名學者教授諸子讀書，如李鉉，渤海南皮人，「燕、趙間能言經者，多出其門」〔註160〕，東魏武定中，入晉陽教授高歡諸子。張雕，中山北平人。通五經，明三傳，魏末，以明經入晉陽，令與諸子講讀。帝王延師於晉陽，一定程度上推動了當地儒學的發展。另外，政府的相關制度，亦儒學發展動力之一端。北齊時，「諸郡俱得察孝廉，其博士、助教及遊學之徒通經者，推擇充舉。射策十條，通八以上，聽九品出身，其優異者亦蒙抽擢。」〔註161〕讀書士人多求經問學的熱情，「橫經受業之侶，遍於鄉邑；負笈從宦之徒，不遠千里」〔註162〕。

〔註153〕房玄齡，《晉書》，北京：中華書局，1974年，2436頁。
〔註154〕房玄齡，《晉書》，北京：中華書局，1974年，2643～2644頁。
〔註155〕房玄齡，《晉書》，北京：中華書局，1974年，2679頁。
〔註156〕房玄齡，《晉書》，北京：中華書局，1974年，2752頁。
〔註157〕魏收，《魏書》，北京：中華書局，1974年，1841頁。
〔註158〕魏收，《魏書》，北京：中華書局，1974年，1844頁。
〔註159〕詳見陳寅恪，《隋唐制度淵源略論稿‧敘論》，上海：上海古籍出版社，1982年，1～2頁。黃永年，《論北齊的文化》，《陝西師大學報》，1994年第4期，30～34頁。
〔註160〕李百藥，《北齊書》，北京：中華書局，1972年，585頁。
〔註161〕李百藥，《北齊書》，北京：中華書局，1972年，583頁。
〔註162〕李百藥，《北齊書》，北京：中華書局，1972年，582～583頁。

至隋代，河東道南北皆有精通儒學的學者。北部太原，唐開國功臣王珪之叔父王頗爲一時大儒。「少好游俠，年二十，尚不知書。爲其兄顒所責怒，於是感激，始讀《孝經》、《論語》，晝夜不倦。遂讀《左傳》、《禮》、《易》、《詩》、《書》，乃歎曰：『書無不可讀者。』勤學累載，遂遍誦五經，究其旨趣，大爲儒者所稱」〔註163〕。南部有張文詡，其父張琚即以經書教授子姪，皆以明經自達。而文詡更青出於藍，「博覽文籍，特精三《禮》，其《周易》、《詩》、《書》及《春秋三傳》，並皆通習。每好鄭玄注解，以爲通博，其諸儒異說，亦皆詳究焉。高祖引致天下名儒碩學之士，其房暉遠、張仲讓、孔籠之徒，並延之於博士之位。文詡時遊太學，暉遠等莫不推伏之，學內翕然，咸共宗仰。」後退隱歸鄉，卒後，鄉人爲立碑頌，號曰「張先生」。〔註164〕

絳州王通河汾之學，成爲中國儒學發展中一個重要的里程碑。其學宗仰先秦原始儒學，反對經傳注釋之繁瑣研究，注重言必己出，經世致用，與傳統儒者之述而不作差異很大，開宋代學術之風氣。王通之學的出現，典型顯示了河東道家族教育對儒學傳承的巨大作用。王通之十八代祖王殷，以《春秋》、《周易》訓鄉里；十四代祖王述著《春秋義統》，隱居不仕；九代祖王寓由太原南遷，六代祖王玄則，劉宋鴻儒，任國子博士，究道德，考經籍，著有《時變論》六篇，言化俗推移之理，江左號曰「王先生」；五世祖王煥著《五經決錄》五篇，言聖賢制述之意；四世祖王虬北歸仕魏，家於河汾，著《政大論》八篇，言帝王之道；三世祖王彥著《政小論》八篇，言王霸之業；祖父王一著《皇極讜義》九篇，言三才之去就；其父王隆，傳父祖之業，教授門人千餘，著《興衰要論》七篇，言六代之得失〔註165〕。王通之出現，是河東道儒學發達的標誌，其河汾傳教對唐代文學的發展有著多方面的影響。

（四）家族文學之傳承

秦漢以降至隋，河東道地域文學的創作發展，主要特徵之一就是以家族性的創作爲主，并州之郭氏、王氏、溫氏、孫氏，河東郡之柳氏、衛氏、裴氏，這些世家基本構成了此期河東道文學家的基礎。嚴格而言，並非所有文學家的創作都對河東道本土文學創作產生影響，因爲自東晉司馬氏南遷，河

〔註163〕魏徵，《隋書》，北京：中華書局，1973 年，1732 頁。

〔註164〕魏徵，《隋書》，北京：中華書局，1973 年，1760～1761 頁。

〔註165〕參據杜淹《文中子世家》和《中說·王道篇》王通之自敘。見張沛《中說譯注》上海：上海古籍出版社，2011 年。

東士族一部分，即遷離本土，其前期的文學積澱對其在南朝的文學成就具有先在的影響；反過來，河東士族如裴松之家族、王坦之家族、孫綽家族、柳惲家族的文學創作，對於河東道本土的文學發展並無絲毫之影響，他們只是屬於河東道本土文學家向外流動性的延續創作。另一部分守在本土的河東士族文學創作對於本土而言具有實質性的意義。因此，這裏討論河東一地文學在唐前的發展概況，主要圍繞籍貫尚在本土的文學家進行研究。

漢代，班婕妤屬於三晉地域最著名的文學家，爲班固祖姑，雁門樓煩人。有作品存世，《怨歌行》、《搗素賦》、《自悼賦》。就整個漢代而言，河東道一地文化相對落後，文學亦然。《漢書‧地理志下》描述河東邊鄙之地，雁門「其民鄙樸，少禮文，好射獵」〔註166〕；西河，「迫近戎狄，修習戰備，高尚氣力，以射獵爲先」〔註167〕；太原上黨，「矜誇功名，報仇過直」〔註168〕；河東郡「君子深思，小人儉陋」〔註169〕，張華《博物志》稱漢代河東「沃土之民不才，漢興，少有名人，大衣冠三世皆衰絕」〔註170〕。

河東道文學發生變化在漢末魏初，東漢末介休之郭泰以其影響力帶動了周邊地區文教事業的發展，魏初杜畿河東興教，文學大興。據胡阿祥《魏晉本土文學地理》統計，三國時出文學家五人，數量居全國第五位；至西晉時代文學家增至十六人，居全國第三位，僅次於河淮、江東二區，但面積遠小於上述二區。此期太原王氏和河東裴氏是創作之中堅。王氏七人，王接、王渾、王深、王祐、王濟、王沈、王浚，裴氏四人，裴秀、裴楷、裴頠、裴邈。太原王昶以儒學歷仕顯宦，然亦頗有文章，《隋書‧經籍志》著錄《王昶集》五卷，其教育子侄以文章經學傳家。其侄王沈，魏高貴鄉公時號爲「文籍先生」，王昶之孫王濟，爲西晉時與同郡孫楚齊名友善的文學家，兩人曾以文學性的語言描述各自家鄉的風景之美，傳爲一時美談。《世說新語‧言語》云：「王武子、孫子荊各言其土地人物之美。王云：『其地坦而平，其水淡而清，其人廉且貞。』孫云：『其山巍巍以嵯峨，其水㳽㳽而揚波，其人磊砢而英多。』」〔註171〕孫楚婦喪除服，作詩抒情云：「時邁不停，日月電流。神

〔註166〕班固，《漢書‧地理志下》，北京：中華書局，1962 年，1656 頁。

〔註167〕班固，《漢書‧地理志下》，北京：中華書局，1962 年，1644 頁。

〔註168〕班固，《漢書‧地理志下》，北京：中華書局，1962 年，1656 頁。

〔註169〕班固，《漢書‧地理志下》，北京：中華書局，1962 年，1649 頁。

〔註170〕〔西晉〕張華，《博物志校證》，范甯校證，北京：中華書局，1980 年，117 頁。

〔註171〕〔南朝‧宋〕劉義慶，《世說新語箋疏》，余嘉錫箋疏，北京：中華書局，1983

爽登遐，忽已一周。禮制有數，告除靈丘。臨祠感痛，中心若抽。」王濟評其詩「未知文生於情，情生於文，覽之淒然，增伉儷之重」〔註172〕。裴氏家族「盛於魏晉之世，時人以爲八裴方八王」〔註173〕，其中裴秀「少好學，有風操，八歲能屬文」，毌丘儉譽之爲「博學強記，無文不該」〔註174〕。與王沈齊名當世，「魏高貴鄉公好學有文才，引沈及裴秀數於東堂講宴屬文，號沈爲文籍先生，秀爲儒林丈人。」〔註175〕裴秀今存詩三首，《隋書·經籍志》有集3卷。裴楷亦魏晉清談之代表人物，善宣吐，左右屬目，聽者忘倦〔註176〕。《隋書·經籍志》載《裴楷集》兩卷。裴頠亦魏晉論辯文之作手，以《崇有論》批評玄學尚無帶來的弊病，又作《辯才論》，未成而遇禍卒。有集九卷。十六國時期，僧人慧遠起於雁門樓煩，通六經，擅老莊，爲文章辭氣清雅，後至南方成爲文人領袖。此期的河東少數民族亦表現出一定的文學才能。前漢劉淵通經史之學，其子劉聰，「善屬文，著述懷詩百餘篇、賦頌五十餘篇」〔註177〕。劉淵族子劉曜「讀書志於廣覽，不精思章句，善屬文，工草隸」〔註178〕。

　　北朝時期，河東道文學創作也由世家大族支撐，較之流寓南方的河東士族同期之創作明顯遜色，但保持了這一地域文學創作的延續性。裴氏、王氏、溫氏、薛氏皆做出貢獻。裴氏家族有裴延儁、裴伯茂、裴敬憲、裴莊伯、裴讓之、裴訥之等。如裴敬憲、裴莊伯兄弟皆以文學有名於時。敬憲「五言之作獨擅於時，名聲甚重，後進咸共宗慕之」〔註179〕。莊伯，二十一歲上《神龜頌》，時人異之，文筆與敬獻相亞〔註180〕。裴伯茂，「少有風望，學涉群書，文藻富贍」，「久不徙官，曾爲《豁情賦》，天平初遷鄴，又爲《遷都賦》」。裴讓之，「少好學，有文情」，省中語日「能賦詩，裴讓之」〔註181〕。讓之

　　年，86頁。
〔註172〕房玄齡，《晉書》，北京：中華書局，1974年，1543頁。
〔註173〕房玄齡，《晉書》，北京：中華書局，1974年，1052頁。
〔註174〕房玄齡，《晉書》，北京：中華書局，1974年，1037～1038頁。
〔註175〕房玄齡，《晉書》，北京：中華書局，1974年，1143頁。
〔註176〕房玄齡，《晉書》，北京：中華書局，1974年，1047頁。
〔註177〕房玄齡，《晉書》，北京：中華書局，1974年，2657頁。
〔註178〕房玄齡，《晉書》，北京：中華書局，1974年，2683頁。
〔註179〕李延壽，《北史》，北京：中華書局，1974年，1375頁。
〔註180〕李延壽，《北史》，北京：中華書局，1974年，1376頁。
〔註181〕李延壽，《北史》，北京：中華書局，1974年，1384頁。

為裴它之子，裴它世以文學顯，五舉孝廉，再舉秀才，時人美之。又有太原
王氏，北魏王遵業以文學著名於世，著有《釋奠侍宴詩》、《三晉記》等，與
琅琊王誦齊名〔註182〕。隋代王劭以詩才著名，隋文帝時有人得二白石，頗
有紋理，遂附會以文字，以祥瑞上奏。王劭進一步「回互其字，作詩二百八
十篇奏之。上以為誠，賜帛千匹」〔註183〕。太原溫氏有溫子昇，北朝三才之
一。蕭衍譽為「曹植、陸機復生於北土」。陽夏太守傅標使吐谷渾，見其國王
床頭有溫子昇之文。濟陰王暉業曾云：「江左文人，宋有顏延之、謝靈運，梁
有沈約、任昉，我子昇足以凌顏轢謝，含任吐沈。」〔註184〕可見其在北朝的
文學地位。又有溫君悠，北齊文林館學士，其子溫大雅兄弟秉承家學，以文
章立功唐初，至晚唐產生大詩人溫庭筠。河東薛氏，在北朝以文學著名者為
薛道衡家族。薛氏家族北朝前期以軍事尚武強幹之風著稱，十六國時河東薛
強，王猛譽為「撥亂濟時者」〔註185〕，能夠率本宗子弟據守一方，與前秦、
後秦相抗。至薛道衡之父祖，漸轉向儒學、文章之事。道衡曾祖薛湖，「少
有節操，篤志於學，專精講習，不干事務」〔註186〕；祖薛聰，「博覽墳籍，
精力過人」，「詞辯占對，尤是所長」〔註187〕；薛聰子薛孝通，「博學有俊
才」〔註188〕，高歡作《讓劍履上殿表》，特使孝通為文。有文集八十卷行
於時。道衡從父薛慎，「好學，能屬文」〔註189〕，「有文集，頗為世所傳」。
薛道衡少有文名，北齊時待詔文林館，與盧思道齊名，為隋代最有成就的
詩人之一，其文學作品在南方亦有很大影響。薛道衡從子薛邁，「性寡言，
長於詞辯」〔註190〕。道衡子薛收，隋末有文名，與族兄薛德音，從侄薛元
敬並稱「河東三鳳」。薛德音，隋末從王世充，「軍書羽檄，皆出其手。世充
平，以罪誅。其文筆多行於世」〔註191〕。薛元敬與薛收同為秦王府十八學
士，掌軍國文誥，時人目之「小記室」。薛道衡一系在初唐湧現許多文學家，

〔註182〕魏收，《魏書》，北京：中華書局，1974年，2008頁。
〔註183〕魏徵，《隋書》，北京：中華書局，1973年，1068頁。
〔註184〕魏收，《魏書》，北京：中華書局，1974年，1876頁。
〔註185〕李延壽，《北史》，北京：中華書局，1974年，1323頁。
〔註186〕李延壽，《北史》，北京：中華書局，1974年，1332頁。
〔註187〕李延壽，《北史》，北京：中華書局，1974年，1332頁。
〔註188〕李延壽，《北史》，北京：中華書局，1974年，1334頁。
〔註189〕李延壽，《北史》，北京：中華書局，1974年，1342頁。
〔註190〕李延壽，《北史》，北京：中華書局，1974年，1340頁。
〔註191〕李延壽，《北史》，北京：中華書局，1974年，1341頁。

對初唐文學頗有貢獻。

秦至隋的八百餘年間，法家思想的價值觀念融入到三晉士大夫的家族文化傳統中，對文學家精神結構具有長遠而持久的影響；軍事文化作爲地域風習的表現，存在於三晉歷史的每個階段和每個亞區，其民風傳至唐代，對詩歌題材和詩人審美產生兩方面的影響；儒學作爲封建時代士大夫的基礎性文化內容，它的漸趨繁榮興盛，有效地促進了文學家的創作；河東道文學方面的傳承則最爲直接地爲唐代河東道文學創作的基本格局奠定了歷史性基礎。

第三節　唐代河東道的文化風貌

唐以前，今山西地域從未設立爲一個整體獨立的行政轄區。有唐一代，河東道作爲李唐王朝的發源地，在政治上佔有極高的地位；其特殊的政治地理和軍事地理位置，使其成爲唐代最重要的軍事重鎮；河東道發達的農業和手工業，使其在唐代的經濟中佔有相當的地位；其悠久深厚的民間信仰在整個地域文化中舉足輕重，其文學藝術各方面均取得輝煌之成就。

一、河東道之政治與軍事

在政治方面，河東道爲李唐王朝的發祥地，公元 618 年，李淵父子從太原起兵，一路揮師南下，直取長安，建立唐王朝。武則天出身并州文水縣，曾將文水更名武興縣，列爲京縣。天授元年（690 年）設太原爲北都，中宗李顯復位後取消北都之制。唐玄宗由潞州別駕入京，在政治鬥爭中獲勝，登上皇位後，視潞州爲龍興之地，對河東亦情有獨鍾，開元十一年，又置北都，改并州爲太原府。天寶元年，北都名北京，號爲三京之一。

河東道南部之河中府，在地理上靠近長安與洛陽，自漢代以來歷朝皆設爲中央直轄的司州，其政治地位很高。在唐代，其拱衛京師的戰略地位不容忽視。「開元八年，改蒲州爲河中府。其年，罷中都，依舊爲蒲州。又與陝、鄭、汴、懷、魏爲『六雄』，十二年，升爲『四輔』」〔註192〕。但中都之制，屢有廢設，其近畿的特殊地理位置，使河中府成爲河東道兩大文化中心之一。其地位之重要，還有軍事方面的因素。貞觀十年，全國十道共設折衝府692 個，河東道 162 府，占總數之近四分之一，數量列關內道之後，爲全國

〔註192〕〔五代〕劉昫，《舊唐書》，北京：中華書局，1975 年，1469～1470 頁。

第二〔註 193〕。在河東道內部，河中府、晉州、絳州又居一半以上，其拱衛京師的功能於斯可見。

就太原府而言，其作爲軍事重鎮的地位又勝過河中府。河東節度使與朔方節度互爲犄角，主要爲防禦突厥之南下。武德五年，以并州與荊、益、幽、交爲全國五大總管府，後爲大都督府。景雲二年（711），又與益、揚、荊爲全國四大都督府。天寶元年，全國十大節度使統領鎮兵 49 萬人，河東 5.5 萬，分駐太原、忻州、代州、嵐州、大同等地，兵員數居全國第五位。

唐代河東道之轄區，與今天的山西省轄區基本吻合。唐代河東道之轄區屢有微小的變動，除蔚州之興唐（今河北興縣）飛狐（今河北淶源）潞州之涉縣（今河北涉縣）和虢州（今河南三門峽市）不在今轄區，十八州之政區與今無異〔註 194〕。十八個州依次是：太原府、河中府、潞州、澤州、晉州、絳州、慈州、隰州、石州、汾州、代州、忻州、嵐州、沁州、朔州、雲州、蔚州、儀州〔註 195〕。按照唐代河東道內部之行政軍事區劃及歷史上的風俗差異，將十八州分爲四個亞區，代北：代州、朔州、嵐州、雲州、忻州。晉中：太原、汾州、沁州、石州、儀州、慈州、隰州、蔚州之靈丘縣。晉東南：潞

〔註 193〕張沛，《唐折衝府彙考》，西安：三秦出版社，2003 年。

〔註 194〕史書中記載的河東道所轄州名不完全一致，主體範圍不變。《大唐六典》卷三《尚書戶部》條：三曰河東道，古冀州之境，今太原、潞、澤、晉、絳、蒲、虢、汾、慈、隰、石、沁、儀、嵐、忻、代、朔、雲（虢州或屬河南），凡十有九州焉。東距恒山，西據河，南抵首陽太行，北邊匈奴。見李林甫，《大唐六典》，北京：中華書局，1992 年。敦煌縣博物館 58 號卷子《天寶年間地志殘卷》所載的河東道十九州與《大唐六典》相通，見唐耕耦、陸宏基編《敦煌社會經濟文獻眞迹釋錄》第一輯，書目文獻出版社，1986 年，69～77 頁。馬世長推定此地志殘卷反映的區劃爲開元天寶時期，見馬著《敦煌吐魯番文獻研究論集》，北京：中華書局，1982 年，265～428 頁。《通典》：太原、上黨、河東、絳郡、平陽、高平、樂平、陽城、雁門、大寧、文成、西河、昌化、安邊、定襄、馬邑、雲中、單于都護府。見杜佑，《通典》，北京：中華書局，1988 年，4724～4725 頁。《舊唐書》：河中、絳、晉、隰、汾、慈、潞、澤、沁、遼、太原、代、蔚、忻、嵐、石、朔、雲，單于都護府。見《舊唐書》，北京：中華書局，1975 年，1469～1488 頁。《新唐書》：河中、絳、晉、慈、隰、石、太原、汾、忻、潞、澤、沁、遼、代、雲、朔、蔚、武、新、嵐、憲。見《新唐書》，北京：中華書局，1975 年，999 頁。

〔註 195〕蔚州所轄之飛狐、興唐二縣已逸出三晉傳統地理的範圍，在研究中不予考慮。晉南之河北（今平陸縣）、永樂（今芮城縣）雖一度隸屬於陝州，但在地理單元上與河中府爲一體，均在黃河北岸，宜列入研究範圍。

州、澤州（涉縣除外）。晉南：河中府、絳州，晉州，陝州之河北、永樂二縣。

河東道之人口，據梁仲方統計，貞觀十三年，河東道人口數為 998493 人，天寶元年人口總數為 3723217 人，唐代河東道面積為 160400 平方公里，即可推算出，當時人口密度為每平方公里 6.2 人，天寶元年為 23.2 人〔註 196〕。就河東道內部各州而言，以天寶元年人口計，河中府、晉州、絳州、太原府、汾州、潞州人口皆在 30 萬以上，其中太原近 80 萬。隰州、澤州、代州人口數居中，超過 10 萬。慈、沁、遼、嵐、石、忻、朔諸州皆在 10 萬以下，雲州最少，人口不足 1 萬。從人口的分佈可以看出，河東道人口主要集中於晉中、臨汾、運城、上黨諸盆地之中，山區和邊疆人口相對稀少，這正與各區的政治文化地位相當〔註 197〕。

二、河東道之經濟

（一）農　業

河東道之農業於唐時特為發達。唐代前中期約 200 多年的時間里正處於近 3000 年歷時最長之多雨期〔註 198〕，而且其時旱災較少，氣候濕潤，為近 2000 年最溫暖期〔註 199〕。故北方之農牧線北移，農耕區擴大，河東道水源豐富，便於灌溉。唐代河東道修建之水利工程有記載的有 17 次〔註 200〕，全部集中在太原府、河中府、晉州、絳州。此地區為唐代重要的產糧區。唐統治者還在太原以北實行屯田，把太原以北大量游牧區轉為農業用地，耕地面積大為增加。《大唐六典》卷七載：全國軍屯共 992 屯，其中河東道 132 屯，大同軍 40 屯，橫野軍 42 屯，雲州 37 屯，朔州 3 屯，蔚州 3 屯，嵐州 1 屯，蒲州 5 屯，太原 1 屯〔註 201〕，大半部分集中於塞北地區。如此大規模的墾田種植，使河東道成為全國著名之糧倉。就《通典》統計的天寶八載十道糧

〔註 196〕梁仲方，《中國歷代田賦、戶口、田地統計》，上海：上海人民出版社，1980 年。
〔註 197〕屬於盆地的州有河中府、晉州、汾州、潞州、忻州。屬於山地的州有代州、蔚州、嵐州、石州。屬於丘陵的州有朔州、絳州。盆地山地混合的有太原府、遼州、沁州。屬於黃土地的有澤州、隰州、慈州。
〔註 198〕王鄉、王松梅，《近五千年我國中原氣候在降水量方面的變化》，《中國科學》B 輯，1987 年 1 月。
〔註 199〕竺可楨，《中國歷史上氣候變遷之初步研究》，見《竺可楨全集》，上海：上海科技教育出版社，2004 年，453～454 頁。
〔註 200〕據山西大學周絜碩士學位論文《唐代山西經濟發展試探》，11～12 頁。
〔註 201〕〔唐〕李林甫，《大唐六典》，北京：中華書局，1992 年，223 頁。

倉儲量，河東道正倉 3589180 石，占十道總額的 22%；義倉 7309610 石，占總額的 11%；常平倉 535386 石，占總額之 12%。正倉列第一，義倉與常平倉列第三〔註 202〕。農作物品種以傳統的麥、粟、黍、豆爲主，尚有水稻的種植〔註 203〕。

據史念海先生研究，唐代河東道之森林資源異常豐富〔註 204〕，從《水經注》的記載中尚可推測唐代森林茂密、水源充足的狀況（見第一節水文植被部分），柳宗元《晉問》中曰：「晉之北山有異材，梓匠之師之爲宮室求大木者，天下皆歸焉。」其時西部之呂梁山、管涔山、南部之中條山、東北部之五臺山，皆有大片的原始森林。呂梁山區的林木主要分佈於嵐州，唐德宗曾對臣下曰：「人云：開元天寶中，近處求覓五六丈木，尚未易得，皆須於嵐、勝州採造。」〔註 205〕其地並成爲唐代重要之養馬場。中條山亦林木繁茂，韓愈《條山蒼》云：「條山蒼，河水黃，波浪沄沄去，松柏在高岡。」〔註 206〕今中條山尚存有 100 平方公里的原始大森林。從唐代志書中所載河東道的野生貢品來看，亦可推見其森林覆蓋之廣，野生動物製品有野雞、雕翎、麝香、豹尾、熊皮、犛牛尾、人參及大量的藥材〔註 207〕。就太原府而言，亦爲森林所覆蓋，唐太宗《晉祠銘》曰：「絕嶺方尋，橫天聳翠。……松蘿曳影，重谷晝昏，碧霧紫煙，鬱古今之色……霓裳鶴蓋息焉，飛禽走獸依也。」〔註 208〕良好的森林覆蓋率，使河東成爲國家的馬場。儀鳳年間即在嵐州設監牧使，負責樓煩、玄池、天池之軍馬牧養。《新唐書‧兵志》載：置「三監於嵐州……統樓煩、玄池、天池之監。」〔註 209〕現此地區尚有馬坊、馬圈的遺迹。另外國家通過互市的方式引進良種，《新唐書‧兵志》：「突厥款

〔註 202〕〔唐〕杜佑，《通典》，北京：中華書局，1988 年，291～294 頁。

〔註 203〕《元和郡縣圖志》卷十三，河東道二載，文水縣「城甚寬大，約三十里，百姓於城中種水稻」。中部之文水如此，南部之農作區可知。見〔唐〕李吉甫，《元和郡縣圖志》，北京：中華書局，1983 年，371 頁。

〔註 204〕史念海，《黃土高原歷史地理研究》，鄭州：黃河水利出版社，2001 年，461～464 頁。

〔註 205〕李昉，《太平廣記》，北京：中華書局，1962 年，1844 頁。

〔註 206〕錢仲聯，《韓昌黎詩繫年集釋》，上海：上海古籍出版社，1994 年，3 頁。

〔註 207〕據《新唐書‧地理志》，《大唐六典》，《通典》敦煌文書《要略第二》敦煌博物館 58 號《地志殘卷》，其中人參廣布太原、上黨之太行山上，忻州、朔州貢豹尾，嵐州貢熊皮，雲州貢犛牛尾，一半的州貢藥材。

〔註 208〕吳雲、冀宇編注，《唐太宗集》，西安：陝西人民出版社，1986 年，135 頁。

〔註 209〕〔北宋〕歐陽修、宋祁，《新唐書》，北京：中華書局，1975 年，1338 頁。

塞，玄宗厚撫之，歲許朔方軍西受降城為互市，以金帛市馬，於河東、朔方、隴右牧之。既雜胡種，馬乃亦壯。」〔註210〕除官方養馬外，尚有少數民族內遷河東養馬，唐開元四年，玄宗安排突厥九姓於并州，皆領養馬〔註211〕。唐代宗以後，党項之六府部落遷於石州，依水草而居；沙陀部落居於陘北，後唐莊宗說「吾家以養馬為生」〔註212〕，河東成為唐王朝主要的牧馬場之一，故其駿馬歷來為地方割據勢力所爭奪，安祿山曾以內外閑廏都使兼知樓煩監，暗中挑選駿馬運至范陽，為造反做準備；唐末李克用亦如之〔註213〕。

（二）手工業

河東道唐代最著名的手工業屬鹽業、銅鐵冶煉製造業、釀酒業。

河東鹽池歷史悠久，錢穆先生推測，黃帝蚩尤之阪泉之戰有可能是為了爭奪鹽池，另《左傳》中亦有關於鹽池的記載〔註214〕，酈道元《水經注》有關於河東鹽池製鹽的最早記錄：「呂忱曰：『夙沙初作煮海鹽，河東鹽池謂之鹽，……水出石鹽，自然印成，朝取夕復，終無減損。」〔註215〕至唐，河東鹽池特為著名，《新唐書‧食貨志》云：「唐有鹽池十八，……蒲州安邑、解縣有池五，總曰『兩池』，歲得鹽萬斛，以供京師。」〔註216〕另有朔州的馬邑池，以供軍需。唐代河東鹽池主要有大鹽池，女鹽池和六小池，分為東西二場進行生產。河東鹽池採用了墾畦澆曬技術〔註217〕，大大提高了池鹽的產量和質量，成為國家財政的重要來源。唐代宗大曆初年，全國鹽利之收入為 600 萬緡，占全國賦稅收入的一半，河東鹽池收入 150 萬緡，占全國財

〔註210〕〔北宋〕歐陽修、宋祁，《新唐書》，北京：中華書局，1975 年，1338 頁。

〔註211〕〔北宋〕司馬光，《資治通鑒》，北京：中華書局，1996 年，6719 頁。

〔註212〕〔北宋〕歐陽修，《新五代史》，北京：中華書局，1974 年，514 頁。

〔註213〕《資治通鑒》載唐僖宗中和二年，「李克用雖累表請降，而據忻代州，數侵掠並汾，爭奪樓煩監」。見司馬光，《資治通鑒》，北京：中華書局，1996 年，8276 頁。

〔註214〕《左傳‧成公六年》：「晉人謀去故絳，諸大夫皆曰：『必居郇瑕氏之地，沃饒而近鹽，國立君樂，不可失業。」見楊伯峻，《春秋左傳注》，北京：中華書局，1981 年，827～828 頁。

〔註215〕酈道元，《水經注疏》卷六，楊守敬、熊會貞疏，江蘇古籍出版社，1989 年，584～585 頁。

〔註216〕歐陽修、宋祁，《新唐書》，北京：中華書局，1975 年，1377 頁。

〔註217〕即人工墾地為畦，將經過調配的鹵水灌入畦內利用日光，風力等自然力蒸發鹵水，曬製池鹽。它改變了傳統的完全依靠自然力的「天然印成」的製鹽方法。見山西大學吳保安博士論文《唐代河東地區科學技術文化源流彙考》。

政收入的 1／8，貢獻之大，非同一般。河東的鹽供應著唐王朝大片地區居民的食用需求，柳宗元《晉問》裏描述其銷售範圍說「西出秦隴，南過樊鄧，北極燕代，東逾周宋」。

池鹽的生產誕生了鹽文化，唐河東鹽池文化中最特別的是鹽池神信仰。大曆十年，河東鹽池一帶降雨不止，影響了池鹽的生產，時爲河東租庸鹽鐵侍御史的崔陲通過戶部侍郎韓滉向朝廷奏稱鹽池產生了紅鹽是祥瑞之兆。唐代宗爲祈祝產鹽順利，特下詔，賜鹽池爲「寶應靈慶池」，封池神爲「寶應靈慶公」，並規定了每年五月九日以國家祀典的形式祭拜池神，唐德宗李适於貞元九年親臨河東鹽池神廟舉行了祠神大典。唐代池神廟修建了池神、日神、風神三大殿，是現存國內唯一的池神廟。同時圍繞鹽池產生了此一特殊題材的文學作品，柳宗元《晉問》，崔敖《鹽池靈慶公神祠頌》，張濯《寶應靈慶神池記》，及閻伯璵之《鹽池賦》。

河東道銅礦儲量異常豐富，冶銅業非常發達。全國產銅地 72 縣，黃河流域有二十縣，河東道占十個〔註 218〕。其中絳州鑄的銅錢量在全國佔有很大份額，《新唐書·食貨志四》記載，「天下鑪九十九，絳州三十」〔註 219〕。河東道鐵的冶煉製造最爲著名。隋唐時期，黃河流域之冶鐵地點大多集中於河東道，其冶煉分佈點占全國之 32%〔註 220〕。河東道的冶煉鑄造技術達到了很高水平，并刀、并剪、鐵鏡皆聞名一時，杜甫《戲題王宰畫山水圖歌》有「焉得并州快剪刀，剪取吳淞半江水」〔註 221〕，任華《懷素上人草書歌》：「鋒利其如歐冶劍，勁直渾似并州鐵」。喬琳《太原進鐵鏡賦》有「五金同鑄，百鍊爲鋼」〔註 222〕的形容。其鑄鐵技術最傑出之代表即是蒲津橋之黃河大鐵牛。杜佑《通典》云：「河東，有蒲津關……大唐開元十二年，河兩岸開東西門，各造鐵牛四，鐵人四。其牛下並鐵柱連腹，並前後鐵柱十六，入地丈餘。」〔註 223〕鐵牛沉埋一千二百多年，1991 年在蒲津關附近挖出，鐵牛身長 3 米，高 1.9 米，經實測重 50 到 70 噸不等，「鐵牛是將鑄鐵塊疊置範腔中，然後再將

〔註 218〕史念海，《中國歷史地理綱要》，太原：山西人民出版社，1991 年，303～304 頁。
〔註 219〕歐陽修、宋祁，《新唐書》，北京：中華書局，1975 年，1386 頁。
〔註 220〕郭聲波，《歷代黃河流域鐵冶點的佈局及其演變》，《陝西師大學報》，1984 年第 3 期，48～56 頁。
〔註 221〕仇兆鰲，《杜詩詳注》，北京：中華書局，1979 年。
〔註 222〕董誥《全唐文》，北京：中華書局，1983 年，3612 頁。
〔註 223〕杜佑，《通典》，北京：中華書局，1988 年，4726 頁。

融化的鐵水澆灌在其中，使之與鐵塊融爲一體，巧妙而科學的解決了巨型實體鑄件的冶鑄技術，爲中國冶鑄技術的歷史增添了光輝的一頁」〔註224〕。另河東道巨型鐵鑄像尚有臨汾鐵佛寺之巨型鐵佛頭像，直徑 4 米，高 6 米。交城石壁寺鑄鐵彌勒像，鑄造時間歷時二月，惜今已不存，唐林諤有《石壁寺鐵彌勒佛像頌》。

河東地區的釀酒歷史頗爲悠久。據考古發現，山西汾陽杏花村遺址出土了距今約 6000 年的釀酒器——小口尖底甕〔註225〕。魏晉時期河東已是全國釀造中心之一。唐代河東道之名酒有桑落酒、汾清酒、竹葉酒、葡萄酒。桑落酒是北魏時期劉白墮所創製，《水經注》記載：「（河東）郡多流雜，謂之徒民。民有姓劉名墮者，宿擅工釀，採挹河流，醖成芳酎。……排於桑落之辰，故酒得其名矣。」〔註226〕其主要產地在平陽和蒲州，唐代在蒲州設有「芳釀監」專司燒製，其時桑落酒爲朝廷貢品，經常用來祭祀並賞賜大臣。汾清酒於北齊時即爲皇家御用酒，屬於穀物發酵，又稱米酒。竹葉酒以汾清爲底酒，蘸以竹葉等中草藥，酒色綠黃，口感甜爽細膩，河東爲其主要產地。王績《過酒家五首》其一云：「竹葉連槽翠，葡萄帶麴紅。」河東的葡萄酒與西域、長安的齊名，李肇《國史補》中羅列唐代名酒，即有河東之乾和葡萄酒。白居易《寄獻北都留守裴令公》云：「羌管吹楊柳，燕姬酌葡萄。」〔註227〕劉禹錫《葡桃歌》云：「野田生葡萄，才繞一枝高。……有客汾陰至，臨堂瞠雙目。自言我晉人，種此如種玉。釀之成美酒，令人飲不足。」〔註228〕

三、宗教與民間信仰

（一）佛教與道教

唐代河東道佛教非常發達，其中五臺山是文殊菩薩的道場，爲全國最重要的佛教聖地之一。就整個唐代而言，河東道所出高僧 70 名，占唐代全部

〔註224〕溫澤先、郭貴春主編、山西大學科學技術研究中心編，《山西科技史》（上），太原：山西科學技術出版社，2002 年。

〔註225〕晉中考古隊，《河東汾陽孝義兩縣考古調查和杏花村遺址的發掘》，《文物》，1989 年第 4 期。

〔註226〕酈道元，《水經注疏》，楊守敬、熊會貞疏，南京：江蘇古籍出版社，1989 年，303 頁。

〔註227〕朱金城，《白居易集箋校》，上海：上海古籍出版社，1988 年。

〔註228〕陶敏、陶紅雨，《劉禹錫全集編年校注》，長沙：嶽麓書社，2006 年。

高僧總數的 11%，與關內道並列第三〔註229〕。長期駐錫於河東道弘法之高僧
共 85 人，在河東曾短期從事佛教活動之高僧 145 人〔註230〕，河東道佛寺數量
見於文獻者 170 座〔註231〕。就河東道內部而言，無論就僧人之籍貫地、駐錫
地，河中府、太原府、五臺山是三個僧人最為集中的佛教發達區域。河中府
地近長安，文化傳統深厚，產高僧 17 人，占河東道總數的近 1／4〔註232〕，
河中府之佛教禪宗較盛，智封禪師先學唯識宗，後見神秀禪師於武當山，遂
轉而習禪，於河中府安峰山隱居十年，蒲州刺史衛文升迎請入城，得其道者
不可勝計〔註233〕。另外僧徹、曇獻、惠仙等皆河中府禪門高僧，積極弘法
〔註234〕。太原府是唐王朝龍興之地，政治軍事地位異常重要，其佛教之興
盛與唐統治者的扶持密切相關。王朝建立之初，即於太原創義興寺、太原寺
以祈福。智滿禪師弘道於太原，支持唐朝的建立，故李淵於武德元年將智滿
所住許公宅捨為義興寺，「四事供養，一出國家」〔註235〕。太原的寺院規模
都很大，智滿禪師於義興寺「三百餘僧受其制約」〔註236〕，大興國寺內有
僧人百餘〔註237〕，凝定寺有「禪學數百，清肅成規」〔註238〕。以致唐初為
解決兵源問題，一次於太原「敕選兩千餘僧，充兵兩府」〔註239〕。龐大的
僧徒數量加速了佛教的傳播，史稱并州之人「七歲以上，多解念佛」〔註240〕，
其佛教氛圍之濃厚可知。太原的佛教各宗派皆有傳播，其中以石壁寺的淨土
宗為太原佛教的特色，北魏曇鸞所創，唐初道綽擴大了影響範圍，另有宗哲

〔註229〕見李映輝，《唐代佛教地理研究》，湖南大學出版社，2004 年，10 頁。其統計
數據依據《續高僧傳》、《宋高僧傳》、《大唐西域求法高僧傳》三書，共得唐
代高僧 919 人，能確定籍貫者為 664 人。

〔註230〕李映輝，《唐代佛教地理研究》，湖南大學出版社，2004 年，62 頁。

〔註231〕李映輝，《唐代佛教地理研究》，湖南大學出版社，2004 年，89 頁。另筆者據
（光緒）《山西通志》統計，唐代新建及前代所建至唐留存的佛寺超過 200
座。

〔註232〕據李映輝《唐各道高僧籍貫分佈及前後期比例圖》，見《唐代佛教地理研究》，
16～30 頁。

〔註233〕〔宋〕贊寧，《宋高僧傳》卷八本傳，北京：中華書局，2011 年。

〔註234〕〔唐〕道宣，《續高僧傳》卷二十諸僧本傳，北京：中華書局，2014 年。

〔註235〕〔唐〕道宣，《續高僧傳》卷十九本傳，北京：中華書局，2014 年。

〔註236〕〔唐〕道宣，《續高僧傳》卷二十四《曇選傳》，北京：中華書局，2014 年。

〔註237〕〔唐〕道宣，《續高僧傳》卷十八《洪林傳》，北京：中華書局，2014 年。

〔註238〕〔唐〕道宣，《續高僧傳》卷二十《志超傳》，北京：中華書局，2014 年。

〔註239〕〔唐〕道宣，《續高僧傳》卷十九《智滿傳》，北京：中華書局，2014 年。

〔註240〕見《三寶感應要略錄》卷中，載《大正藏》卷五十一。

之法相宗〔註241〕，志超之禪宗〔註242〕，皆影響很大。

湯用彤先生曰：「唐朝佛教之聖地，當首推五臺山。」〔註243〕五臺山於南北朝時代即爲一佛教中心〔註244〕，因五臺山相傳是文殊菩薩演化之區，爲全國著名之靈山聖境。唐代諸帝除高祖、武宗以外，皆遣使行香朝拜。特別是武則天命令德感國師、憲宗令清涼國師統領天下之佛教，使得五臺山寺院林立，僧眾萬餘，成爲唐代北方最大的佛教中心。其時五臺山之文殊信仰遍及天下，當時有人把佛教徒宗仰五臺山比作儒士宗祖孔子〔註245〕。朝拜之信眾接踵連環〔註246〕，佛教各宗派如唯識宗、律宗、華嚴宗、天台宗、密宗、淨土宗、禪宗皆紛紛於五臺山開闢道場，著書立說，建立本宗基地〔註247〕。宗派之間彼此相融，傳法弘道，交相輝映，不啻爲唐代佛教之縮影。河東道佛教之特點沿北朝佛教之特色，以義學爲主，而特重實踐修行，少有如南方之重文崇雅的風流僧徒。陳尚君先生《唐詩人占籍考》中河東道的詩僧僅僅

〔註241〕見《宋高僧傳》卷四本傳，北京：中華書局，2011 年。

〔註242〕見《續高僧傳》卷二十本傳，北京：中華書局，2014 年。

〔註243〕湯用彤，《隋唐佛教史稿》，北京：中華書局，1982 年，27 頁。

〔註244〕〔唐〕慧祥《古清涼傳》古今勝迹三卷上云：「爰及北齊高氏，深弘像教，宇內塔寺將四十千。此中伽藍，數過二百，又割八州之稅以供山眾醫藥之資焉。」見《大藏經・史傳部》。嚴耕望先生推測五臺山爲唐前一大佛教中心。

〔註245〕姚崇《大唐潤州句容縣大泉寺新三門記並序》：「今天下學佛道者，多宗旨於五臺，靈聖蹤迹，往往而在，如吾黨之依於孔門也。」見〔清〕董誥，《全唐文》，北京：中華書局，1983 年，7940 頁。

〔註246〕柳宗元《送文暢上人登五臺遂河朔序》：「而往解脫者，去來回覆，如在步武。」見《柳河東集》，上海人民出版社，1974 年。

〔註247〕唯識宗：玄奘弟子窺基曾於咸亨永隆年間，兩至五臺山修建本宗寺宇；被武則天譽爲「河汾之寶，山嶽之英」的德感國師亦唯識宗大師。詳見肖雨，《唐代五臺山佛教史》（續三），《五臺山研究》，1992 年第 2 期，19 頁。律宗：唐律宗大師道宣曾至五臺山宣講《四分律》，奠定了五臺山律宗的基礎。竹林寺萬聖戒壇爲德宗敕建的律宗國家級戒壇。華嚴宗：隋代解脫禪師奠定了五臺山華嚴宗的實踐基礎，李長者（唐宗室）奠定了其理論基礎。見肖雨，《唐代五臺山佛教史》（續三）：21～26 頁。天台宗：於五臺山有佛光寺、大華嚴寺、法華寺三個主要道場，高僧雲集。見肖雨，《唐代五臺山佛教史》（續四），《五臺山研究》，1992 年第 3 期，17～22 頁。密宗：唐代密宗三大祖師之一的不空即爲五臺山密宗的開山祖師，他把文殊信仰擴展至全國範圍，置於四菩薩之首。見肖雨，《唐代五臺山佛教史》（續四），25 頁。淨土宗：淨土宗之祖師曇鸞即出家於五臺山佛光寺。見肖雨，《唐代五臺山佛教史》（續五），《五臺山研究》，1993 年第 1 期。禪宗：禪宗四祖道信依《文殊說般若經》的一行三昧修行，故禪宗弟子宗奉文殊菩薩，禪宗之牛頭宗、菏澤宗、潙仰宗，皆紛紛於五臺山開宗立派，弘揚佛法。

四人，海順、本淨、惟岸、皎然〔註248〕。其中海順卒於武德元年，不宜列入唐代；本淨與惟岸只存少量宣揚佛理的偈詩，只有皎然一人多才藝，詩酒流連，通音樂繪畫，只存詩一首《渭川歌》，可以算作嚴格意義上的詩僧。其出身爲河東裴氏，是否生長於晉地，難以確知。河東道佛教所影響文學者，唯士人之人生觀及藝術思維方式，尤以王維爲著。

唐代河東道的道教亦頗爲興盛，然內涵究竟不及佛教之豐富。北魏寇謙之改革道教，其時政治中心在平城，故天師道在河東地區首先發展起來；到隋代，文帝、煬帝皆崇道教，於河東屢建道觀，做齋醮；到唐時，河東地區已成爲天師道的主要流行區之一。有唐一代，河東道道教之影響可約爲數端：第一，唐初的道教徒爲新政權作符讖的宣傳，李淵初起兵太原，年近九十的茅山派領袖王遠知從南方北上太原秘傳符命，同時編造讖語，爲起義造勢；與宋金剛霍邑之戰，道教徒編造太上老君濟師的神話〔註249〕；唐武德三年，李世民與劉武周柏壁之戰，道教徒於羊角山編造白衣老父預言祝福的神話〔註250〕。第二，河東道產生了道教神僊人物張果與呂巖。張果隱於中條山，來往於汾晉之間，時人傳其有長生之術，武則天招之，佯死不赴；後玄宗招之，又放歸。呂巖相傳爲德宗時禮部侍郎呂渭之後代，武宗時兩舉進士不第，即浪迹江湖，修道隱居。第三，中晚唐時期，中條山靜道院道士侯道華成仙之傳說，流傳很廣，爲許多文人所企羨。要之，比諸佛教，道教之影響更具功利性、庸俗性特徵，與文學更少發生直接的聯繫。作爲特定區域的河東道道教與文學的關係，亦只能於普遍意義層面上發生，而不可能就特定地域文化的範疇內予以條分縷析的考察。

（二）民間信仰部分

唐代河東道之民間信仰，除去巫術崇拜中的接神引鬼、祈雨報賽、治病消災等具有一般意義的巫術活動外，尚存在具有地域特點的豐富的民間信仰。第一，本土自然山川神靈之崇拜。最著名者爲后土神與霍嶽神，在唐代屬於國家祀典，此外尚有汾河之臺駘神、滹沱河之河神、姑射山之神、五老

〔註248〕陳尚君，《唐代文學叢考》，北京：中國社會科學出版社，1997年，147～149頁。
〔註249〕〔唐〕溫大雅，《大唐創業起居注》，上海：上海古籍出版社，1983年，23頁。
〔註250〕〔宋〕王溥，《唐會要》，上海：上海古籍出版社，1991年，1013頁。王永平推測這兩起神話是一個版本的連續翻版，幕後策劃人爲李世民，而山西之道教徒是積極的創作者和表演者。見王永平，《隋末唐初的山西道教》，《滄桑》，1999年第1期。

山之五老僊人、五龍山之五龍祠〔註251〕。第二，本地域先賢神靈的崇拜。
堯、舜、禹、炎帝、蚩尤、女媧、后稷皆遠古傳說中的偉大人物，晉南一帶
之信仰尤爲突出，其中河東道堯、舜、禹的祭祀已被寫入國家禮制。唐叔虞
爲晉國開國君主，晉祠爲其祭祀之所，位於晉陽縣西南12里，經北齊修建，
成爲太原著名的遊覽勝地。介子推的信仰遍佈三晉，寒食節掃墓在唐玄宗時
以朝廷政令的形式固定下來〔註252〕。另外還有智伯、趙盾、李牧、子夏的
神祠廟宇〔註253〕。第三，最具三晉地域特色的民間信仰，有鹽池神寶慶靈
應公和妒女神。此二信仰於唐代爲河東道獨有，於我國幾千年文明言之，亦
殊少見。寶應靈慶公信仰前文已論，此處就妒女崇拜略一說明。

　　《朝野僉載》卷六云：「并州石艾、壽陽二界有妒女泉，有神廟，泉水深
潔澈千丈。祭者投錢及羊骨，皎然皆見。俗傳妒女者，介子推妹，與兄競，
去泉百里，寒食不許斷火，至今猶然。女錦衣紅鮮，裝束盛服，及有人取山
丹、百合經過者，必雷風電雹以震之。」〔註254〕後李諲撰《妒神頌》云介子
推妹不滿於介子推以隱居不仕要挾君主，塡入了政教的內容〔註255〕。妒女祠
應該屬於淫祠的範疇〔註256〕，然而其影響卻很大，甚至帝王的出行也發生避
道的禁忌。《舊唐書·狄仁傑傳》云：「高宗將幸汾陽宮，以仁傑爲知頓使。
并州長史李沖玄以道出妒女祠，俗云盛服過者必致風雷之災，及發數萬人別
開御道。仁傑曰：『天子之行，千乘萬騎，風伯清塵，雨師灑道，何妒女之害

〔註251〕臺駘神：《元和郡縣圖志》載曲沃縣臺駘神祠，在縣西南三十六里。見李吉甫，
　　　　《元和郡縣圖志》，北京：中華書局，1983年，333頁；《太平廣記》載晉陽
　　　　縣東南二十里，汾水旁邊有臺駘廟。見李昉《太平廣記》，北京：中華書局，
　　　　1962年，2429頁；滹沱河之河神：《元和郡縣圖志》記載雁門縣南部，張說
　　　　於開元九年奏置河神祠，見李吉甫《元和郡縣圖志》，403頁；姑射山之神：
　　　　《元和郡縣圖志》載神祠在臨汾縣北十三里姑射山東，武德元年敕置，見《元
　　　　和郡縣圖志》，337頁；五老山之五老僊人：《元和郡縣圖志》載永樂縣西十
　　　　七里有五老僊人祠；五龍山之五龍祠：北朝時代慕容永所立，在上黨縣東南
　　　　二十五里，見《元和郡縣圖志》418頁。
〔註252〕〔宋〕王溥，《唐會要》卷23，上海：上海古籍出版社，1991年，512頁。
〔註253〕子夏居西河非河東道之西河，前人已辨，但民眾的信仰真理與客觀真理並不
　　　　矛盾，亦可見民風與民心。
〔註254〕〔唐〕張鷟，《朝野僉載》，程毅中點校，北京：中華書局，2005年，135頁。
〔註255〕〔清〕董誥，《全唐文》，北京：中華書局，1983年，4175～4176頁。
〔註256〕〔唐〕趙璘《因話錄》云：「雖嶽海鎮瀆，名山大川，帝王先賢，不當所立之
　　　　處，不在典籍，則淫祠也。昔之爲人，生無功德可稱，死無節行可獎，則淫
　　　　祠也。」，上海：上海古籍出版社，1979年，119頁。

也？』遽令罷之。」〔註257〕狄仁傑曾毀南方淫祠七百餘所，卻不能奈何此祠，且到中唐後期太原節度使亦遣使致祭，其影響力之大可見一斑。就前面所述，妒神的來源顯係附會介子推，有學者認爲，妒神本爲泉水崇拜，附會上介子推之妹，是當地百姓對寒食禁火不滿情緒的一種反映〔註258〕。此說法不無道理，揭示了妒神信仰原因之一端。尚有一端，即妒神之名的內在性質，應有另外的社會原因。其所反映的是北方已婚婦女妒忌風氣之流行，一方面也折射出唐代河東地區女性的社會地位，武則天稱女皇，河東獅吼的流傳絕不是偶然的事情。妒神產生和存在的具體文化內涵，第八章專列一節詳細展開討論。

四、唐代河東道之文教

唐代之三晉文化，廣而言之，則非僅局限於河東道地域之內，其中家族所承載之地域文化傳統隨處所在，家族文化上的成就與其出身的地域有著程度不同的關聯性。史念海先生就兩唐書的人物籍貫統計人才的分佈，從武德至天寶年間，宰相共 169 人，有傳者 146 人，按籍貫分，河東道 18 人，在全國十道中居第四位。在《新舊唐書》立傳的人物中，有籍貫可考者 1868 人，河東道 208 人，亦居第四位〔註259〕。有唐一代進士 6427 名〔註260〕，河東道161 人〔註261〕，其中河中府 74 人，太原府 38 人，絳州 20 人，爲人才的主要聚集地。然而，這種籍貫的人才統計方法並不能精確地反映河東道本土文化教育的實際狀況，因爲唐代許多大家族，如河中府的裴、薛、柳，太原的王、溫、白、郭，相當一部分已經遷出本土，移居於京都地區〔註262〕。故此種統計只具有局部程度意義，不能說明實際的整體狀況，譬如三晉文化中固有的實用主義、功利主義的從政意識，對於河東大族在唐代政治舞臺上的卓越表現不無影響，而於文學藝術之影響則微乎其微。再就河東道之教育狀況而言，

〔註257〕〔五代〕劉昫《舊唐書》，北京：中華書局，1975 年，2887 頁。
〔註258〕王永平，《論唐代山西的民間信仰》，《山西大學學報》，2004 年第 1 期，114 頁。
〔註259〕史念海，《兩唐書列傳人物本貫的地理分佈》，見《唐代歷史地理研究》，北京：中國社會科學出版社，1998 年。
〔註260〕馬端臨，《文獻通考》卷 29《選舉二》，北京：中華書局，1986 年。
〔註261〕王軒等，光緒《山西通志》，北京：中華書局，1990 年。
〔註262〕毛漢光，《從士族籍貫遷移看唐代士族之中央化》，載氏著《中國中古社會史論》，上海：上海世紀出版集團，上海書店出版社，2002 年。

史料中缺乏河東道唐代官方教育的記載，民間講學唯有王通於隋末唐初傳道河汾，影響了一時的文化風氣，未進入唐代王通即去世，未聞其教授事業在本土有傳承的記載。另尚有陽城於中唐年間講學於中條山，為一時盛事。杜佑《通典》說河東「魏晉以降，文學盛興，閭井之間，習於程法」〔註263〕。《隋書·地理志》亦云「涿郡、太原，自前代以來，皆多文雅之士，雖俱曰邊郡，而風教不為比也」〔註264〕。嚴耕望《唐人習業山林寺院之風尚》一文根據各種文獻記載推定太行山、中條山為北方一大讀書中心〔註265〕。唐人詩句中也有關於河東「家家管絃歧路邊」的描寫，可見河東道文化教育之一斑。

陳尚君先生《唐詩人占籍考》統計唐代河東道詩人 149 人，除去隋代 1 人（釋海順）涉縣 4 人（孫逖、孫緯、孫棨、孫偓），再加上生長於河東的張說、令狐楚，共計 146 人，總數不多，大家不少。其中詩人的內部分佈，河中府 75 人，太原府 31 人，絳州 29 人，有 12 個州未出 1 人，其分佈與進士的分佈有很大的一致性。

費省《唐代藝術家籍貫的地理分佈》統計河東道之藝術家共計 54 人，占全部 441 人的 12%，十道中排名第五〔註266〕。在河東道內部，河中府與太原各占 23 和 17 人。藝術家的種類上，書法家 36 人，畫家 7 人，工藝家 7 人，書法家兼畫家 1 人，書法家兼音樂家 2 人，書、畫、樂兼通者 1 人。河東道藝術家群體與文學家相似，帶有家族性，王維、王縉兄弟，司空輿、司空圖父子，張嘉貞一門由盛唐而傳至晚唐之張彥遠，武則天、武三思姑姪，裴氏書法家有 7 人之多，可以說河東道的藝術主要以家族文化的形式表現出來，成就很高。初唐四大家之一的薛稷和寫意畫的創始人王維置而勿論，晚唐之張彥遠與司空圖分別就詩歌與繪畫寫出了帶有總結性質的文藝理論名著《二十四詩品》和《歷代名畫記》，其意義非同一般。

除去有名姓的藝術家，河東道之無名藝術家亦有無數的精美創作。迄今尚留存於山西的藝術珍品有：五臺山佛光寺東大殿殘存有 61 平方米的唐代壁畫，是我國唐代寺觀壁畫的僅存之作。唐代彩塑至今保存下來的只有 88 尊，全部集中在五臺山的南禪寺、佛光寺、晉城古青蓮寺和平遙鎮國寺之中，均

〔註263〕〔唐〕杜佑，《通典》，上海：上海古籍出版社，1991 年，4745 頁。
〔註264〕〔唐〕魏徵，《隋書》，北京：中華書局，1973 年，860 頁。
〔註265〕《嚴耕望史學論文選集》，北京：中華書局，2006 年，244～246 頁。
〔註266〕費省的統計主要根據《中國美術家人名辭典》《中國音樂詞典》而略作考訂，未注明文獻出處，只反映基本狀況。

爲稀世珍品。代表唐代藝術風格的木結構建築，全國僅存四座，全部集中於今山西省，即：五臺山南禪寺大殿、佛光寺東大殿、芮城廣仁王廟正殿和平順縣天台庵佛殿。從以上藝術遺留可以窺見唐代河東道民間工藝家們的藝術水平。

　　另外音樂方面亦有可得而言者，《秦王破陣樂》爲李世民平定劉武周勝利後，河東民眾歌舞於道，軍中吸收河東民間音樂創作而成。李世民即位後，將《秦王破陣樂》正式頒佈爲皇家禮樂，更名「七德舞」，「宴會必奏之」〔註 267〕。七德舞爲代表唐代最高水平樂舞之一，爲武舞，亦可窺見河東道之音樂風格，迄今尚有數種鑼鼓樂相傳即由唐代傳承下來，其風格雄渾壯闊，激烈緊張〔註 268〕。

五、唐代河東道之地域性格

　　關於河東道內部的文化分區，有蘇秉琦、李元慶先生的南北二分法〔註269〕，田建文的六分法，晉南、晉西南、晉東南、晉中、晉北、晉西北〔註 270〕，劉緯毅的四分法，晉南、晉東南、晉中、晉北〔註 271〕，劉影《皇權旁的山西──集權政治與地域文化》一書持與劉緯毅相同分法。就目前可見的史書

〔註267〕歐陽修、宋祁，《新唐書》，北京：中華書局，1975 年，467 頁。

〔註268〕山西民間鑼鼓被譽爲「中華第一鼓」。其中威風鑼鼓流行於今臨汾一帶，搬演李世民大戰劉武周的宏大場面，其軍事文化色彩異常濃厚，演員一律著古代武士裝，人數少則上百，多則四五百，戰陣開闔變化，幾百面鼓共鳴齊奏，震天動地，造成一種刀光劍影，往來廝殺的意境。另有絳州鼓樂相傳也是由秦王破陣樂改編而來，主要曲目是秦王點兵，節奏剛勁有力，步法整齊多變，其演出曾轟動京華，震撼巴黎。參見李愛軍，《飛狐上黨天下脊──山西歷史軍事文化景觀及空間分佈研究》山西出版集團，山西人民出版社，2009 年，155～156 頁。

〔註269〕蘇秉琦主要從考古文化角度劃分，認爲晉南地區屬於中原古文化的一部分，晉北地區屬於北方古文化的一部分，他的分法與其考古學文化的六大區系理論相關。見氏著《華人　龍的傳人　中國人──考古尋根記》，遼寧大學出版社，1994 年，23 頁。李元慶換了另一種提法，即南部的「河東文化圈」與北部的「雁門文化圈」，他的根據是歷史人文傳統與自然地理的南北差異，見李元慶，《晉學初集》太原：山西人民出版社，2003 年，11～12 頁。

〔註270〕田建文，《山西考古學文化的區系類型問題》，見《汾河灣──丁村文化與晉文化考古學術研討會文集》，太原：山西高校聯合出版社，1996 年。

〔註271〕他分別稱之爲河東文化區、上黨文化區、并州文化區、雁門文化區，其中陽曲縣石嶺關以北爲雁門文化區，韓信嶺以南爲河東文化區，二嶺之間爲并州文化區，祁縣金鎖關以南爲上黨文化區。見劉緯毅，《三晉文化的特質》，《山西師大學報》，1998 年第 1 期。

中有關河東道內部風俗區的劃分情況綜合而言〔註 272〕，劉緯毅的四分法比較適當，再結合唐代的行政和軍事區劃，兩個主要的政治文化中心是南部的河中府與中部的太原府，中期以後東南部和北部分別設澤潞節度使和大同節度使，皆以軍事戰略爲主，四個區的設置特點是不同的。就現在由元代形成的山西戲曲的地域風格而言，晉劇的四大聲腔分屬四個地域〔註 273〕，與上述四區相應。因此，此處採用劉緯毅先生的四分法對四個風俗區的特徵進行簡要的概括。

太原府的風俗記載：

> 太原上黨又多晉公族子孫，以詐力相傾，矜誇功名，報仇過直，嫁娶送死奢靡。漢興，號爲難治，常擇嚴猛之將，或任殺伐爲威。父兄被誅，子弟怨憤，至告訐二千石，或報殺其親屬。——《漢書·地理志》〔註 274〕

> 太原山川重複，實一都之會，本雖後齊別都，人物殷阜，然不甚機巧。俗與上黨頗同，人性勁悍，習於戎馬。……然涿郡太原，自前代以來，皆多文雅之士，雖俱曰邊郡，然風教不爲比也。——《隋書·地理志中》〔註 275〕

> 山西土瘠其人勤儉。……并州近狄，俗尚武藝，左右山河，古稱重鎮，寄任之者，必文武兼之爲。——《通典》〔註 276〕

《諸道山河地名要略第二》之評價抄引《漢書·地理志》〔註 277〕。

河中府的風俗記載：

> 夫三河在天下之中，若鼎足，王者所更居也，建國各數百千歲，土地小狹，民人眾，都國諸侯所聚會，故其俗纖儉習事。——《史記·貨殖列傳》〔註 278〕

〔註 272〕《史記》、《漢書》、《隋書》、《通典》、敦煌殘卷《諸道山河地名要略第二》中都有程度不同的河東道風俗區描述。

〔註 273〕晉南主要以蒲劇爲主，晉東南是上黨梆子，晉中是中路梆子，晉北是北路梆子。

〔註 274〕班固，《漢書·地理志》，北京：中華書局，1962 年，1656 頁。

〔註 275〕魏徵，《隋書·地理志中》，北京：中華書局，1973 年，860 頁。

〔註 276〕杜佑，《通典》，北京：中華書局，1988 年，4745 頁。

〔註 277〕《諸道山河地名要略》見唐耦耕、陸宏基，《敦煌社會經濟文獻真迹釋錄》第一輯，書目文獻出版社，1986 年。

〔註 278〕司馬遷，《史記·貨殖列傳》，北京：中華書局，1959 年，3262～3263 頁。

河東土地平易，有鹽鐵之饒，本唐堯所居……其民有先王遺教，君子深思，小人儉陋。——《漢書・地理志》〔註279〕

河東、絳郡、文城、臨汾、龍泉、西河，土地沃少瘠多，是以傷於儉嗇。其俗剛強，亦風氣然乎？——《隋書・地理志中》〔註280〕

山西土瘠，其人勤儉，而河東，魏晉以降，文學盛興，閭井之間，習於程法。——《通典》〔註281〕

《諸道山河地名要略第二》晉州條謂「其俗剛強，與河中太原同。」

上黨的風俗記載：

《漢書・地理志》中的記載其風俗與太原同。

長平、上黨，人多重農桑，性尤樸直，蓋少輕詐。……人性勁悍，習於戎馬。——《隋書・地理志》

《諸道山河地名要略第二》雜引《史記》、《漢書》，地名與風俗混亂。

代北區風俗之記載：

種、代，石北也，地邊胡，數被寇。人民矜懻忮，好氣，任俠為姦，……自全晉之時固已患其慓悍，而武靈王益厲之，其謠俗猶有趙之風也。——《史記・貨殖列傳》〔註282〕

《漢書・地理志》的描述因襲《史記》。

離石、雁門、馬邑、定襄……遼西，皆連接邊郡，習尚與太原同俗，故自古言勇俠者，皆推幽、并云。——《隋書・地理志中》

〔註283〕

然自代北至雲朔等州，北臨絕塞之地，封略之內，雜虜所居，戎狄之心，鳥獸不若，歉饉則剽劫，豐飽則柔從，樂抱怨仇，號為仇對，不憚攻殺，所謂杠金革死而不厭者也。縱有編戶，亦染戎風。比於他邦，實為難理。——《諸道山河地名要略第二》

諸文化區的風俗氣性，分而言之，太原較之先秦兩漢變化頗大，特點是質樸、尚武、重文；河中府則沿襲古來民風微變，特點是儉嗇、剛強、文雅；

〔註279〕班固，《漢書・地理志》，北京：中華書局，1962年，1648～1649頁。
〔註280〕班固，《漢書・地理志中》，北京：中華書局，1973年，860頁。
〔註281〕杜佑，《通典》，北京：中華書局，1988年，4745頁。
〔註282〕司馬遷，《史記・貨殖列傳》，北京：中華書局，1959年，3263頁。
〔註283〕魏徵，《隋書・地理志中》，北京：中華書局，1973年，860頁。

上黨地區是質樸和尚武；代北地區是勇俠剽悍、輕死好殺。綜而言之，《通典》中總言河東道勤儉之習，必有所自，剛強尚武亦爲全道所共有。河中府與太原府風氣皆文武兼之，輕重略有差異，上黨則厚重少文，代北文化最爲薄弱，多薰染少數民族的戎風。另唐代河東道勤儉尚武的風氣，於墓葬考古中亦有相應的表現。從《唐代墓誌彙編》及《續集》搜檢山西地區出土的唐代墓誌近一百八十方，有官稱的 81 人，文職 14 人，武職 67 人，武職數量爲文職的近 5 倍。反映家庭中間有碩學宏儒的墓誌只有 5 方〔註284〕。就唐代墓葬而言，山西地區普通中等家庭的墓葬與長安地區同級墓葬相比，金器和唐三彩的隨葬品很少，墓中壁畫也沒有長安地區反映現世享樂的出行圖和家庭生活圖，而是樹下老人圖與二十四孝教化圖〔註285〕。

第四節 三晉文化基本內涵

上溯至新、舊石器三晉文化的萌芽時代，中經古史傳說時代的口頭記錄，再經商、周以來兩千年的發展，三晉文化遞衍嬗變，廣取博收，至唐代，繼承歷史的傳統，兼容時代之精神，形成了既具地域特色又含國家共性的獨特內涵，綜括而言，有如下數端：

第一，兼容並蓄的文化心態。兼容並蓄要非三晉文化所獨有，實乃中華文化之一大特色，唯在中華文化圈內的地域亞區中，三晉地域的此項特徵表現得特爲充分。表現在民族融合與學術思想兩個方面。在中華民族發展史中，河東道自古即是民族融合之大舞臺。在新、舊石器時代，就表現出了北方文化與中原文化交融互動的文化特點。蘇秉琦先生稱晉文化是「中原古文化與北方古文化兩大文化區系之重要紐帶」〔註286〕。逮至春秋之魏絳和戎，戰國趙武靈王之胡服騎射，曹魏時期匈奴五部之南遷，融合進一步加深。北朝時期，河東爲少數民族政權的根據地，尤其元魏建都平城，推行漢化改革，爲重要的文化融合事件。迄有唐一代，河東道始終爲漢族與少數民族爭戰的前沿，並有多次大規模的少數民族內遷，胡漢錯雜而居，胡人逐漸漢化從事

〔註284〕按：統計結果只具有部分意義，一是有一多半的墓誌均出土於上黨地區，上黨無重文的傳統，二是飽學宿儒的判定無絕對標準，且無法實證，陳規意義上描述才學富瞻的墓誌不計，只取銘文中有集中表彰儒學的幾方。

〔註285〕參見華陽，《山西地區唐墓初探》，吉林大學 2004 年碩士學位論文。

〔註286〕蘇秉琦，《華人 龍的傳人 中國人——考古尋根記》，大連：遼寧大學出版社，1994 年，23 頁。

農耕，漢人則獲得胡人的強弓駿馬。要之，河東道東西向多樣的地理條件提供了游牧文化與農耕文化共存的客觀條件，南北嚮之民族衝突融合是兩種文化交流的助推劑。

　　三晉文化兼容並蓄的文化心態還表現在學術思想的層面。東晉高僧慧遠，雁門人，他是南北朝時代主張儒道兼容的佛教領袖，認爲佛教爲內道，儒道爲外道，「內外之道，可合而明矣」〔註287〕。之後隋末的思想家王通教授河汾，提出「三教可一」〔註288〕的主張，認爲三教各有利弊，應當互補互融，共敘九疇。中唐之柳宗元亦持相似的觀點，認爲「浮圖誠有不可斥者，往往與《易》、《論語》合」，「不與孔子異」〔註289〕。（《送僧浩初序》）其《百丈碑銘》更云：「儒以禮立仁義，無之則壞；佛以持律定慧，去之則喪。」與韓愈排佛的態度完全相反。

　　第二，尚功重利的實用主義精神。自先秦時代，三晉孕育了尚功重利的法家思想，秦代以後成爲國家意識形態之有機組成部分。法家思想所特有的一些行爲特點在河東地區也有著地方性的傳承，其實用主義的鮮明傾向性一直延續下去。實用主義表現在政治上即是順時應變的務實態度，表現在學術上是重實絀虛的理論觀念。在社會變革時期，順時應變的意識能引領潮流，率先向前發展，先秦晉國的改革即是，魏晉之際的孫資、賈充都是在政權更迭之際順勢應變的典型代表人物。在中唐時代的政治革新中，河東的柳宗元、呂溫都表現了鮮明的變革意識；在社會動盪的歷史時期，即能審時度勢，求得生存，北朝時期之河東大族不囿於民族正統之偏見，適度與少數民族政權合作，穩固自身的生存空間，發展自身的文化；在政治昌明的時代，即能積極投身政治，平治天下，唐代河東大族在國家政治舞臺上成爲一群最顯赫的政治力量，其中裴氏一族即出十七位宰相。早在先秦時代，《詩經·唐風》中就表現了及時行樂的思想，被李澤厚稱作我國古代最早的現世思想，其中已經隱含了實用主義的萌芽。先秦之法家置而勿論，即使在魏晉玄學時代，河東裴頠持「崇有論」的觀點，批評「貴無派」在社會生活中帶來的流弊，具有極強的現實針對性，沒有絲毫的玄思意味；南朝宋代的裴子野，針對當時文學普遍追求形式美的風氣，著《雕蟲論》以強調文學的實用功能；隋末王

〔註287〕〔東晉〕慧遠，《沙門不敬王者論》見《廣弘明集》，上海：上海古籍出版社，1991年。
〔註288〕張沛，《中說譯注》，上海：上海古籍出版社，2011年。
〔註289〕《柳河東集》，上海：上海人民出版社，1974年。

通《中說》堅持一種崇尚簡約質樸、貶黜繁複審美的實用主義文學觀；中唐之柳宗元在文學理論的文道關係上，主張二者並重兼施，並強調「輔時及物之道」，同韓愈充滿倫理色彩、高蹈宏闊的儒道相較，更具實用主義的傾向。平心而言，三晉文化中的實用主義觀念貢獻於現實物質世界居多，對於精神文化領域特別是文學方面的影響往往是微弱的。

第三，尚儉重質的思維定向。文獻中關於晉地勤儉生活作風的記載，多集中於晉南，唯杜佑《通典》就河東道全體言之。蓋晉南一帶為華夏文明的發祥地，其農耕文化悠久深厚。由於土地狹小與人口眾多帶來的矛盾，使其生活方式不得不採取勤儉節約的態度。而晉北地區常常為民族衝突的前沿，北方民族時時內遷，其風俗固與南部有異。然居留者時間一久，必受發達文化區之輻射性影響，其勤儉之風到唐代已有同化之勢。再由當今時代論之，山西人普遍以儉嗇節約為基本特徵，整個地域環境的相似性導致生活作風的近似。晉人的儉嗇不獨現實生活中如此，亦影響其思維特點，最終在語言上表現出來。朱曉進《三晉文化與山藥蛋派》一書中，即細膩分析了三晉作家在思維上的拘儉尚質特點在地域創作流派的作品中間的共同表現，其文學語言只以表述事件意義為中心，絕不做額外的裝飾點染，整個小說中很少出現富有詩意的優美情調，與他們生活的質樸簡單，自然環境非常的相似。由於文學創作的複雜性、古今文學的演變（首先是文體方面的限制，在「山藥蛋派」的小說中作家的創作思維特徵會有充分的展露，而詩歌就要受到限制，唐代小說能反映出地域特點的不多，反映地域文化思維特徵的更少）、人民性格的變化等原因，以「山藥蛋派」的創作特點用以今例古的方式推測唐代人的藝術思維方式有效性很低。不過，就先秦時代的《詩經》來看，《唐風》、《魏風》中風格的質樸與暗淡已為學者所注意〔註290〕。唐代詩人王績詩歌的樸淡少文，王翰、王之渙的詩體選擇（絕句），樊宗師《絳守居園池記》的怪僻儉澀，是否與其儉嗇的思維特徵有某種內在的聯繫呢？

第四，飽含憂患的批判意識。此一特徵在《唐風》、《魏風》中就有鮮明的表現，兩風之共同特點是深沉的憂患意識。春秋時的季札在觀風時評論：「為之歌《魏》，曰：『美哉！渢渢乎，大而婉，險而易行，以德輔時，則明主也。』為之歌《唐》，曰：『思深哉！其有陶唐氏之遺民乎？不然，何憂之

〔註290〕陸侃如、馮沅君，《中國詩史》，濟南：山東大學出版社，2009年，48頁。

遠也。非令德之後，誰能若是？』」〔註291〕其中《唐風》與《魏風》的憂患表現方式各有不同。《唐風》中《蟋蟀》、《山有樞》兩篇從關於生死問題的關注表現對肉體生命短暫的憂患；《魏風》中《伐檀》、《碩鼠》對貴族階級奢靡生活的諷刺批判屬於政治方面的憂患意識。此批判意識在《韓非子》那裏得到了充分的體現，他的深沉的憂患意識與徹底的暴露批判結合，並以功利主義的形式展現出來。到唐代，這種意識在柳宗元那裏有著一定程度的表露，其勇於辨偽的精神，非難經典的懷疑主義，都與三晉文化的這一特點有內在的關聯。

第五，文武兼資的內在格局。大致而言，重實尚武是三晉文化的主體，重道崇文是其最主要的補充。就內部的分佈，一般而言，晉南重文，晉北尚武，但衛青、霍去病、關羽、薛仁貴等著名軍事家皆出身於晉南，孫楚、孫綽、王濟等魏晉文學家皆出身太原，足見各地域文武之間的交融滲透之深。濃厚的軍事文化氛圍促進了尚武精神的傳承流佈，并州游俠兒成爲了一個具有象徵意義的文化標誌。教育文化的發達地域培育了文學創作的主體，軍事戰爭的塞外環境提供了文學創作的獨特對象，內部文化的分佈格局決定了唐代本地區創作活動的分佈特點，也決定了其影響文學創作的不同方式。

以上五個方面的三晉文化特點，絕不是三晉文化中獨有的。各自分開來看，或者屬於中華文化共同融合，或者與其他的文化亞區近似，彼此之間甚至存在某些交叉混合。但是三晉文化的表現絕不會是純粹單方面的，在現實的物質世界和精神世界中的表現模式應該是若干方面的綜合，絕不可能單獨抽繹出來展示，種種不同的組合，譬如質樸與勇武，儉嗇與批判，寬容與崇實，正是三晉文化與其他地域文化之間的差別之所在。

三晉文化中每一特點內涵與文學的關係，是散點式地分佈在各種文學作品之中的，以文化的各種不同形態爲中介發生聯繫。三晉文化作爲中華文化的一個地域性分支，凡是中華文化所具有的共同因素無不具備，這些共同因素亦參與到唐代文學的發展進程中，但非三晉獨特之貢獻。三晉文化作爲地域性文化，還具有與中華其他地域所不同的內容和特徵，通過歷史和現實的雙重渠道，在許多文化形態方面與唐代文學發生著種種關係。在政治文化的層面，因太原爲唐王朝的龍興之地，當代的政治地位高，對唐代文學產生兩

〔註291〕楊伯峻，《春秋左傳注》，北京：中華書局，1981年，1163頁。

方面的影響。在作家創作主體方面，產生了東都、西京之外的帝王文學；在文學創作地理方面，北都太原成爲唐代文學地理格局中的一個重要創作中心，產生了都市文學、幕府文學中較爲獨特的表現內容。在軍事文化層面，唐代河東道靠近邊塞的軍事戰略地理位置，導致了塞北邊塞詩創作的繁榮；三晉歷史地理上獨特的軍事優勢，促成軍事物質文化景觀的密集分佈，進而產生與軍事文化景觀密切相關的文學創作；軍事文化中尙武精神之因素，影響了此一地域的士風民俗，河東籍詩人在此地域精神薰陶下，主要促成了盛唐前期邊塞詩創作的第一個高潮；由軍事文化引申出的河東道俠風，則在唐朝開國之初，由太原起義的開國將相攜帶傳入長安，成爲唐代俠風形成的一個重要的地域先導，且本土之俠風進而影響到小說的創作。在中國古代文化傳統中與官僚文化相對應的隱逸文化方面，三晉亦有深厚而獨特的歷史傳承積澱，延至唐代，這一文化形態造就了王績、司空圖兩位唐代最具代表性的隱逸詩人。在學術文化層面，儒學、史學、佛學等在不同的層次上影響著唐代河東道文學家族的傳承發展，特別是法家文化之批判意識與革新精神，通過河東籍文學家的傳遞，對唐代文學的發展產生了重大的影響。在物質文化層面，唐代河東道獨特的科技文化爲文學創作貢獻了新的題材，如鹽業、冶鐵業、葡萄種植業、牧馬業，皆聞名有唐一代，其相關創作也獨具特點。在地域民間信仰層面，河東道許多獨特的民間信仰神靈成爲文學書寫的對象，如后土神、妒神在文學創作中的表現，具有鮮明的地域色彩。

第二章　三晉文化視野下的唐代文學家

　　文學家是文學創作的主體，文化與文學發生關聯，一方面是與文學家的關聯，一方面是與作品的關聯。就一個地域的文化與一個時代文學的關係而言，在此地域文化影響下的文學家無疑是重要的聯接點。文化具有彈性，文學家具有流動性，因此，三晉文化視野下的唐代文學家就不僅僅限於河東道的地理範圍。在唐代，文學家很少一生固守一地進行創作，他們常常四處遊歷，流動性很大。有些文學家生長在河東道，成年以後離開了故土，文學創作沒有在河東道展開，而是攜帶著三晉文化的因子與外地文化結合了；有些文學家祖籍在河東道，幾代甚至十幾代之前整個家族或一部分家族就遷離了故土（或者還有離而復返的複雜情況），但其中傳承的三晉文化因子還時隱時現地影響著文學家的創作；有些文學家祖籍和出生都在外地，但其成長和教育卻在河東道，因此文化影響文學創作的情形就更爲複雜；還有遊宦於河東道的文學家，雖然居留時間的久暫不同，三晉文化在一些文學家的創作中還是會留下或深或淺的痕迹。又由於文學家個性的差異，有可能出生於河東道的文學家在異地的創作中完全擺脫了三晉文化的制約，而是很快融入異地文化；與之相反，一位外來的文學家在河東道居留期間，有可能受到三晉文化的強烈影響，使其創作帶上鮮明的三晉文化色彩，在此意義上，其與文化的關係遠較本土文學家爲緊密。本章所要考察的三晉文化視野下的文學家，包括本土文學家和外來文學家兩個部分，通過文學家的地理分佈、階層分佈的統計分析，說明三晉文化在文學家的生產這個外在層面上對唐代文學發生的影響。

第一節　河東道本土文學家的分佈統計

　　這裏所謂本土，由於文化影響的延續性，不僅僅限於出生、成長於河東道的文學家，一部分籍貫、郡望在河東的文學家亦列入統計範圍，其標準是，文學家所在家族遷出河東道的時間在唐代，凡遷出時間在唐代之前的不與計入；文學家新籍貫明確而遷徙時間不明的不予計入；幼時客居並成長於河東道的文學家亦列入統計範圍；有鮮明的地域文化認同意識的文學家亦計入。本統計主要依據《全唐文》、《全唐詩》、《全唐文補編》、《全唐詩補編》、《中國文學家大辭典·唐五代卷》、陳尚君先生《唐詩人占籍考》，無作品留存而文名特盛的亦予以統計。按照《元和郡縣圖志》河東道州縣統計如下：

蒲州

王維	王縉	呂太一	呂令問	呂渭	呂溫
呂恭	呂讓	呂巖	耿湋	陸禹臣	王岳靈
陳政	封敖	封彥卿	封特卿	王駕	司空圖
盧綸	盧弘止	盧嗣業	盧汝弼	王福娘	衛中行
馮待徵	楊巨源	楊玉環	吳豸之	張正元	張嘉貞
張延賞	張弘靖	張次宗	張彥遠	張彥修	張賈
張諗	張茂樞	張說	張均	陳述	宗楚客
宗晉卿	陳元光	趙良器	胡證	柳中庸	柳芳
柳明獻	柳宗元	柳宗直	柳冕	柳珵	柳登
柳璨	暢當	侯道華	郭周藩	劇燕	閻防
屠瓌智	敬括	敬湘	儵然	裴修	裴胐
裴談	裴皞	裴硎	樊澤	樊宗師	盧羽客
柳道倫	柳玄	薛收	薛元超	薛奇童	薛曜
薛稷	薛邕	薛晏	薛戎	薛克構	薛存誠
薛逢	薛蘋	薛廷珪	薛昭緯	薛紓	薛據
薛調	薛蘊	薛蒙	裴延齡	戴休璿	薛少殷
張文規	薛用弱				

太原府：

弓嗣初	馬重績	王貞	王仲舒	王初	王約
王起	王播	王龜	王茂時	王炎	王彥威

王珪	王渙	王邕	王涯	王遘	王韞秀
王濰	王熊	王翰	王鐸	王鐐	太原妓
令狐楚	令狐綯	白鍠	白居易	白行簡	白敏中
喬琳	武則天	武三思	武平一	李景讓	李登
郭翰	郭湜	張楚金	唐次	唐扶	唐彥謙
王泠然	釋岸	溫大雅	溫彥博	溫庭筠	溫庭皓
溫憲	溫翁念	狄仁傑	武元衡	武就	王英
武儒衡	武翊黃	王昌齡			

絳州：

馬吉甫	裴士淹	裴通	裴杞	裴次元	裴贄
裴行儉	裴光庭	裴廷裕	裴守眞	裴均	裴虬
裴延	裴坦	裴思謙	裴度	裴濟	裴倩
裴諴	裴謨	裴漼	裴潾	裴耀卿	薛宜僚
王績	王福畤	王勃	王緬	王助	王勮
王度	王德表	王景	王之渙	王緯	王質

汾州：

宋令文	宋之問	宋務光	薛能

晉州：

張氳	賈言淑	梁洽	員半千

潞州：

苗晉卿	苗發

澤州：

徐泳	徐源

河東道文學家總數爲 201 人，就河東道內部的地理分佈看，主要集中在蒲州、太原、絳州三地，其中蒲州 97 人，占總數的 48%，太原 56 人，占總數的 28%，絳州 36 人，占總數的 18%，餘下的汾、晉、澤、潞四州占 6%，其餘諸州沒有一位文學家產生。就姓氏的構成來看，唐代著姓之裴、柳、薛、王，共 98 人，占到總數的將近一半。

以上分佈特點的原因是：蒲州、太原、絳州、汾州、晉州、澤州、潞州皆處在自然地理上的盆地之中，其餘諸州或處於太行、呂梁的山地、丘陵地

帶，或處於雁門塞外。在唐代有多次少數民族向河東道的遷移，安置地大多在宜於養馬放牧的山地、丘陵地區，文化落後。又，太原與蒲州屬於唐代河東道的南北政治文化中心，前者偏重於政治、軍事方面，後者偏重於文化方面，且在歷史的傳統上，兩地的文化積澱非常深厚，是世家大族集中的地區。絳州的文學家主要由裴氏家族構成，絳州聞喜爲裴氏郡望，在唐代其家族頗爲興盛，出宰相七人，其宗族成員有相當一部分還留在原籍〔註1〕。裴氏文化根基深厚，影響於文學者非淺。從上面四著姓文學家所佔份額，可以說明的是，唐代河東道的文學家生產主要是以士族文化爲依託，與唐代的閥閱門第之風相一致，表現更爲突出〔註2〕。

　　從性別上看，女性只有六人，武則天，楊玉環，王福娘，太原妓，裴淑，王韞秀。其中武則天與楊玉環，她們的不同才具和影響力幾乎可以代表河東道南北兩地的不同文化傾向，而且對唐代文學的發展都有重要的影響。

　　佛道詩人四位，皎然，釋岸，張蘊，呂巖。就學養和氣質言，皎然應屬於眞正的詩僧，其人通詩、畫、音樂，嗜酒犯禁而作歌〔註3〕。唐代河東道之佛教頗爲興盛，然其重義理、重實踐的特點，不利於詩僧的產生。五臺山雖是全國最大的佛教中心，但地處太原以北，雖自然環境優美，而文人遊歷者少，佛門各派開宗說法，宣揚教義，濃厚的宗教氣氛，不宜文學的交遊創作，不利於詩僧的產生。道教徒的創作以呂巖爲大宗，然呂巖的事迹至今無定論，其詩歌多爲修道煉丹主題，作者歸屬不明，探討的可行性較低。

　　在自然地理、姓氏、性別、社會身份方面，唐代河東道文學家的分佈是非常不均衡的，這種不均衡帶有文學家產生的一般性特徵，即：偏遠落後地區文學家稀少，甚至沒有，女性文學家，佛道文學家比重整體偏小，唐代士族在文學創作中佔有普遍性的優勢，河東道表現出的特徵非常鮮明。河東道多數州無文學家產生，蒲、絳、太原三地佔有全部文學家的 90%以上，差異極大；女性的比重雖小，部分文學家在唐代文學發展中的地位卻很高；僧道

〔註1〕 毛漢光，《從士族籍貫遷徙看唐代士族之中央化》，見氏著《中國中古社會史論》，上海：上海世紀出版集團，2002 年，234～333 頁。

〔註2〕 唐代三百年十四著姓十七家，面積最小的河東道獨佔其四。見毛漢光，《唐代大士族的進士第》載《中國中古社會史論》，上海：上海世紀出版集團，2002年，336 頁。

〔註3〕 〔唐〕張彥遠，《歷代名畫記》，俞劍華譯注，南京：江蘇美術出版社，2007年，242 頁。

方面，文學家的層次和質量都低，與南方的詩僧相較，不可同日而語。道教徒的詩歌文學性亦低，價值不高。

　　河東道文學家儘管在士族方面數量上佔據優勢，但是選出那些無論在創作成績和文學影響方面都較爲傑出的文學家來看，其姓氏的分佈就會是另外一種局面：

王維	盧綸	呂溫	司空圖	楊巨源	張說
柳宗元	薛逢	王翰	王之渙	王昌齡	王績
王勃	白居易	白行簡	令狐楚	溫庭筠	唐彥謙
宋之問	武元衡	薛能	薛據		

　　除廣義上的太原王氏稍多之外，其姓氏分佈相對是比較均勻的。裴、柳、薛、王四大家族產生的傑出文學家並不多，王氏六人，柳氏一人，薛氏三人，裴氏沒有一人。這並非偶然現象。大家族優越悠久的文化條件，使他們的後代能夠較爲順利的進入文壇，參與文學活動，進行文學創作。但文學成就之高低不再受此種文化條件的直接制約。泛化的唐代士族與文學關係的研究，由於其房支族屬的複雜性，把一姓歸爲一類尋求其文學家產生的文化機制，其有效性並不高。只有在直系嫡親的家族範圍內，文學的傳遞與文學家的產生模式的研究才能具有相對高的客觀性、明晰性。

第二節　河東道文學家之特徵

　　唐代河東道文學家群體，有兩個最主要的特徵：家族化和文學政事的兼能。第一個特徵源於此一地域家族內部的文化傳承教育，第二個特徵則與三晉文化傳統密切相關。

一、家族化

　　河東道文學家構成中最具有獨特性的一個因素即是，文學家族佔據主要地位。需說明的是，此家族非繫於郡望的一姓氏族，而是有血緣關係的直系家族（此處用家族則嫌大，用家庭則嫌小）。這種家族性的文學家佔據全部河東道文學家的一半。他們的組成關係有以下幾種形式：

第一　數代相承。有：

王度	王績	王福時	王勃	王助	王緬

王勖	王質				
王德表	王之渙	王緯	王景		
薛收	薛元超	薛曜	薛稷	薛奇童	薛邕
薛晏					
溫大雅	溫彥博	溫翁念	溫庭筠	溫庭皓	溫憲
白鍠	白居易	白行簡	白敏中		
武則天	武三思	武平一	武就	武元衡	武儒衡
武翊黃					
裴守眞	裴耀卿	裴延			
裴行儉	裴光庭	裴倩			
柳芳	柳登	柳冕	柳珵		
王珪	王茂時				
呂渭	呂溫	呂恭	呂讓	呂巖	
敬括	敬湘				
薛蘋	薛調				
薛據	薛蘊				
盧羽客	盧綸	盧弘止	盧汝弼	盧嗣業	
張嘉貞	張延賞	張弘靖	張諗	張次宗	張賈
張茂樞	張文規	張彥遠	張彥修		
唐次	唐扶	唐彥謙			

第二　父子、叔姪兩代相承

王起	王播	王龜	王鐸	王鐐
令狐楚	令狐綯			
宋令文	宋之問			
張說	張均			
苗晉卿	苗發			
樊澤	樊宗師			
王仲舒	王初			
薛逢	薛廷珪			
封敖	封彥卿	封特卿		
裴士淹	裴通			

第三　兄弟關係

王維　　　王縉

柳宗元　　柳宗直

宗晉卿　　宗楚客

徐源　　　徐泳

總共 19 姓 30 家，107 人，超過河東道文學家總數之一半。如果說裴、柳、薛、王等大士族文學家所佔比例可以說明唐代士族壟斷背景下對文學家構成的宏觀影響，那麼，此處可見更加具體明確的家族化文學家的存在。這就有力地說明，在唐代，家庭的文化傳承、教育狀況大大影響著文學的生態，嚴格來說，在河東道就鮮明地表現了這樣普遍的特徵。

文學家族就文化傳承不同內容傾向而言，有儒學、史學、書畫藝術、宗教、文學等。

（一）儒　學

儒學的文化背景是三晉文學家族中最爲普遍化的一個特徵。王績、王勃家的儒學背景自不待言。薛收、薛元超一家亦有由王通而來的儒學傳承，也有本家族的文學傳承。其他文學家族，也有不同的表現：

王珪，「幼孤，性沈澹……季父頗，通儒有鑒裁，尤所器許」〔註4〕。王珪成年後，精於禮學，「隋開皇十三年，召入秘書內省，讎定群書，爲太常治禮郎」。「（貞觀）十一年，與諸儒正定《五禮》。書成，賜帛三百段，封一子爲縣男」〔註5〕。

王之渙祖父王德表，貞觀十四年明經及第，曾注《孝經》、《道德》上下經、《金剛般若經》，是一位兼宗儒釋道的學者（薛稷《大周故瀛洲文安縣令王府君墓誌銘並序》）〔註6〕。據王德表夫婦墓誌，王之渙的父輩皆爲文職出身。

令狐楚，「家世儒素」〔註7〕，其父令狐承簡，劉禹錫《彭陽侯令狐氏先廟碑》云「惟太保府君，志爲君子儒，以明經居上第」〔註8〕。

〔註4〕歐陽修、宋祁，《新唐書》，北京：中華書局，1975 年，3887 頁。

〔註5〕劉昫，《舊唐書》，北京：中華書局，1975 年，2529 頁。

〔註6〕周紹良主編，《唐代墓誌彙編》，上海：上海古籍出版社，1992 年，946〜948 頁。

〔註7〕劉昫，《舊唐書》，北京：中華書局，1975 年，4459 頁。

〔註8〕陶敏、陶紅雨，《劉禹錫全集編年校注》，長沙：嶽麓書社，2003 年，1112 頁。

張嘉貞，「弱冠應五經舉，拜平鄉尉，坐事免歸鄉里」〔註9〕。張延賞，「博涉經史，達於政事」〔註10〕。

苗晉卿，「世以儒素稱」〔註11〕。

武平一，「博學，通《春秋》，工文辭」〔註12〕。

敬括之兄敬播爲河東大儒，具良史之才，房玄齡許爲「陳壽之流」〔註13〕。

裴行儉，「貞觀中，舉明經」〔註14〕。

裴守眞，「守眞尤善禮儀之學，當時以爲稱職」〔註15〕。其子裴子餘，「舉明經，……時同列李朝隱、程行諶皆以文法著稱，子餘獨以詞學知名」〔註16〕。

白居易，「自（白）鍠（白居易祖父）至（白）季庚（白居易父），世敦儒業，皆以明經出身」〔註17〕。

呂溫家族，「世以儒行，爲郡清族。……祖父君諱崇嗣，以經術聞，授秘書郎不就」（呂溫《呂府君（渭）墓誌銘並序》）。呂溫「早聞《詩》、《禮》於先侍郎」〔註18〕，又有《與族兄皐請學〈春秋〉書》云：「嘗閱雅論，深於《春秋》，其間所得，實曰淵正，竊不自揣，願以《春秋三傳》執摳衣之禮於左右。」呂溫幼弟呂讓，「七歲在潭州……念《左氏春秋傳》，日五百字，衡州伯父……親授文章意氣，經傳宗旨」（呂煥《呂府君（讓）墓誌銘並序》）。

儒學傳承乃培養文學家的一個基本文化條件，除去武則天之父武士彠爲商人出身以外，以上文學家族都少有商人的從業就職背景，在他們文學事業開始的一代或前一代已經是儒生的身份。由此可見，儒學教育對文學家生產的重要意義。

〔註 9〕劉昫，《舊唐書》，北京：中華書局，1975年，3090頁。

〔註10〕劉昫，《舊唐書》，北京：中華書局，1975年，3607頁。

〔註11〕劉昫，《舊唐書》，北京：中華書局，1975年，3349頁。

〔註12〕歐陽修、宋祁，《新唐書》，北京：中華書局，1975年，4293頁。

〔註13〕劉昫，《舊唐書》，北京：中華書局，1975年，4954頁。

〔註14〕劉昫，《舊唐書》，北京：中華書局，1975年，2801頁。

〔註15〕劉昫，《舊唐書》，北京：中華書局，1975年，4925頁。

〔註16〕劉昫，《舊唐書》，北京：中華書局，1975年，4926頁。

〔註17〕劉昫，《舊唐書》，北京：中華書局，1975年，4340頁。

〔註18〕劉禹錫《唐故衡州刺史呂君集紀》，陶敏、陶紅雨，《劉禹錫全集編年校注》，嶽麓書社，2003年，1059頁。

（二）文學傳家

有文獻記載的以文學教育著名的家族有：宋之問家族，呂溫家族，薛據家族，王之渙家族，盧綸家族。

宋之問家族。「宋之問……父令文，有勇力，而工書，善屬文。……世人以之問父爲三絕，之問以文詞知名，弟之悌有勇力，之遜善書，議者云各得父之一絕」〔註 19〕。兄弟三人各學得父親才藝之一項，在時人的眼中，是父子傳承的結果。

呂溫家族。呂溫家族不僅以儒學傳家，亦爲著名的文學家族。呂溫《呂府君墓誌銘並序》云：「公先塋碑誌，皆自撰述。常誡後人，必無假人，欲以傳慶善於信詞，儆文學之荒蕪。」呂溫之父呂渭親自撰寫先人的碑銘墓誌，打破社會撰寫先人碑誌的積習，並告誡子孫，也要繼承己志，勤操筆墨。其目的有二，一是「傳慶善於信詞」，保證碑誌墓主生平德行業績的徵信求實，避免諛墓之文的虛詞誇耀，透露出呂渭的一種文學觀念，反對虛浮濫僞之作；二是「儆文學之荒蕪」，欲以爲先人修撰墓誌碑文的責任感迫使子孫後代盡力保持文學修養的不墜，遞相傳承。此種家訓於文學之傳承究竟能有多大效用，不可估計過高。呂渭次子呂恭去世後，墓誌銘是請柳宗元寫的，呂溫的墓誌碑文亦非其子弟所撰。此家訓之意義在於其中所表達的文學傳家的自覺願望，呂溫把此一家訓寫入墓誌，亦可見他已認可父親的這一文學傳承觀念。實踐中，呂溫早年接受的教育中就包含文學的成分，劉禹錫《呂君集紀》云呂溫「早聞詩禮於先侍郎」。呂渭去世後，呂溫便承擔起教育幼弟呂讓的責任，其時呂讓七歲，呂煥《呂府君（讓）墓誌銘並序》云呂溫「親授文章意氣，經傳宗旨」。

薛據家族。《舊唐書》卷 146《薛播傳》載薛據伯母教育眾子侄之事，「播伯父元曖終於隰城丞，其妻濟南林氏，丹陽太守洋之妹，有母儀令德，博涉《五經》，善屬文，所爲篇章，時人多諷詠之。元曖卒後，其子彥輔、彥國、彥偉、彥雲及播兄據、摠，並早孤幼，悉爲林氏所訓導，以至成立，咸致文學之名。開元、天寶中二十年間，彥輔、據等七人並舉進士，連中科名，衣冠榮之」〔註 20〕。按林氏《全唐詩》存一首《送男左貶詩》，其學問淵博，通文擅詩，男性家長去世後，由她親自傳授經學文辭，子侄都以文學

〔註 19〕劉昫，《舊唐書》，北京：中華書局，1975 年，5025～5026 頁。
〔註 20〕劉昫，《舊唐書》，北京：中華書局，1975 年，3955～3956 頁。

知名，惜大多無詩文流傳。唯薛據馳名開元天寶間，《河嶽英靈集》存其詩11 首，其文學造詣為當代詩人所推重，杜甫有「乃知蓋代手，才力老益神」之譽。薛據侄孫女薛蘊也是一位女詩人，存詩三首。

盧綸家族。盧綸弟盧綬墓誌《大唐故盧府君墓誌銘》中記載其四世祖盧羽客之事迹，「馮翊韓城令，諱羽客，以五言詩光融當時」，又云盧綸「纘韓城府君詩業」。在盧綸家族的歷史認知中，盧綸的詩才詩名是家族文學傳統影響所致。《全唐詩》卷 74 有虞羽客《結客少年場行》一首，陳尚君先生據前後詩人的時代順序，推定虞羽客即盧羽客之誤。盧綸之後，其子孫多具文學之才，應是家庭文學傳承的結果。盧綸子盧簡辭「文雅之餘，尤精法律」〔註 21〕，盧簡求「辭翰縱橫，長於應變」〔註 22〕，簡能子知猷「器厚長度，文辭美麗」〔註 23〕，盧弘正（當為「止」）子盧虔瓘有俊才，「所著文筆，為時所稱」〔註 24〕。

王之渙家族。王之渙祖父王德表，是一位精通儒釋道的學者。其祖母薛氏為眉州長史薛卿之女，具詩書畫的文藝才能，「傍羅藝圃，隱括書林。飛鉛灑墨，觸象而成篆畫；黷錦圖花，寓情而發詞藻」（《瀛洲文安縣令王府君周故夫人薛氏墓誌銘》）。學術與文學結合的家庭文化背景，對於子女的文學教育培養頗具優勢。惜王之渙父輩的王昱、王景、王昌、王洛客事迹甚少，據德表夫婦墓誌，知其仕履皆為文職。今惟有《唐詩紀事》卷 12 記載王景應制詩一首《慈恩寺九日應制》。王之渙一代皆善文學，王景孫王緯本傳云：「王緯，字文卿，太原人也。祖景，司門員外，萊州刺史。父之咸，長安尉，與昆弟之賁、之渙皆善屬文。」〔註 25〕按，之咸與之渙應為從兄弟關係，《唐才子傳校箋》王之渙條有辯正。王之渙一代富於文學才能應與家庭的文學薰陶密切相關。

武平一家族。武平一，《新唐書》本傳云其「博學，通《春秋》，工文辭。」〔註 26〕與當代的著名文人張說、崔湜、宋之問、杜審言、儲光羲皆有交遊。武平一今存詩作大部分屬於應制之作，他基本上作為一名文學侍從之臣在文壇活動。《唐詩紀事》卷 11 的一則記載可見其文學才華：「正月八日立春，

〔註 21〕劉昫，《舊唐書》卷 163 本傳，北京：中華書局，1975 年，4269 頁。

〔註 22〕劉昫，《舊唐書》卷 163 本傳，北京：中華書局，1975 年，4272 頁。

〔註 23〕劉昫，《舊唐書》卷 163 本傳，北京：中華書局，1975 年，4273 頁。

〔註 24〕劉昫，《舊唐書》卷 163 本傳，北京：中華書局，1975 年，4273 頁。

〔註 25〕劉昫，《舊唐書》，北京：中華書局，1975 年，3964 頁。

〔註 26〕歐陽修、宋祁，《新唐書》，北京：中華書局，1975 年，4293 頁。

內出綵花賜近臣（武平一）應制云：『鑾輅青旗下帝臺，東郊上苑望春來。黃鶯未解林間囀，紅蕊先從殿裏開。畫閣條風初變柳，錢塘曲水半含苔。欣逢瑞藻光韶律，更促霞觴爲影催。』是日中宗手敕批云：『平一年雖最少，文甚警新，悅紅蕊之先開，訝黃鶯之未囀，循環吟詠，賞歎兼懷。今更賜花一枝，以彰其美。』」武平一子武就，無詩文流傳，亦是一位詩人。權德輿《唐中散大夫殿中侍御史潤州司馬贈吏部尚書沛國武公神道碑銘並序》云武就「與張禮部謂、元容州結歌詩唱和，著文集五卷，自有塗中之適，異乎澤畔之詞」〔註27〕。及至武元衡，秉承家風，在政事之餘創爲詩歌，其成就超過乃祖乃父，晚唐張爲《詩人主客圖》定其爲瑰奇美麗主。

最著名的文學家族王績家族和薛收家族，其影響唐代文學尤大，下節詳論。以上諸家之文學傳承，基本上表現出由弱到強的趨勢，可見文學家的孕育傳承非短期之效。

（三）史　學

三晉文學家族中以史學傳家而且直接影響了文學的是柳芳家族。柳芳、柳登、柳冕、柳珵祖孫三代皆兼善文史，對文學卓有影響。

柳芳爲唐代著名史家，其一生「篤志論著」，「勤於記注，含毫罔倦」〔註28〕。柳芳爲肅宗朝史官，著《國史》一百三十卷。「與同職韋述受詔添修吳兢所撰《國史》，殺青未竟而述亡，芳緒述凡例，勒成《國史》一百三十卷」〔註29〕。後柳芳因貶謫之故，遇高力士於黔中，補國史所缺。「上元中坐事徙黔中，遇內官高力士亦貶巫州，遇諸途。芳以所疑禁中事，咨於力士。力士說開元、天寶中時政事，芳隨口志之。又以《國史》已成，經於御奏，不可復改，乃別撰《唐曆》四十卷，以力士所傳，載於年曆之下」〔註30〕。柳芳同時還是一名譜牒學家。《舊唐書》卷149《柳登傳》云：「芳精於譜學，永泰中按宗正譜牒，自武德已來宗枝昭穆相承，撰皇室譜二十卷，號曰《永泰新譜》，自後無人修續。璟（柳芳孫）因召對，言及圖譜事，文宗曰：『卿祖嘗爲皇家圖譜，朕昨觀之，甚爲詳悉。卿檢永泰後試修續之。』璟依芳舊式，續德宗後事，成十卷，以附前譜。」〔註31〕柳芳關於譜牒的文字今存《姓系論》。此篇文章反映出柳芳保守主義的歷史觀。

〔註27〕〔清〕董誥，《全唐文》，北京：中華書局，1983年，5097頁。
〔註28〕劉昫，《舊唐書》，北京：中華書局，1975年，4030頁。
〔註29〕劉昫，《舊唐書》卷149，北京：中華書局，1975年，4030頁。
〔註30〕劉昫，《舊唐書》，北京：中華書局，1975年，4030頁。
〔註31〕劉昫，《舊唐書》，北京：中華書局，1975年，4033頁。

在《姓系論》裏「柳芳看不到歷史的發展，他把姓氏的形成和發展，士族的產生和衰落，解釋爲封建王朝在政治上強弱興衰的原因。他視士族的衰落爲歷史的倒退」〔註32〕。他認爲科舉製取代九品中正制是隋代滅亡的根本原因，「反古道，罷鄉舉，離地著，遵執事之吏。於是乎士無鄉里，里無衣冠，人無廉恥，士庶亂而庶人僭矣」〔註33〕。柳冕的觀點繼承乃父，他說：「三代尙德，尊其教化，故其人賢；西漢尙儒，明其理亂，故其人智；後漢尙章句，師其傳習，故其人守名節；魏晉尙姓，美其氏族，故其人矜伐；隋氏尙吏道，貴其官位，故其人寡廉恥；唐承隋法，不改其理。」〔註34〕這種復古傾向影響到柳冕的文學理論。

柳芳長子柳登，「少嗜學，與弟冕咸以該博著稱」〔註35〕。柳冕，字敬叔。「博學富文辭，且世史官，父子並居集賢院。歷右補闕、史館修撰」〔註36〕。柳冕子柳珵亦長於史學，撰《常侍言旨》一卷，記錄其伯父柳登之言。柳珵另著有《柳氏家學要錄》，「采其曾祖彥昭，祖芳、父冕家集所記累朝典章因革，時政得失」，晁公武評其爲「小說之尤者」〔註37〕。按其內容爲典章政事，晁公武以小說目之，其撰述中應有一些掌故的成分在內。

柳芳家族之史學傳統對文學的影響主要體現在柳冕的文學理論和柳珵的傳奇創作方面。

柳冕是中唐時代的一位古文理論家。他的文學觀完全立足於儒家教化，具保守主義特點。如前所言，關於隋唐的科舉選官制度，柳冕與柳芳持復古的態度，以古爲尊，以德爲尙，以教化爲本。這一觀念同樣表現在他關於《春秋》和《史記》的評價上，在《答孟判官論宇文生評史官書》〔註38〕一文中，他認爲，孔子時代，大雅道喪，「諸侯放恣，處士橫議。孔子懼，作《春秋》以一王法，於是記言事以爲褒貶，盡聞見以爲實辭」，其目的是「明天道，正人倫，助治亂」。司馬遷則不然，他雖也繼承孔子之志「論天下之際，以通古

〔註32〕牛致功，《柳芳及其史學》，《唐史論叢》，第 2 輯，1987 年。

〔註33〕董誥，《全唐文》，北京：中華書局，1983 年，3779 頁。

〔註34〕柳冕，《與權侍郎書》，見董誥，《全唐文》，北京：中華書局，1983 年，5353 頁。

〔註35〕劉昫，《舊唐書》，北京：中華書局，1975 年，4030 頁。

〔註36〕歐陽修、宋祁，《新唐書》，北京：中華書局，1975 年，4537 頁。

〔註37〕晁公武，《郡齋讀書志校證》，孫猛校證，上海：上海古籍出版社，2011 年，570 頁。

〔註38〕董誥，《全唐文》卷 527，北京：中華書局，1983 年，5355～5356 頁。

今之變」，但其錯誤在於「不本於儒教以一王法，使楊朱墨子，得非聖人」，又不能謹守《春秋》之「凡例褒貶」的寫作方法，「《春秋》尙古，而遷變古，由不本於經也」。謹守儒家聖人之教，聖人之法，是柳冕史學著述上的保守觀念，並影響到他的文學觀念。

在文學的發展觀上，今不如古是其基本思路。他認爲「今之文章，與古之文章」立意不同，古代的作者「因治亂而感哀樂，因哀樂而爲詠歌，因詠歌而成比興」，後來的屈原宋玉，「皆亡國之音」，漢代的司馬相如和揚雄，「置其盛名之代，而習亡國之音」，所失更大。「屈宋唱之，兩漢扇之，魏晉江左，隨波而不返矣」（《謝杜相公論房杜二相書》）〔註39〕。基本趨勢是一代不如一代，「屈宋以降，則感哀樂而失雅正；魏晉以還，則感聲色而亡風教；宋齊以下，則感物色而亡興致」，主要特點是「六義之不興，教化之不明」（《答衢州鄭使君論文書》）〔註40〕。復古色彩甚濃。

在作家論方面，柳冕貶低文章之士，崇尙教化。他說：「故文章之道，不根教化，別是一枝耳。」（《謝杜相公論房杜二相書》）又云「文多用寡，則是一技，君子不爲也」（《與徐給事論文書》）〔註41〕，「文多道寡，斯爲藝矣」（《答荊南裴尙書論文書》）〔註42〕，所以歷來文章之士處於末流，子游子夏在孔門四科中列在最後，而漢代的經學大師「以德行經術，名震海內，門生受業，皆一時英俊。而文章之士，不得行束脩之禮」（《謝杜相公論房杜二相書》）。柳冕提出的改革文風的主張就是「尊經術，卑文士」。其重道輕文的傾向非常鮮明。

柳冕對於文學的形式美予以完全否定，他說「風雅之文，變爲形似；比興之體，變爲飛動；禮義之情，變爲物色，詩之六義盡矣」（《謝杜相公論房杜二相書》）。又云：「自屈宋以降，爲文者本於哀豔，務於恢誕，亡於比興，失古義矣。雖揚馬形似，曹劉骨氣，潘陸藻麗，文多用寡，則是一技，君子不爲也。」（《與徐給事論文書》）〔註43〕所謂「形似」、「飛動」、「物色」、「藻麗」，屬於辭章技巧的範疇，「哀豔」、「恢誕」、「骨氣」屬於風格範疇，文學的審美特點，被他一筆否定。

〔註39〕董誥，《全唐文》，北京：中華書局，1983年，5354頁。
〔註40〕董誥，《全唐文》，北京：中華書局，1983年，5359頁。
〔註41〕董誥，《全唐文》，北京：中華書局，1983年，5357頁。
〔註42〕董誥，《全唐文》，北京：中華書局，1983年，5357頁。
〔註43〕董誥，《全唐文》，北京：中華書局，1983年，5356～5357頁。

　　柳冕所嚮往的理想之文，是荀、孟、賈生的「君子之文」。這種文章的特點是「明先王之道，盡天人之際，意不在文，而文自隨之」（《謝杜相公論房杜二相書》）。要達到這種理想的境界就需改革文風，變革之法在於用經術導化人心，要求君主實行「尊經術，卑文士」的國策，如此，「經術尊則教化美，教化美則文章盛，文章盛則王道興」。此處的文章離純文學距離非常之遠。

　　總體上，柳冕的古文理論，與他同時代或稍前的古文家們持論相近，立足儒教，明道尊經，保守復古，與安史之亂後儒學復興思潮緊密相關〔註44〕。另一面，他的文學觀亦受到家庭史學觀念中的復古主義傾向的直接影響。在大的背景上，可以說與三晉文論家趨於保守的傳統相銜接，南朝的裴子野為一環，隋末的王通為一環。裴子野於梁代著《雕蟲論》，持保守的儒家詩教觀，與以蕭綱為代表的審美文學觀截然對立，厚古薄今，重質輕文，從政教的角度談文學，把《楚辭》以下講求文學形式美的作家、作品都否定了。王通在《中說》中的文學思想較之裴子野更加保守，他完全持儒家功利主義的文學觀念，簡單武斷地否定了魏晉以降的大部分文學家，基本是一種倒退的文學發展觀〔註45〕。三晉文論家此種保守的儒家文學觀，與他們家學中的史學傳統有密切關係。裴子野自曾祖裴松之、祖父裴駰以下四代史學傳家，他本身也是一名傑出的史學家。王通祖上世代以儒傳家，亦有修史明教的傳統。崇儒重教的家風和崇實的史學思想自然導致文學觀的重道重質傾向。文學思想的形成有其多方面的因素，裴、柳諸人的功利主義的文學思想，與三晉文化自先秦以來形成的濃厚的實用主義、功利主義傳統應有一定的關聯。

　　柳芳家族之史學家風孕育了一位傳奇作家——柳珵。按柳珵，兩唐書無傳，《郡齋讀書志》卷十三下小說類《家學要錄》云：「唐柳珵采其曾祖彥昭、祖芳、父冕家集所記累朝典章因革，時政得失，著此錄。」由此知柳珵為柳冕之子，《新唐書·藝文志》小說家類著錄柳珵《柳氏家學要錄》二卷，《常侍言旨》一卷。兩書均佚。《常侍言旨》概況，《郡齋讀書志》亦有記載：「唐柳珵記其世父等所著六章，《上清》、《劉幽求》二傳附。」今有佚文留存〔註46〕。柳珵所著傳奇為《上清傳》、《劉幽求傳》，原附於《常侍言

〔註44〕孫昌武，《唐代古文運動通論》，天津：百花文藝出版社，1984年，82～99頁。
〔註45〕羅宗強先生《隋唐五代文學思想史》，北京：中華書局，2003年，10～12頁。
　　　　王運熙、楊明，《中國文學批評通史·隋唐五代》，上海：上海古籍出版社，1996年，19頁。
〔註46〕李劍國先生謂：《說郛》卷五摘一條，《五朝小說》、重編《說郛》、《唐人說薈》

旨》後。其中《上清傳》於《資治通鑒考異》、《太平廣記》、《唐語林》中皆有著錄，唯《唐語林》有所刪節〔註 47〕。《劉幽求傳》只存於《唐語林》，此傳殘佚，只存故事的後半部分。此兩篇傳奇的共同之點，都是取材於現實政治鬥爭，一爲當代之事，一爲前朝傳聞，皆採用人物命運前後對比照應之法塑造人物形象。在藝術上，殘缺的《劉幽求傳》遠勝於《上清傳》。

《上清傳》爲一黨爭小說，演繹貞元年間竇參和陸贄之黨爭。作者在政治上屬於竇參一黨，作《上清傳》以爲竇參鳴冤〔註 48〕。此篇小說的政治意圖使作者忽略了心理、細節、人物性格的描寫，陷入對所謂事件眞相的披露中。小說之開端，竇參與寵婢上清於庭院中散步，當上清發現樹上有人時，竇參直接認定夜行人即是陸贄派來的刺客。「上清曰：『庭樹上有人，恐驚郎，請謹避之。』竇公曰：『陸贄久欲傾奪吾權位。今有人在庭樹上，吾禍將至。』後又大呼曰：『樹上君子，應是陸贄使來。』」這些情節都顯得非常突兀直露，作者急於表達陸贄對竇參的誣陷，人物的言行沒有任何心理上的過渡。後竇參家破，上清沒入宮廷，乘機向德宗申訴冤情，德宗大怒，有一段罵陸贄的口語在全篇中極爲特殊，「德宗怒陸贄曰：『這獠奴，我脫卻伊綠衫，便與紫衫著。又常喚伊作陸九。我任使竇參，方稱意旨，須教我枉殺卻他。及至權入伊手，其爲軟弱，甚於泥團』」。李劍國先生以爲此段口語「聲口性情全出，堪稱化工之筆」。在黨爭的背景中，其痛快淋漓的怒罵正符合竇參一黨成員宣泄的情緒。就整篇來看，口語的使用只此一處，與全體的文言對白並不協調。作者盲目的政治情緒無意間成就了小說最精彩的一段人物描寫。上清作爲小說主人公，塑造很不成功，沒有性格，無人物形象可言。

《劉幽求傳》所寫屬於前朝歷史中的人物，故作者能夠從容筆墨。「雖爲實錄，但頗不同於史傳之文。著力敘寫幽求數日之事，筆觸細膩生動，全是小說筆法」〔註 49〕。劉幽求先貧賤後富貴故事的政治背景是，景雲元年，中

等輯爲一卷，大都係他書文字。見李劍國，《唐五代志怪傳奇敘錄》，天津：南開大學出版社，1993 年，421 頁。

〔註 47〕李劍國，《唐五代志怪傳奇敘錄》，天津：南開大學出版社，1993 年，422 頁。

〔註 48〕中唐時代黨爭類政治影射小說頗多，李劍國先生認爲《上清傳》爲此類小說的濫觴，他認爲此篇小說爲譭謗之作，純屬虛構。詳見李劍國，《唐五代志怪傳奇敘錄》，天津：南開大學出版社，1993 年，423 頁；另卞孝萱《唐代小說與政治》認爲柳理奉李德裕之命撰《上清傳》以污蔑陸贄，見《中華文史論叢》，1985 年第 1 輯。按奉命污蔑證據不足，其時陸贄已去世，柳理作文鳴冤較爲切當。

〔註 49〕李劍國，《唐五代志怪傳奇敘錄》，天津：南開大學出版社，1993 年，427 頁。

宗被韋后毒死，李隆基與太平公主聯合誅殺韋后一黨，劉幽求即此次宮廷政
治行動的功臣。《舊唐書》劉幽求本傳云：「及韋庶人將行篡逆，幽求與玄宗
潛謀誅之，乃與苑總監鍾紹京、長上果毅麻嗣宗及太平公主之子薛崇暕等夜
從入禁中討平之。」〔註50〕小說於討平韋后一黨的過程沒有描寫，重在劉幽
求命運的巨變及周圍人物的前後表現，甚至宗楚客、紀處訥的被殺也與嘲諷
藐視劉幽求形成一個因果鏈，淡化了政治因素，突出了個人間的恩怨糾葛，
頗具小說意味。其中劉幽求的「豪壯、剛烈、桀驁之性宛然在目」，盧令、裴
灌的「膽小謹慎之狀，亦栩栩如生」。人物的神情、心理皆有入微的刻畫，「其
法乃在寫人，非爲述事」〔註51〕。與《上清傳》貌在寫人，實以述事迥然有
別。

　　蓋柳珵家傳史學，父祖皆於官方修史，柳珵轉向家史的撰寫，有雜著意
味，更進一步即走向傳奇文的創作。

（四）書畫藝術

　　張嘉貞家族是一個傳承歷史長，文學人才眾多的世家。從張嘉貞到張彥
遠，歷經五代二百多年，是以書畫藝術傳家的文化家族，活躍於此期的歷史
舞臺上，共產生十位文學家。

第一代　張嘉貞

　　垂拱元年（685），「弱冠應五經舉，拜平鄉尉，坐事免歸鄉里」〔註52〕。
後憑個人的政治才幹和機遇，於開元八年任宰相，是一位卓有才幹的政治家。
其思想以儒學爲主，而兼慕道教長生之術，曾經向司馬承禎問教，相信陰陽
相卜之術〔註53〕。在藝術方面，張嘉貞是一位無師自成的書法家。張彥遠《法
書要錄・序》云：「彥遠家傳法書名畫，自高祖河東公收藏珍秘。河東公書迹
俊異，尤能大書。本傳云，不因師法，而天姿雄勁。」〔註54〕張嘉貞非但善
書，亦且能文，曾自撰並手書《北嶽廟碑》，《舊唐書》卷99本傳云：「（開元
十一年）復代盧從願爲工部尚書、定州刺史，知北平軍事，累封河東侯。將
行，上自賦詩，詔百僚於上東門外餞之。至州，於恒岳廟中立頌，嘉貞自爲

〔註50〕劉昫，《舊唐書》，北京：中華書局，1975年，3039頁。
〔註51〕李劍國，《唐五代志怪傳奇敘錄》，天津：南開大學出版社，1993年，427頁。
〔註52〕劉昫，《舊唐書》，北京：中華書局，1975年，3090頁。
〔註53〕李昉，《太平廣記》，北京：中華書局，1962年，1063頁。
〔註54〕〔唐〕張彥遠，《法書要錄》，北京：人民美術出版社，1986年，1頁。

其文，乃書於石，其碑用白石爲之，素質黑文，甚爲奇麗。」〔註55〕《法書要錄自序》亦云「定州《北嶽碑》爲好事所傳」。據趙明誠《金石錄》卷六載，張嘉貞行書碑《唐北嶽廟碑》，時爲開元十五年〔註56〕，此碑今已不存。張嘉貞開創了張氏家族書畫收藏的傳統。「雖久立清要，然不立田園」，優厚的俸祿主要用於書畫藝術收藏。《歷代名畫記》卷一云：「彥遠家代好尚，高祖河東公、曾祖魏國公相繼鳩集名迹。」〔註57〕《歷代名畫記》卷三錄有「河東張氏」印識一方〔註58〕，嘉貞封河東公，未知是否即其收藏專印。張嘉貞存詩三首，多爲應制之作，難窺其藝術成就。

第二代　張延賞

張延賞爲嘉貞老年幼子，以門蔭入仕，「博涉經史，精通政事」〔註59〕。先後歷淮南、荊南、劍南西川節度使，三度入相。時人對他的評價是「崇飭文行，勵精理道」〔註60〕，墓誌云其「三十年間，以德行政事爲天下宗師」〔註61〕。《新唐書》卷127本傳評價較爲公允，「延賞更四鎮，所至民頌其愛。及當國，飾情復怨，不稱所望，亦早不幸，未及有所建明」〔註62〕。王夫之則因張延賞讒詛李晟導致平涼會盟的惡果而譏其爲「姦佞小人」〔註63〕。

作爲政治家的張延賞頗受非議，作爲一名藝術家則頗有令名。《法書要錄·序》云：「曾祖魏國公少稟師訓，妙合鍾張，尺牘尤爲合作。」〔註64〕張延賞亦精於書畫收藏，兼善音樂，與當代的收藏家和藝術家廣有交往。與收藏家李勉之交往最爲人所稱道。《歷代名畫記》卷一云：「魏公與汧公因其

〔註55〕　劉昫，《舊唐書》，北京：中華書局，1975年，3092頁。

〔註56〕　〔北宋〕趙明誠，《金石錄校證》，金文明校證，桂林：廣西師範大學出版社，2005年，97頁。

〔註57〕　《歷代名畫記譯注》，〔唐〕張彥遠著，俞劍華譯注，南京：江蘇美術出版社，2007年，10頁。

〔註58〕　《歷代名畫記譯注》，〔唐〕張彥遠著，俞劍華譯注，南京：江蘇美術出版社，2007年，67頁。

〔註59〕　劉昫，《舊唐書》，北京：中華書局，1975年，3607頁。

〔註60〕　《授張延賞中書侍郎平章事制》，董誥《全唐文》，北京：中華書局，1983年，4714頁。

〔註61〕　《張延賞墓誌》，見周紹良主編，《唐代墓誌彙編》，上海：上海古籍出版社，1992年，1847頁。

〔註62〕　劉昫，《舊唐書》，北京：中華書局，1975年，4446頁。

〔註63〕　〔清〕王夫之，《讀通鑒論》，北京：中華書局，1975年，860頁。

〔註64〕　〔唐〕張彥遠，《法書要錄》，北京：人民美術出版社，1986年，1頁。

同僚，遂成久要。並列藩間，齊居臺衡，雅會襟靈，琴書相得。汧公博古多藝，窮精蓄奇，魏晉名蹤，盈於笥篋。許詢、逸少，經年共賞山泉；謝傅、戴逵，終日惟論書畫。」〔註65〕按李勉，兩唐書有傳。唐宗室，代宗時封汧國公，是一位知名當世的書畫鑒賞家。《舊唐書》卷135本傳云：「勉坦率素淡，好古尚奇，清廉簡易，爲宗臣之表。善鼓琴，好屬詩，妙知音律，能自制琴，又有巧思。」〔註66〕張李兩家皆爲賞好藝術的家庭，《唐語林》卷六云：「張李二家，日出無音樂之聲，金吾必奏。俄頃有中使來問：『大臣今日何不舉樂？』」〔註67〕張延賞與李勉的交往充滿文人的風雅情趣，「汧公手斫雅琴，尤佳者曰『響泉』，曰『韻磬』。汧公在滑州，魏公在西川，金玉之音，山川亡間。畫緘瑤匣，以表嘉貺。西川幕客司空曙賦曰：『白雪高吟際，青霄遠望中。誰言路邈曠，宮徵暗相通。』時汧公並寄重寶，琴解及琴薦成在焉。」時張延賞爲劍南西川節度使，李勉爲滑亳節度使，兩地分隔，贈琴以寄知音之意。按響泉、韻磬二琴，《尚書故實》亦有記載。延賞曾孫張茂樞撰《響泉記》，佚文中有「余家世所寶，琴書圖畫，廣明之亂，喪失蕩盡」之句〔註68〕，所記當爲李勉所贈之琴，傳承到張茂樞一代。

與畫家齊映的交往。《歷代名畫記》卷十云：「（齊映）性雅正，好學，善山水。……初，映於東都舉進士，應宏詞，彥遠曾祖魏國公爲河南尹兼留守，愛其藝，每嘉獎焉，奏爲河南府參軍。」〔註69〕齊映是一位山水畫家，張延賞因愛其畫才而特加垂顧。

張延賞詩文名不盛，遜於乃父。今無詩留存，存文兩篇。

第三代　張弘靖　張諗

張弘靖五歷藩鎮，兩度入相。後以幽州軍亂而失勢，之後家族逐漸衰落下去。其弟張諗則不樂爲官，一心沉浸於書畫藝術之中。弘靖時代，家中所集書畫，「侔秘府」。〔註70〕張弘靖購藏書畫不遺餘力，《歷代名畫記》卷五

〔註65〕〔唐〕張彥遠，《歷代名畫記譯注》，俞劍華譯注，南京：江蘇美術出版社，2007年，11頁。

〔註66〕劉昫，《舊唐書》，北京：中華書局，1975年，3636頁。

〔註67〕〔宋〕王讜，《唐語林校證》，周勳初校證，北京：中華書局，1987年，535頁。

〔註68〕陳尚君，《全唐文補編》，北京：中華書局，2006年，1125頁。

〔註69〕張彥遠，《歷代名畫記譯注》，俞劍華譯注，南京：江蘇美術出版社，2007年，260頁。

〔註70〕劉昫，《新唐書》，北京：中華書局，1975年，4448頁。

載張弘靖欲以名馬一匹並絹二百匹購買張惟素所有的衛協《毛詩北風圖》，終未得。購買張惟素另一幅《清夜遊西園圖》，交易成功而未能保有〔註71〕。《尚書故實》云：「《清夜遊西園圖》，顧長康畫。……本張惟素家收得，惟素，從申之子。傳至相國張弘靖。元和中，準宣索，並鍾元常寫《道德經》同進於內。時張公鎮并州，進圖表，李太尉衛公作也。」按張弘靖因監軍使魏弘簡忌恨之故，被迫向憲宗進獻大量書畫珍藏。《歷代名畫記》卷一云：「元和十三年，高平公鎮太原，不能承奉中貴，爲監軍使內官魏弘簡所忌，無以指其瑕，且驟言於憲宗曰：『張氏富有書畫。』遂降宸翰，索其所珍。惶駭不敢緘藏，科簡登時進獻，乃以鍾、王、衛、索眞迹各一卷，二王眞迹各五卷，魏、晉、宋、齊、梁、陳、隋雜迹各一卷，顧、陸、張、鄭、田、楊、董、展泊國朝名手畫合三十卷。」〔註72〕表上憲宗，時李德裕爲河東節度使幕府掌書記，代爲上奏，《代高平公上書畫二狀》、《進玄宗馬射眞圖狀》，憲宗下手詔褒獎云「雄詞冠於一時，奧學窮乎千古。圖書兼蓄，精博兩全」。此次進獻損失巨大，亦可見其收藏之富。第二次書畫巨劫是張弘靖在幽州刺史任上軍隊騷亂，將家中收藏洗劫殆盡，其時張彥遠年幼，「時未齔歲，恨不見家內所寶，其進奉之外，失墜之餘，存者才二三軸而已」。張弘靖亦有與當代書畫家之廣泛交往。「齊皎，高陽人。……善外藩人馬，工山水，學小楷、古篆，善射，曉音律。……彥遠大父高平公有重沒，皎每一書畫及篇章求知焉」〔註73〕。「張璪，字文通，吳郡人」，「尤工樹石山水，……彥遠每聆長者說璪以宗黨常在予家，故予家多璪畫」〔註74〕。「太原王朏，終劍南刺史。師昉畫子女菩薩，但不及昉之精密。余大父高平公首末提獎之」〔註75〕張弘靖以權貴至尊，儼然一位藝術家庇護人。

　　張弘靖之文藝修養，詩、文、書、畫、樂皆具備。他的書法，「幼學元常，

〔註71〕張彥遠，《歷代名畫記譯注》，俞劍華譯注，南京：江蘇美術出版社，2007年，115頁。

〔註72〕張彥遠，《歷代名畫記譯注》，俞劍華譯注，南京：江蘇美術出版社，2007年，12～13頁。

〔註73〕張彥遠，《歷代名畫記譯注》，俞劍華譯注，南京：江蘇美術出版社，2007年，260頁。

〔註74〕張彥遠，《歷代名畫記譯注》，俞劍華譯注，南京：江蘇美術出版社，2007年，264～265頁。

〔註75〕張彥遠，《歷代名畫記譯注》，俞劍華譯注，南京：江蘇美術出版社，2007年，273頁。

自鎮蒲陝，迹類子敬。及處臺司，乃同逸少。書體三變，爲時所稱」〔註76〕。張弘靖文學之才亦有可觀，據《舊唐書》卷 129 本傳，德宗時，張弘靖獻賦讚美二京之美，得德宗褒獎，以此獲官〔註77〕。今存詩一首《山亭懷古》，是任職河東節度使時期幕府中一次唱和之作〔註78〕。

張弘靖之弟張諗摒棄功名，一心沉浸於藝術生活之中。張諗與李勉之子李約相知友善，「高謝榮宦，琴尊自樂，終日陶然，士流企望莫及也」。《尚書故實》載二人一同棄官隱居之事，在洛陽城里第「匡床靜言，達旦不寢，人莫得知」。其風雅逸興，傾動士林。更有一事，傳爲佳話。《歷代名畫記》云：「李兵部又於江南得蕭子雲壁書飛白『蕭』字，匣之以歸洛陽，授余叔祖，致之修善里，構一亭，號曰『蕭齋』。」〔註79〕李兵部即李約，叔祖即張諗，專築一亭以貯藏一字，與藝術的癡迷可見一斑。其時張弘靖、李約都有文字記錄這一藝林佳事。此外，張諗還撰有《吳畫說》一文評論吳道子的繪畫藝術，其文已佚。

第四代　張文規　張次宗　張賈

張文規乃張弘靖之子，張彥遠之父。一生仕宦漂泊，家勢雖衰落，家族的書法傳統依然習而不墜。《法書要錄·序》云：「先君尚書少耽墨妙，備盡楷模。」文規亦是一位詩人，著有《吳興雜錄》七卷，大部已佚，今存詩兩首，都是描繪吳興的地方風物。

文規弟張次宗，《舊唐書》卷 129 稱其「最有文學，稽古履行」，在這一代中最爲博學。經學方面，開成年間，文宗下詔勒刻石經，宰相奏請張次宗等四人校訂九經文字。由此可見其經學修養。史學方面，開成二年，張次宗遷起居舍人，執筆立於螭頭之下，記錄宰相奏事，由此開成年間政事，詳於國史。繪畫方面，開成三年，楊嗣復主持修撰《毛詩草木蟲魚圖》二十卷，張次宗具體負責，其繪畫才能不言而喻。文學方面，張次宗頗有文名，爲文整飭爽利，開成五年，李德裕推薦任知制誥，現存文七篇全爲制誥之文。

張文規從弟張賈，張諗之子。《兩唐書》無傳，周祖譔《中國文學家大

〔註76〕張彥遠，《法書要錄》，北京：人民美術出版社，1986 年，1 頁。
〔註77〕劉昫，《新唐書》，北京：中華書局，1975 年，3610 頁。
〔註78〕見〔南宋〕計有功，《唐詩紀事校箋》卷 59，王仲鏞校箋，成都：巴蜀書社，1989 年。
〔註79〕張彥遠，《歷代名畫記》俞劍華譯注，江蘇美術出版社，2007 年，11 頁。

辭典・唐五代卷》張賈條的生平事迹，混兩人爲一人〔註80〕。《唐尚書省郎官石柱題名考》張賈條有其仕履簡介，張賈少有才學，能詩善文，曾在張弘靖太原幕府參與詩歌唱和，與劉禹錫亦有詩歌往還，劉禹錫有《赴連州途經洛陽諸公置酒相送張員外賈以詩見贈率爾酬之》，張賈存詩兩首，酬贈之作不存。

第五代　張彥遠　張彥修　張茂樞

張茂樞，張次宗之子，三相張家十位文學家中，他是現存文獻記載中唯一登進士第的家族成員。天祐二年（905），於祠部郎中知制誥任上，捲入政治鬥爭漩渦，被迫自盡〔註81〕。張茂樞的文學藝術才能無文獻記載，《新唐書・藝文志》著錄其所撰《河東張氏家傳》三卷，屬家族歷史類。另有《響泉記》一篇，也是回憶之作。他的個人命運和著述，象徵了一個文化家族的衰亡。

張彥修，張彥遠叔父張嗣慶之子。生平無考，存詩一首《遊四頂山》。詩中有「翠巒齊聳壓平湖，晚綠朝紅畫不如」之句，詩人對色彩的感覺比較敏銳，而且順勢聯想到繪畫的效果，似乎與詩人家庭藝術氛圍的薰陶有某種關聯，惜詩人生平匱乏，單詩片句，不足深究。張氏家族十位文學家存詩不足二十首，數量極少，應制詩頗多，不足以考察書畫藝術與詩歌創作之間的關係。

張彥遠是張氏家族五代書畫文化傳承的凝結的果實，未成就文學大家，卻成就了一位藝術理論家，著成我國第一部繪畫史名著《歷代名畫記》。

張彥遠雖出身書畫世家，然到他父親一代，逐漸衰落，但家族中愛好書畫的傳統依然深刻影響了張彥遠的人生選擇。他少年時代即有不同於常人的生活理想，「以千乘爲輕，以一瓢爲倦，身外之累，且無長物，惟書與畫猶未忘情。既頹然以忘言，又怡然以觀閱，常恨不得竊觀御府之名迹，以資書畫之廣博」〔註82〕。他對書畫藝術的癡迷，一如他的叔祖張謐，自許「愛好

〔註80〕〔清〕勞格、趙鉞，《唐尚書省郎官石柱題名考》張賈條已置疑，見該著158頁，北京：中華書局，1992年。岑仲勉先生《郎官石柱題名新考訂》予以確證，見該著21～22頁，北京：中華書局，2004年。許祖良《張彥遠評傳》有詳細辨析，見該著16～19頁。南京大學出版社，2011年。
〔註81〕劉昫，《舊唐書》，北京：中華書局，1975年，805頁。
〔註82〕張彥遠，《歷代名畫記譯注》，俞劍華譯注，南京：江蘇美術出版社，2007年，59頁。

愈篤，近於成癖」，他自述云：「余自弱年鳩集遺失，鑒玩裝理，晝夜精勤，每獲一卷，遇一幅，必孜孜葺綴，竟日寶玩。」〔註83〕家人以「無益之事」相責難，他云：「若復不爲無益之事，則安能悅有生之涯。」宗白華先生認爲這是張彥遠對於美學原則的根本認知，「這種態度，又是非對於美學的原則有認識的人所不能有的」〔註84〕。

張彥遠《歷代名畫記》爲我國第一部繪畫史。其內容涵蓋畫史、畫工、畫法、畫鑒、畫家五部分，規模宏大，引證浩博。他的著作中蘊含著豐富的文藝美學思想，是對唐代以前繪畫美學的總結，也對後世的文藝美學產生了巨大影響〔註85〕。宗白華先生評價張彥遠是中國第九世紀的一個絕代的批評家，可以與西方的文藝批評家佩特、羅斯金、溫克爾曼相比肩，在藝術史上有著崇高的地位。張彥遠自身也是一位書法家，他曾有書法作品《李將軍征回詩》、《維山廟詩》，繪畫作品《豐林泉石圖卷》，又有《彩箋詩集》一種，可惜都佚失了。

（五）宗 教

王維、王縉兄弟是唐代受佛教影響很深的文學家。《舊唐書・文苑傳下》本傳云：「維兄弟俱奉佛，居常蔬食，不茹葷血，晚年長齋，不衣文綵。……在京師日飯十數名僧，以玄談爲樂。宅中無所有，唯茶鐺、藥臼、經案、繩床而已。退朝之後，焚香獨坐，以禪誦爲事。」〔註86〕王維「妻亡不再娶，三十年孤居一室，摒絕塵累」。其母去世，捨輞川山莊爲佛寺爲母祈佛。王縉佞佛，比王維有過之而無不及。《舊唐書》卷 118《王縉傳》云：「妻李氏卒，捨道政里第爲寺，爲之追福，奏其額曰「寶應」，度僧三十人住持。每節度觀察使入朝，必延至寶應寺，諷令施財，助己修繕。」王縉身爲宰相，於公共之佛教信仰，亦著力經營，「五臺山有金閣寺，鑄銅爲瓦，塗金於上，照耀山谷，計錢巨億萬。縉爲宰相，給中書符牒，令臺山僧數十人分行郡縣，聚徒講說，以求貨利。」〔註87〕佛學對於王維創作的影響研究成果頗多，此不具論。王氏兄弟的佛教信仰與其出生地河東道的佛教文化有必然的聯繫，

〔註83〕 張彥遠，《歷代名畫記譯注》，俞劍華譯注，南京：江蘇美術出版社，2007 年，59 頁。
〔註84〕 宗白華，《張彥遠及其〈歷代名畫記〉》，《學術月刊》，1994 年第 1 期，5 頁。
〔註85〕 詳見許祖良《張彥遠評傳》第六章《張彥遠的美學思想》，南京：南京大學出版社，2011 年。
〔註86〕 劉昫，《舊唐書》，北京：中華書局，1975 年，5052 頁。
〔註87〕 劉昫，《舊唐書》，北京：中華書局，1975 年，3417 頁。

此處作一簡單梳理。

影響王維家庭佛教信仰最著名的高僧大照禪師即蒲州人氏。王維《請捨莊爲寺表》云其母崔氏「師事大照禪師三十餘載」〔註88〕，大照禪師即普寂，據《宋高僧傳》卷九本傳云：「釋普寂，姓馮氏。蒲州河東人也。年才雅弱，率性軒昂。離俗升壇，循於經律。臨文揣義，迴異恒流。初聞神秀在荊州玉泉寺，寂乃往師事凡六年。神秀奇之，盡以其道授焉。久視中，則天召神秀至東都論道，因薦寂，乃度爲僧。及秀之卒，天下好釋氏者咸師事之。中宗聞秀高年，特下制令普寂代本師統其法眾。開元十三年，敕普寂於都城居止。……二十七年終於上都興唐寺，年八十九。」普寂出身於蒲州，乃王維同鄉，早年以佛教俗家信徒的身份學習佛典。據其卒年推算，出生於 650 年，按本傳，久視中剃度爲僧，其時年已五十。其後信者日眾，「時王公大人競來禮謁，寂嚴重少言，來者難見其和悅之容，遠近尤以此重之」。普寂既爲蒲州人，得皇帝欽命爲佛教領袖，對於家鄉的影響是巨大的，王維母親師事普寂有鄉緣的因素在內。崔氏師事普寂的起始時間，王輝斌推定爲唐中宗景龍元年（707）（王氏假設三十餘載爲三十六年，計算有誤）即以三十六年計算，普寂卒於開元二十七年（738），崔氏師事普寂時間應爲 702 年，按陳鐵民《王維年譜》，王維是年兩歲。然陳譜王維生年謹守趙殿成之說，701 年出生的說法廣受學界質疑，新說迭出，各執其是〔註89〕。後來的學者有一個共同的指向，王維生年提前。綜合諸說，第一，據《舊唐書》王縉本傳記載的享年，其出生於 700 年，和王維生年出現「兄先弟後」的矛盾。陳鐵民爲破此矛盾，致懷疑王縉享年八十一的歷史記載有誤。然王縉位至宰相，關於他的記載應比王維可靠，史載王維生卒年致誤的可能性亦存在。第二，據王維文集中關

〔註88〕陳鐵民，《王維集校注》，北京：中華書局，1997 年，1085 頁。

〔註89〕陳鐵民提出 701 年說之後，趙昌平、楊軍、畢寶魁、張安祖、王從仁、王勳成、王輝斌皆紛紛撰文指出陳譜之失，從各種角度提出新的觀點，迄今未有圓滿定論。詳參趙昌平《王維生卒年考補》，載《中華文史論叢》，1987 年第 1 期；楊軍《王維事迹證補》，載《唐代文學論叢》，1982 年第 2 期，陝西人民出版社，296～304 頁；畢寶魁《王維生年考辨》載《文獻》，1996 年第 3 期；《再論王維生年兼與王勳成先生商榷》載《王維研究》總第 4 輯，遼海出版社，2003 年，12～25 頁；王從仁《王維生卒年考辨》載《文學評論叢刊》總第 16 期；張安祖《王維生年小考》見《唐代文學散論》三聯書店 2004 年 54～58 頁；王勳成《王維進士及第及出生年月考》載《文史哲》，2003 年第 2 期，153～157 頁；王輝斌《王維新考論》第一章《生平事迹求是》；陳鐵民《王維生年新探》見《王維論稿》，北京：人民文學出版社，2006 年，100～116 頁。

於自身年齡的記載，享年不低於六十五歲。楊軍舉王維《責躬薦弟表》中「臣又逼近懸車」之語，推測王維享年不低於六十六歲〔註90〕。陳鐵民《王維集校注》，該文編在上元二年，是年王維卒，上推65年，王維生於697年。趙昌平據王維《慕容承攜素饌見過》詩「年算六身如」句，「六身」典出《左傳・襄公三十年》，是傳文中推測絳縣老人年齡的象徵說法，師曠明言老人享年七十三歲；又引《春日上方即事》中「鳩形將刻杖」句，係過七望八之意，綜合兩點，推測王維享年七十左右，以七十而論，應生於693年。王勳成據唐代選官制度，推定王維生年694年，享年68。三說都有其合理性，本文取王勳成之說。

前引《請捨莊爲寺表》中三十餘載，姑定爲 34 年，崔氏師事普寂始於705年，其時王維年12，王維在佛教信仰方面間接接受普寂的影響始於兒童時代。在此之前，沒有王維父母受佛教高僧影響的記載，但河東道蒲州濃厚的佛教氛圍，對於家庭成員的影響應該是存在的。王維之取名命字，與乃父王處廉的宗教信仰不無關係。

唐前期蒲州之佛教傳播頗爲興盛。據李映輝《唐代佛教地理研究》統計，唐前期籍貫蒲州的高僧 15 人，駐錫於蒲州的高僧 14 人次，在蒲州從事過弘法活動的高僧 17 人次，有記載的佛寺數量爲 12 個，僅次於太原。李著根據全國分佈情況，把蒲州劃入佛教發達區域。王維出生前的近百年，蒲州高僧輩出。隋末唐初之神素與道傑，同爲安邑鳴條人，從小「結張範之好」，同出家爲僧，住本州棲巖寺，開講《涅槃》、《攝論》、《法華》、《成實》、《毗曇》，「晉川謂素、傑二公秋菊春蘭，各善其美」〔註91〕。其中道傑門徒眾多，聲勢浩大。釋道英，猗氏縣人，壯年時遊學在外，晚歸本州普濟寺，「置莊三所，麻麥粟田，皆在夏縣東山深隱之所，不與俗爭，用接羈遠。故使八方四部，其歸若林」〔註92〕。慶州智封，先習唯識，後尚禪宗，於河中府安峰山隱居十年，「木食澗飲」。蒲州刺史衛文升迎請入城，建新安國院，居住傳法，「因茲奔走毳衣，蔚然繁盛，得其道者不可勝計」〔註93〕。智封亦爲神秀弟子，

〔註90〕按《通典》卷三十五《職官十七》載：「大唐令，諸執事官年七十、五品以上致仕者，各給半祿。」懸車爲致仕的代稱，見杜佑，《通典》，北京：中華書局，1988年，968頁。

〔註91〕〔唐〕釋道宣，《續高僧傳》卷13本傳，北京：中華書局，2014年。

〔註92〕〔唐〕釋道宣，《續高僧傳》卷25，北京：中華書局，2014年。

〔註93〕〔宋〕贊寧，《宋高僧傳》卷八本傳，北京：中華書局，1987年。

與普寂同時。按前普寂出生於蒲州，701 年以前一直以佛教俗家弟子的身份勤修佛學，《舊唐書·方伎傳》云：「年少時徧尋高僧，以學經律。」〔註 94〕他的人生經歷說明蒲州佛教信仰的氛圍，也可以說明王維幼年的成長環境。

　　王維兄弟成年後與佛教徒的交往，與河東道亦有關聯。王維母親師事大照禪師，王縉承繼母親的佛緣，與大照禪師師徒四代皆有往來，《東京大敬愛寺大證禪師碑》云：「大通傳大照，大照傳廣德，廣德傳大師（大證）。……縉嘗官登封，因學於大照，又與廣德素為知友。大德弟子正順，即十哲之一也，視縉猶父，心用感焉，以諸因緣，為之強述。」〔註 95〕大通即神會，大照即普寂。王縉與普寂師徒四代僧人都有親密交往，王維則與普寂同門義福禪師有交往，王維有《過福禪師蘭若》詩，陳允吉先生謂福禪師即義福。按義福，與普寂齊名的神秀弟子，河東道潞州銅鞮人，王維同鄉。義福在世俗界的佛教影響頗大，開元十二年，從駕往東都，途經蒲州，「刺史及官吏士女皆齎幡花迎之，所在道路充塞，禮拜紛紛，瞻望無厭」〔註 96〕。王維又與普寂弟子璿禪師有交往，王維有《謁璿上人》詩，陳鐵民據《景德傳燈錄》，瓦棺寺璿禪師為普寂弟子。又據《宋高僧傳》卷 17《元崇傳》，釋元崇亦與王維相交於輞川別墅，論道遊心。陳允吉先生考證元崇為璿禪師弟子，則王維與普寂以下兩代弟子都有甚深的交往。王維除與北宗普寂門人廣泛交往外，與得道於五臺山之道光禪師亦有師徒之緣。王維《大薦福寺大德道光禪師塔銘並序》云「維十年座下，俯伏受教」〔註 97〕，銘文中敘述道光禪師早年苦修佛道，晝夜經行，後遇五臺寶鑒禪師，遂密受頓教。

　　王維一生結交的僧人有近二十名，此處舉證說明的是，他與一部分僧人的交往受到早年家庭信仰的影響，王維自少至壯，其佛學修為與河東道的佛教文化都有或深或淺的關係。

二、政事與文學的兼能

　　李浩教授在《唐代三大地域文學士族研究》之第六章討論唐代人的賢能標準，認為文學政事的兼備是唐代士人關於賢能的一個理想化標準，在唐代

〔註 94〕劉昫，《舊唐書》，北京：中華書局，1975 年，5110 頁。

〔註 95〕董誥，《全唐文》，北京：中華書局，1983 年，3757～3758 頁。

〔註 96〕〔宋〕贊寧，《宋高僧傳》卷 9 本傳，北京：中華書局，1987 年。

〔註 97〕陳鐵民，《王維集校注》，北京：中華書局，1997 年，753 頁。

符合此標準的士人很少，只有到宋代這種複合型人才才大量湧現〔註98〕。此結論用於整個唐代有其合理性，就局部而言，則未必盡然。在三晉文化影響下成長起來的文學家群體，就非常突出地表現出文學政事兼能的特徵。

關於政事的具體內涵，唐人未論及，從他們的具體運用中，尚可窺見其大致指向。權德輿《故中散大夫殿中侍御史潤州司馬贈吏部尚書沛國武公神道碑銘並序》云：「惟公以文學政事，蒞官十二次。」〔註99〕《舊唐書》卷102《劉子玄傳》云：「（劉知幾）兄知柔，少以文學政事，歷荊揚曹益宋海唐等州長史刺史、戶部侍郎、國子司業、鴻臚卿、尚書右丞、工部尚書、東都留守。」〔註100〕獨孤及《唐故朝散大夫中書舍人秘書少監頓邱李公墓誌》云：「論者謂公以文學政事，取公器如拾芥。」〔註101〕顯然，政事的主要的內容就是行政事務，文學家除文學才能外，尚須具備從事實際行政事務的能力。在三晉文化影響下的200餘名本土文學家中，帝王一人，宰相29人，節度使觀察使23人，刺史28人，京官五品以上23人，共104人。除去僧道女性與生平不詳的20餘人，這些中層官員以上的文學家占總數的58%，宰相帝王占16%。此統計結果不能說明統計對象的政治品行和行政業績，但至少可以說明在文學和政事兩方面都具有一定的素質和能力。此種文學政事兼資的特點，史籍中多有記載。

如薛收，追隨太宗取天下，不僅文辭敏速，軍檄露布多出其手，而且具有實際的軍事才能，在與王世充、竇建德之戰中，果斷出良謀，助李世民一戰而成。薛收卒後，太宗回憶與薛收「或軍旅多務，或文詠從容，何嘗不驅馳經略，款曲襟抱」〔註102〕。薛收子薛元超，楊炯許為「朝右文宗」〔註103〕，《舊唐書》本傳云：「時元超特承恩遇，常召入與諸王同預私讌。（高宗）又重其文學政理之才，曾謂元超曰：『長得卿在中書，固不藉多人也。』」〔註104〕高宗幸東都，太子監國，因留元超以侍太子，足見高宗對其政治上的倚重。

裴行儉，明經出身，擅長書法，高宗曾令其草書《文選》一部，覽之稱

〔註98〕李浩，《唐代三大地域文學士族研究》，北京：中華書局，2008年，139～158頁。
〔註99〕董誥，《全唐文》，北京：中華書局，1983年，5097頁。
〔註100〕劉昫，《舊唐書》，北京：中華書局，1975年，3174頁。
〔註101〕董誥，《全唐文》，北京：中華書局，1983年，3980頁。
〔註102〕劉昫，《舊唐書》，北京：中華書局，1975年，2589頁。
〔註103〕楊炯，《王勃集序》，見《楊炯集》，北京：中華書局，1980年。
〔註104〕劉昫，《舊唐書》，北京：中華書局，1975年，2590頁。

善。吐蕃平叛立奇功，高宗稱其文武兼資，拜禮部尚書，檢校右衛大將軍〔註 105〕。

苗晉卿，「善屬文」，「性聰敏，達練事體，百司文簿，經目必曉」〔註 106〕。

柳冕，「文史兼該，長於吏職」〔註 107〕。

王仲舒，與梁肅、楊憑交遊，嗜學工文。「穆宗立，每言仲舒之文可思，最宜為誥，有古風」。後仲舒仕至江南西道觀察使，為政「所居急民廢置，自為科條，初若繁密，久皆稱其便」〔註 108〕。

王播，「出自單門，以文辭自立」，又「長於吏術，雖案牘軿掌，剖析如流，點吏詆欺，無不彰敗」〔註 109〕。

王縉，與乃兄齊名，至有「朝廷左相筆，天下右丞詩」之譽（王顏《追樹十八代祖晉司空太原王公神道碑銘》）〔註 110〕。

武元衡，元和宰相，「工五言詩，好事者傳之，往往被於管絃」〔註 111〕，張為《詩人主客圖》列為「瑰奇美麗主」〔註 112〕，《郡齋讀書志》云：「議者謂唐世工詩而宦達者唯高適，達宦詩工者唯元衡。」

另外尚有張說、令狐楚、裴度，身為社稷之臣，兼善文學之事，擅名一時，流風千載。其文學成就與政治業績畸輕畸重，有唐一代，寥寥可數。至於王涯和張嘉貞父子，身為宰輔兼好書畫藝術的收藏和音樂的鑒賞，傳誦一時。特別是女皇武則天，政治上英才偉略，超邁千古，文學上獎掖提倡，風雅宮廷，以帝王之尊參與推動唐代文學的發展變化。

在政治的高層官員中鮮明表現出文學與政事的兼融，在三晉的中層文人中，文學家兼政治家的代表是呂溫。呂溫出身文學世家，學《詩》、《禮》，通《春秋》，參加科舉考試，名冠一時。劉禹錫《唐故衡州刺史呂君集紀》云：「（呂溫）始以文學震三川，三川守以為貢士之冠。名聲西馳，速如羽檄，長安中諸生咸避其鋒。兩科連中，芒刃愈出。」〔註 113〕其文才雖盛，志在

〔註 105〕劉昫，《舊唐書》，北京：中華書局，1975 年，2802～2803 頁。

〔註 106〕劉昫，《舊唐書》，3349～3351 頁。

〔註 107〕劉昫，《舊唐書》，北京：中華書局，1975 年，4030 頁。

〔註 108〕歐陽修、宋祁，《新唐書》，北京：中華書局，1975 年，4985～4986 頁。

〔註 109〕劉昫，《舊唐書》，北京：中華書局，1975 年，4276～4277 頁。

〔註 110〕董誥，《全唐文》，北京：中華書局，1983 年，5530 頁。

〔註 111〕劉昫，《舊唐書》，北京：中華書局，1975 年，4161 頁。

〔註 112〕丁福保，《歷代詩話續編》，北京：中華書局，1983 年，98 頁。

〔註 113〕陶敏、陶紅雨，《劉禹錫全集編年校注》，長沙：嶽麓書社，2003 年，1058 頁。

匡時，「每與其徒講疑考要，皇王富強之術」。呂溫與劉禹錫、柳宗元爲友，銳意中唐政治改革，改革失敗，劉、柳被貶，呂溫因出使吐蕃幸免。後任道、衡二州刺史，表現出了傑出的政治才幹。他在短暫任期內革除弊政，打擊豪強。清理逃戶，均助疲民。政績卓著，「理行第一」。惜年僅四十而卒於衡州之任。時人對他的政事文學皆有甚高的評價，元稹《哭呂衡州六首》之二云：「望有經綸鈞，虔收宰相刀。」《六首》之六云：「杜預《春秋》癖，揚雄著述精。」〔註 114〕柳宗元《同劉二十八哭呂衡州，兼寄江陵李元二侍御》中有「只令文字傳青簡，不使功名上景鐘」之歎，對於呂溫沒能盡展其政治才幹而深致惋惜。

在三晉的下層文人中，亦不乏文學吏幹之全才。詩人裴潾之父裴琰之，「永徽中，爲同州司戶參軍，時年少，美容儀，刺史李崇義初甚輕之。先是，州中有積年舊案數百道，崇義促琰之使斷之，琰之命書吏數人，連紙進筆，斯須剖斷並畢，文翰俱美，且盡與奪之理。崇義大驚，謝曰：『公何忍藏鋒以成鄙夫之過！』由是大知名，號爲『霹靂手』」〔註 115〕。裴琰之文思之速，吏幹之精，當時少有，才以異事流傳，載入史籍。

河東道文學家關於武事的觀念，也是關於政事觀念的延伸。唐人普遍重文輕武，武藝武職均受輕視。河東道文學家於此有兼善傾向。詩人胡證即是一位精通武術的俠士。《唐摭言》卷三云：「胡證尚書質狀魁偉，膂力絕人，與裴晉公度同年。公嘗狎遊，爲兩軍力士十許輩淩轢，勢甚危窘，公潛遣一介求救於證。證衣皂貂金帶，突門而入，諸力士睨之失色。證飲後，〔註 116〕到酒一舉三鍾，不啻數升，杯盤無餘瀝。逡巡，主人上燈，證起取鐵燈臺，摘去枝葉，而合其跗，橫置膝上，謂眾人曰：『鄙夫請非次改令，凡三鍾引滿，一遍三臺，酒須盡，仍不得有滴瀝，犯令者一鐵蹄。』證復舉三鍾。次及一角觚者，凡三臺三遍，酒未能盡，淋漓逮至並座。證舉蹄將擊之。群惡皆起，設拜叩頭乞命，呼爲神人。證曰：『鼠輩敢爾，乞汝殘命！』叱之令去。」〔註 117〕後胡證仕至節度使。

樊宗師父樊澤，雖爲文士，而好讀兵書，「有武藝，每與諸將射獵，常出

〔註 114〕楊軍，《元稹集編年箋注》，西安：三秦出版社，2002 年，419～421 頁。

〔註 115〕劉昫，《舊唐書》，北京：中華書局，1975 年，3128 頁。

〔註 116〕標點當焉：證飲後到酒，一舉三鍾（校注者點讀有誤）。

〔註 117〕《唐摭言校注》，〔五代〕王定保著，姜漢椿校注，上海：上海社會科學院出版社，2003 年，58 頁。

其右，人心服之」〔註 118〕。樊澤亦仕至節度使。

　　詩人王彥威，任宣武節度使時作詩表達統軍為將的豪情。詩云：「天兵
十萬勇如貔，正是酬恩報國時。汴水波瀾喧鼓角，隋堤楊柳拂旌旗。前驅紅
旆關西將，列座青蛾趙國姬。寄語長安舊冠蓋，粗官到底是男兒。」《唐詩
紀事》云：「長安舊俗，以不歷臺省出領廉車節鎮者，率呼為粗官，大率重
內而輕外。」〔註 119〕按王彥威，非武將出身，「世儒家，少孤貧，苦學，尤
通三《禮》」，並撰《元和新禮》三十卷獻上。他「通悉典故，宿儒碩學皆讓
之」〔註 120〕。一位通儒乃對武事持一種頌揚之態度，表達的情感理性健全。
因河東道素來為軍事征戰之區，人民尚武風習不墜，影響到一般詩人的認知。

　　又有呂溫家族，世習經術，文學傳家。呂溫弟呂恭則越出家學家風，志
在兵戎，欲以武事立功。柳宗元《呂侍御恭墓誌》云：「（呂恭）尚氣節，有
勇略，不飾小謹。讀縱橫書，理《陰符》、《握機》、《孫子》之術。曰：『我師
尚父胄也。大父洎先人，咸統方岳，今天下將理平，蔡、兗、冀、幽，洎戎
猶赴命。』蚤夜呼憤，以為宜得任爪牙，畢力通天子命，作文章咸道其志云。
又曰：『由吾兄而上三世，世為進士。吾之文不墜教戒，獨武事未克纘厥緒。』」
對文武之業沒有偏重，志在立功當世。

　　河東道能出現如此多的文學政事兼融的文學之士，與三晉文化傳統有絕
大關係。第一，如上章所言，三晉乃法家思想的發源地。法家思想最主要的
就是政治思想，因此成為封建時代歷代王朝的主要統治思想之一。在先秦時
代，法家文化繁榮的同時，三晉亦產生了許多優秀的政治家。這一傳統綿延
後世，漢代的霍光，東漢的王允，三國的王昶，魏晉之際的賈充，晉代的溫
嶠，皆是歷史漩渦中左右一時的人物。據盧雲《漢晉文化地理》的研究，河
東地區在秦漢以後尚保持崇法尚吏之傳統。第二，在南北朝時代，河東地區
處於少數民族的統治區，河東大家族為保住自身的生存空間，必須採取權變
措施，以實用主義的態度，遊刃於各個少數民族的政權之間。毛漢光《晉隋
之際河東地區與河東大族》一文云：「河東地區位於兩個名都長安、洛陽之近
北，北邊胡族南移之時，中央政治力已由衰弱而瓦解，河東地區以其本身的
社會力量屹立於各種政權之下，猶如怒海中的一塊巨石，一波一波的大浪從

〔註 118〕劉昫，《舊唐書》，北京：中華書局，1975 年，3506 頁。
〔註 119〕計有功，《唐詩紀事校箋》，王仲鏞校箋，巴蜀書社，1989 年，1400～1401 頁。
〔註 120〕劉昫，《舊唐書》，北京：中華書局，1975 年，4154～4155 頁。

嚴頂上掠過，但並不能使其摧毀，雖在政治上每受羈縻於當時政權，實際上是『統而不治』的微妙關係，在社會上胡族大量遷移之時，河東大族更保住了漢人居住空間。」〔註121〕毛氏在該文中，充分地論述了河東大族在複雜的政治形勢下，表現出的政治智慧和權變能力。在士族時代，大族庇護小族，參與政治的能力在一個又一個小範圍內得到鍛鍊。之後，在實際生活中，習慣意識使他們能夠較爲容易地進入政治領域，從事實際的行政事務。這裏所要強調的是地域傳統的可能因素，而非絕對因素。事實上，河東道政治家關於文學與政事關係的觀點，在一定程度上能夠說明河東道文學家傾向於參與政事的思想基礎。裴行儉和狄仁傑有關文學之士的議論，常被研究者用來討論唐代的人才標準問題。二人的基本觀點都表現出對文學人才的貶抑態度。但其中又有可辨之處。現將二人的議論具引如下，後文分說。

裴行儉的「士先器識而後文藝」論，見《舊唐書》卷190《文苑傳上》王勃本傳：「初，吏部侍郎裴行儉典選，有知人之鑒，見勮與蘇味道，謂人曰：『二子亦當掌銓衡之任。』李敬玄尤重楊炯、盧照鄰、駱賓王與勃等四人，必當顯貴。行儉曰：『士之致遠，先器識而後文藝。勃等雖有文才，而浮躁淺露，豈享爵祿之器耶！楊子沉靜，應至令長，餘得令終爲幸。』果如其言。」〔註122〕

狄仁傑之「文士齷齪」論，見《舊唐書》卷89狄仁傑本傳：「則天嘗問仁傑曰：『朕要一好漢任使，有乎？』仁傑曰：『陛下作何任使？』則天曰：『朕欲待以將相。』對曰：『臣料陛下若求文章資歷，則今之宰臣李嶠、蘇味道亦足爲文吏矣。豈非文士齷齪，思得奇才用之，以成天下之務者乎？』則天悅曰：『此朕心也。』」〔註123〕

關於裴行儉評論初唐四傑的一段記載，其眞實性，傅璇琮先生《唐代詩人叢考·楊炯考》提出懷疑，據王勃《上吏部裴侍郎啓》，王勃實際上很受裴行儉的器重，裴行儉曾經屢次召見他。並且王勃在該文所表達的思想，與裴行儉有相一致之處，他說：「君侯受朝廷之寄，掌熔範之權，至於舞詠澆淳，好尚邪正，宜深以爲念也。伏見銓擢之次，每以詩賦爲先，誠恐君侯器人於翰墨之間，求材於簡牘之際，果未足以採取英秀，斟酌高賢者也。」〔註124〕

〔註121〕毛漢光，《中國中古政治史論》，上海：上海書店出版社，2002年，106頁。
〔註122〕劉昫，《舊唐書》，北京：中華書局，1975年，5006頁。
〔註123〕劉昫，《舊唐書》，北京：中華書局，1975年，2894頁。
〔註124〕〔清〕蔣清翊，《王子安集注》，上海：上海古籍出版社，1995年，131頁。

又黃永年先生《「士先器識而後文藝」正義》引姚大榮《跋駱賓王〈上吏部裴侍郎書〉》一文，說明在王勃去世五年後，裴行儉以吏部侍郎奉使冊立波斯王，欲辟駱賓王爲其掌書記，足見對駱賓王相期之厚，故斷無貶抑之理。黃文又從史源學的角度論證，從這一廣泛流傳的虛構故事中，考定「士先器識而後文藝」之說，肇始於劉肅《大唐新語》，並非裴行儉的評論。裴行儉是否持此觀點無從定論。裴行儉出將入相，文武兼之，無怪乎史傳作者將此觀點附會於他。裴行儉與王勃的關係，說明了河東道文人兼具兩種才能的不同表達方式。裴行儉以政治家軍事家的才幹爲主，而對文學之士抱著一種賞愛的態度；王勃主要是一位文學家，卻在上書中強烈表達一種經世爲先，文章爲後的觀念，對裴行儉以詩賦爲先選拔人才的方法提出異議。這應是王勃的眞實主張，雖與他本人的文學創作生活有矛盾，從另一面表明王勃對二者之間的區別有著清醒的認識。

狄仁傑之「文士齷齪論」，是在武則天要求他舉薦棟梁之才時提出的。他列舉的文士主要指李嶠、蘇味道，皆位至宰相，無論人品吏幹，皆無可稱道之處。此文學侍從之臣粉飾聖朝或可用之，「成天下之務」則未能。既然武則天急求傑出的政治人才，狄仁傑推薦「沉厚有謀，能斷大事」的張柬之。張柬之非無文才，他進士出身，永昌元年應賢良方正科制舉，爲天下第一。由此可見狄仁傑所針對的是那種只有辭章之藝而無政治才幹的文士，沒有否定文學本身。武則天同意狄仁傑的觀點，同爲河東道傑出的政治家，他們都進行文學創作，都有詩作留存。「文士齷齪論」表達了狄仁傑、武則天的賢能觀念，經世之才爲先，辭章之學爲後，一定程度上代表河東道士人的仕進理想。

開元時期的張說，是一代文宗，作爲政治家亦有其突出的才幹。他在文學政事的關係上，持與狄仁傑不同的觀念，更強調文學之士的重要性。張說與徐堅的一段對話，正與上述狄仁傑武則天之間的議論適成對比。《舊唐書》卷 97 本傳云：「中書舍人徐堅自負文學，常以集賢院學士多非其人，所司供膳太厚，嘗謂朝列曰：『此輩於國家何益，如此虛費。』將建議罷之。說曰：『自古帝王功成，則有奢縱之失，或興池臺，或玩聲色。今聖上崇儒重道，親自講論，刊正圖書，詳延學者。今麗正書院，天子禮樂之司，永代規模，不易之道也。所費者細，所益者大。徐子之言，何其隘哉！』」〔註125〕其提倡文學之士的目的「志在粉飾盛時」，「引文儒之士祐佐王化」而非經營天下。

〔註125〕劉昫，《舊唐書》，北京：中華書局，1975 年，3057 頁。

應當說，張說與狄仁傑關於文學政事的觀點有先後輕重之別，對於文學的功能，張說的認識還是出於政治的立場。

中唐時代的裴度爲一代名相，詩人才子，遞相唱和，文學政事，相與爲一。政事乃體國經野之業，文學乃娛目遊心之藝，兩者在裴度身上各司其職，互不干越。如果說張說之文尙有粉飾政治的意圖，裴度的創作則完全爲公事之餘的閒暇吟詠。他對待文士，也採取一種寬容理性的態度。《唐摭言》載一則皇甫湜與裴度的軼事，大意謂，裴度修一佛寺，欲致書白居易作一碑文，皇甫湜怒其不用己，發言傲慢狂妄，「度婉詞謝之」。及皇甫湜碑文撰就，文思古謇，自復怪僻，裴度不能分其句讀，而贈以寶馬名車、繒綵器玩無數。皇甫湜大怒，嫌潤筆薄少，索一字三匹絹之價。裴度之僚屬皆振腕憤怒，度笑以「奇才」目之，依數酬之。皇甫湜乃一恃才傲物的狂生，而裴度以宰相之重，數度優容，足見其對文學才士的賞愛和對其氣質品行的體察理解。

河東道出身之帝王、宰相政事文學兼通，不僅是文人理想的實現，同時還以其特殊的政治地位獎掖文士，引領文學潮流，推動唐代文學的發展。

第三節　薛、王文學家族與初唐文學

文學家影響文學發展的方式有兩種，一是通過自身的文學創作、文學理論，引領文學發展的走向，此爲內在的方式；一是通過倡導文學活動，獎掖文學後進，推動文學發展，此爲外在方式。具體到個別文學家，或兼而有之，或有所偏重。王維、王績傾向於前者，武則天、薛元超傾向於後者，張說、柳宗元兼而有之。文學家影響文學發展的方式，部分是由於其文學活動的空間範圍決定的。初唐的河東王氏、薛氏兩大家族，就以在朝和在野的不同活動空間決定了他們對唐代文學發展的不同貢獻。在隋末，絳州龍門存在著一個文學創作群體，賈晉華稱之爲「河汾作家群」。此作家群以王通講學爲中心，成員都是圍繞在王氏兄弟周圍的門人隱士，可考者共八人：王通、王度、王績、薛收、薛德音、杜淹、淩敬、仲長子光。入唐以後，此作家群人員分流，王績、仲長子光基本依託鄉野，薛收、杜淹則進入朝廷，此後以王績和薛收爲代表的兩個文學家族進入了不同的文學活動空間。

一、王氏家族

王氏家族爲一儒學世家，王通以上的六代皆有儒家政教的著述，到王通

集其大成。六世祖王玄則有《時變論》六篇，言化俗推移之理。五世祖王煥著《五經決錄》五篇，言聖賢制述之意。四世祖王虬作《政大論》八篇，言帝王之道。三世祖王彥作《政小論》八篇，言王霸之業。祖父王一作《皇極讜義》九篇，言三才之去就，其父王隆作《興衰要論》七篇，言六代之得失〔註126〕。王通的主要著述為《續六經》，《中說・禮樂篇》云：「程元問六經之志，子曰：『吾續《書》以存漢晉之實，續《詩》以辯六代之俗，修《元經》以斷南北之疑，贊《易》道以申先師之旨，正《禮》、《樂》以旌後王之失，如斯而已矣。』」王通以六經為中心的學術內容，形成了王氏家族的文化基礎，並進而影響到家族文學成員的價值觀和知識結構。此外，《中說》裏還蘊含了王通的基本文學思想。

（一）王通文學思想與初唐文學觀的關係

王通之文學思想，羅宗強先生的《隋唐五代文學思想史》、王運熙、楊明先生之《隋唐五代文學批評史》言之甚明。他基本持一種儒家的狹隘的功利主義文學觀，「他以改變六朝文風，恢復儒家的功利主義文學觀的地位自期」〔註127〕。在實際的主張中，王通「用一種偏頗去取代另一種偏頗」〔註128〕，他的「上明三綱，下達五常」，和「四名五志」的詩歌功用論〔註129〕，「實際上是孔子的詩言志和詩可以興、觀、群、怨說部分的復述，加上漢儒的詩六義說，而更加狹窄。唯及風頌，未及怨刺。且明三綱，達五常之說，去掉了言志說發抒個人懷抱的積極意義。純以詩為封建倫理道德觀念說教的工具，比孔子的詩教說和漢儒的詩義說，要落後的多」〔註130〕。王通的由人品而及文品的作家論，把南朝宋齊以下的主要文學家都否定了，比之劉勰的類似評論，則是「門外談文，率皆不切實際，擬於不倫」。王運熙、楊明認為王通的文學思想，「重視詩歌之反映社會，傳達人民情緒，也有一定的

〔註126〕張沛，《中說譯注》，上海：上海古籍出版社，2011年。
〔註127〕王運熙、楊明，《中國文學批評通史・隋唐五代》，上海：上海古籍出版社，1996年，36頁。
〔註128〕羅宗強，《隋唐五代文學思想史》，北京：中華書局，2003年，11頁。
〔註129〕薛收問《續詩》。子曰：「有四名焉，有五志焉。何謂四名？一曰化，天子所以風天下也；二曰政，蕃臣所以移其俗也；三曰頌，以成功告於神明也；四曰歎，以陳誨立誠於家也。凡此四者，或美焉，或勉焉，或傷焉，或惡焉，或誠焉，是謂五志。」張沛，《中說譯注》，上海：上海古籍出版社，2011年，79～80頁。
〔註130〕羅宗強，《隋唐五代文學思想史》，北京：中華書局，2003年，11頁。

合理因素」〔註131〕。羅宗強先生則持基本否定之態度。由於王通站在儒家
政教的立場上看待文學，其文學思想對於文學創作的意義是微乎其微的。

　　然而還是有些研究者認爲王通的文學思想在儒家的文學思想中起著承
上啓下的作用〔註132〕。其理由是：第一，王通河汾設教，其弟子薛收、杜
淹、魏徵皆參與了唐初政權的建設，且房玄齡、杜如晦等人也有與王通交遊
的可能，故這些朝廷重臣有傳播其文學思想的可能性。第二，唐初君臣有著
與王通相似的儒家文學觀念。就第一點傳播的可能性而言，實際上王通的思
想在當時的朝廷中並未得到傳播。首先，房、杜諸人與王通是否具有交遊關
係，大有可疑〔註133〕；其次，王通之子王福時僞撰《錄唐太宗與房魏論禮
樂事》中明確文中子的禮樂學說並未傳授予房、杜二人，《錄東皋子〈答陳
尙書書〉》亦云：「門人傳授陞堂者半在廊廟，《續經》及《中說》未及講求
而行。」王福時此處已明言其父之學說在當代未及傳佈，甚至僞造史事以說
明未及傳佈的理由，當爲可信。且貞觀諸臣發表文學觀念時，無一人提及王
通，如有授受傳佈的關係，不當如此。另外，王通的弟子薛收、杜淹，他們
進入宮廷之後的創作亦屬於應制文學的範疇。杜淹「嘗侍宴，賦詩尤工，賜
銀鍾」〔註134〕。薛收隨高祖太宗遊園獲白魚，太宗命薛收作獻表，薛收「援
筆力就，不復停思。時人推其二表贍而速」〔註135〕。在宮廷文學的氛圍中，
很難說有儒家文學觀的貫徹。即使如杜淹在《貞觀政要‧禮樂篇》中提出靡
靡之音導致國之衰亡的論調，隨即招致唐太宗的反駁〔註136〕，可見唐太宗
並不認同這種狹隘的文藝觀。事實上，史臣的文學觀與王通也有較大差別。
魏徵在《隋書‧文學傳序》中就提出南北文風融合的主張，基本站在文學發
展的角度立論，其見解遠超王通。綜合而言，王通思想在唐初政權中傳播的
可能性較小，其弟子也加入了宮廷應制文學的創作中，貞觀君臣的文學觀與
王通的狹隘性有較大差別。因歷代封建王朝的統治者，大多都提倡儒家功利

〔註131〕王運熙、楊明，《中國文學批評通史‧隋唐五代》，上海：上海古籍出版社，
　　　　1996 年，36 頁。
〔註132〕尤煒、李蔚，《略論王通的文學思想》，《南京師範大學文學院學報》，2005 年
　　　　第 2 期。
〔註133〕尹協理、魏明，《王通論》，北京：中國社會科學出版社，1984 年，35～48
　　　　頁。
〔註134〕歐陽修、宋祁，《新唐書》北京：中華書局，1975，3861 頁。
〔註135〕劉昫，《舊唐書》，北京：中華書局，1975 年，2588 頁。
〔註136〕〔唐〕吳兢，《貞觀政要集校》，謝保成集校，北京：中華書局，2003 年。

主義的文學觀，作爲其整體統治思想的一部分，初唐的統治集團亦無例外，所以不必與王通強硬發生聯繫。王通文學思想的影響主要的還是在家族內部。

（二）《錄東皋子〈答陳尚書書〉》真偽辨

王福畤撰《錄東皋子〈答陳尚書書〉》附錄於通行本《中說》之後，記錄了王績致陳叔達的一封書信，其中主要講述王績兄弟仕途的沉淪和王通學說的滯晦的原因，是由於遭到以長孫無忌爲首顯宦勢力的政治打擊。此文之真實性學者們或疑或信，迄今尚無定論。釐清其真偽，對於認識王績的隱居思想和王通學說在唐初的實際地位有重要的意義〔註137〕。

通行本《中說》後附錄有王福畤撰《錄東皋子〈答陳尚書書〉》（爲便於行文，以下皆簡稱《錄書》）一文，其真實性歷來受到研究者的質疑，邵博《邵氏聞見後錄》卷四，洪邁《容齋續筆》卷一，都因此篇之謬誤進而質疑《中說》之真偽。至尹協理、魏明著《王通論》，認定此文部分內容經過王福畤的竄改偽造，鄧小軍《〈隋書〉不載王通考》一文則一反前人之說，力證該文非王福畤偽造，且所述內容完全真實。孰是孰非，有進一步辨明之必要。爲論證方便，全文具引如下：

> 東皋先生諱績，字無功，文中子之季弟也。棄官不仕，耕於東皋，自號東皋子。貞觀初，仲父太原府君爲監察御史，彈侯君集，事連長孫太尉，由是獲罪。時杜淹爲御史大夫，密奏仲父直言非韋，於是太尉與杜公有隙。而王氏兄弟皆抑而不用矣。季父與陳尚書叔達相善，陳公方撰《隋史》，季父持《文中子世家》與陳公編之。陳公亦避太尉之權，藏而未出，重重作書遺季父，季父答書。其略曰：
>> 亡兄昔與諸公遊，其言皇王之道至矣。僕與仲兄侍側，頗聞大義。亡兄曰：「吾，周之後也，世習禮樂，子孫當遇王者，得申其道，則儒業不墜。其天乎！其天乎！」時魏文公對曰：「夫子有後矣，天將啓之。徵也倘逢明王，願翼其道，無敢忘之。」及仲兄出胡蘇令，杜大夫嘗於上前言其樸忠，太尉聞知怒。而魏公適入奏事，見太尉，魏公曰：「君集之事果虛耶，御史當反其坐；果實耶，太尉何疑焉？」於是意稍解。然杜與仲父抗志不屈，魏公亦退朝默然。其後君集果誅，且吾家豈不幸而爲多言見窮乎？抑天實未啓其

〔註137〕此部分之考證與張寧寧博士合作完成。

道乎？僕今耕於野有年矣，無一言以禆於時，無一勢以託其迹，沒
齒東皋，醉醒自適而已。然念先文中之述作，門人傳授陞堂者半在
廊廟，《續經》及《中說》未及講求而行，嗟乎！足下知心者，顧
僕何爲哉？願記亡兄之言，庶幾不墜足矣。謹錄《世家》寄去，餘
在福郊，面悉其意。幸甚，幸甚！

此信所需辨者，一爲作者之眞僞，一爲敘事之眞僞。

按文中所涉及的人物有：

王績。王通之弟，入唐後兩仕兩隱，與王通之志趣不同，傾向於逍遙自
適的道家隱居生活，貞觀十八年卒於家〔註138〕。

陳叔達。隋末爲絳郡通守，曾向王通問學，陳叔達《與王績書》：「叔達
亡國之餘，幸賴前烈，有隋之末，濫尸貴郡，因沾善誘，頗識大方。」與王
績亦有較爲密切的交往。呂才《王無功文集序》記載王績武德中待詔門下省
時陳叔達日給斗酒事，另《王無功文集》中有二人往來之書信。叔達貞觀中
任禮部尙書，貞觀九年卒。

太原府君。即王凝，王通之弟，王績之兄。與王通同奉儒學，傳王通學
說不遺餘力。《中說·關朗篇》云「年逾七十，手不輟經」〔註139〕。《王氏家
書雜錄》云：「會仲父（王凝）出爲胡蘇令，歎曰：『文中子之教，不可不宣
也；日月逝矣，歲不我與！』乃解印而歸，大考六經之目而繕錄焉。」〔註140〕
王凝貞觀初爲監察御史，貞觀五年出爲胡蘇令。《唐會要》卷六二《御史臺下》
出使條載：「貞觀四年，監察御史王凝使至益州，刺史高士廉勳戚自重，從眾
僚候之升仙亭。凝不爲禮，呵卻之，高士廉甚恥恚。至五年，入爲吏部尙書，
會凝赴選，因出爲胡蘇令。」

侯君集。唐開國功臣，依附太子承乾謀反被誅，事在貞觀十七年。見《舊
唐書》卷六九本傳。

長孫太尉。長孫無忌，高宗母舅，高宗即位後進拜太尉。見《舊唐書》
卷六五本傳。

杜淹。王通門人，王績《北山賦》自注中列王通弟子，杜淹爲七俊彥之

〔註138〕見呂才《王無功文集序》：「貞觀十八年終於家。」載韓理洲，《王無功文集》
　　　　五卷會校本，上海：上海古籍出版社，1987年。本文所引王績文字均引自該
　　　　版本，不再注釋。
〔註139〕王通，《中說譯注》，張沛譯注，上海：上海古籍出版社，2011年，257頁。
〔註140〕王通，《中說譯注》，張沛譯注，上海：上海古籍出版社，2011年，271頁。

一。唐初爲御史大夫，後爲吏部尚書，貞觀二年卒。事迹見《舊唐書》本傳。

魏文公。魏徵，亦曾在王通處遊學，爲時甚短。《中說·周公篇》云：「薛收遊於館陶，適與魏徵。……徵宿子之家，言《六經》，逾月不出。及去，謂薛收曰：『明王不出，而夫子生，是三才九疇屬布衣也。』」王績《答馮子華處士書》：「又知房李諸賢，肆力廊廟，吾家魏學士，亦申其才。」魏徵卒於貞觀十六年，謚文貞。

1·作者之真偽

《錄書》之文章結構簡單明瞭，第一段即王福時關於信件的說明按語，第二段爲書信正文。書信正文部分除傳抄刻印致誤之處外（如關於王凝的稱謂，前爲仲兄後爲仲父，應是傳抄之誤），其中有些人物的稱謂和發生的事件與通信人的生平之間存在時間上的矛盾。邵博《邵氏聞見後錄》卷四即質疑云：「按叔達前宰相，與無忌位任相埒，何故畏之」，又云：「（杜）淹以貞觀二年卒，十四年君集平高昌還而下獄，由是怨望。十七年謀反，誅。此其前後參差不實之尤著者也。」〔註141〕其矛盾綜合爲三點：其一，魏文公之稱應在貞觀十六年魏徵去世以後，而收信人陳叔達已於貞觀九年去世。其二，長孫太尉之稱謂應在高宗繼位以後，此時通信之雙方均已去世多年。其三，侯君集伏誅，事在貞觀十七年，收信人陳叔達貞觀九年已去世，非其所應知。《容齋續筆》卷一謂：「今《中說》之後，載文中次子福時所錄云：『杜淹爲御史大夫，與長孫太尉有隙』，予按淹以貞觀二年卒，後二十一年，高宗即位，長孫無忌始拜太尉。其不合於史如此。」〔註142〕或謂「太尉」「文公」之稱乃王福時一時興到改竄，而陳叔達預知侯君集被誅之事則斷無任何曲說之由。僅此幾條，足以說明書信的僞造。

鄧小軍先生爲解決此一段記載中無法解釋的矛盾，頓生異說，提出了一個一勞永逸的觀點。他認爲，從「時魏文公對曰」至「抑天實未啓其道乎」一段文字，是王福時在永徽元年以後，把王績《答陳尚書書》作爲《中說》的附錄編入時臨時加的一段注文。後人傳寫之訛，把正文與注文混淆了，只要二者分開，則「眉目清爽，文理通順」〔註143〕。是否果真如此？

〔註141〕〔宋〕邵博，《邵氏聞見後錄》，北京：中華書局，1983年，31頁。
〔註142〕《容齋續筆》卷一，見〔南宋〕洪邁，《容齋隨筆》，南京：鳳凰出版社，2009年，141頁。
〔註143〕鄧小軍，《〈隋書〉不載王通考》，《四川師範大學學報》，1994年第3期，79頁。

如鄧氏所言，則整篇文章之結構變爲：王福時按語（一五三字）──王績書信開頭（五八字）──王福時注（一三四字）──王績書信結尾（一零四字）。編者說明與信件正文、注解三部分在篇幅上的比例幾乎是 1:1:1，題名《錄東皋子〈答陳尚書書〉》而採用如此拙劣的結構方式，恐非家世儒學的王福時所應爲。其注文的部分完全可以放入文前按語中，何苦於此短信中夾入一段與正文篇幅相當的文字呢？此體例迄今未見。又，抽去書信中間注文部分，剩餘的前後文字是否「文理通順」？試比較從「亡兄曰：『吾，周之後也……其天乎！其天乎！』」接入「僕今耕於野有年矣，無一言以裨於時，無一勢以託其迹」，與接入「時魏文公對曰：『夫子有後矣，天將啓之。』」兩者文理之優劣判然分明，接入前段顯得枘卯不接，意脈不通，接入後段則魏徵回應王通儒業顛墜的憂慮，安慰之意甚明。

退一步言，即使注文屬實，《錄書》餘下的內容亦矛盾重重。其一，按語和信件內容之矛盾。按語云：「季父與陳尚書叔達相善，陳公方撰《隋史》，季父持《文中子世家》與陳公編之。陳公避太尉之權，藏而未出，重重作書遺季父，深言勤懇。季父答書。」明言陳叔達不能遵照王績意圖把《文中子世家》編入《隋史》，故作書向王績解釋，王績才回信作答。而書信末尾卻云「謹錄《世家》寄去」，與按語所述相忤，絕非王績回信應有之口吻。其二，個人書信表達習慣的矛盾。現存王績與他人的書信五通，其結尾之格式皆爲「某某白」的句式。《答刺史杜之松書》、《答馮子華處士書》、《答陳道士書》、《與江公重借隋紀書》署爲「王君白」，《重答杜使君書》署爲「王績白」。而此信末尾作「幸甚幸甚」。其三，行文風格。王績之文，駢文式對句特多，無篇不有，如「登山臨水，邈矣忘歸；談虛語玄，忽焉終夜」（《答刺史杜之松書》），「義可奪情，衛石碏不能存其子；情不害義，宮之奇得以族行」（《重答杜使君書》），「即分皆通，故能立不易方；順適無閡，故能遊不擇地」（《答陳道士書》）等等。再觀王福時所錄此信，全篇無一對仗句式，與王績之文不相類。王績另有一篇《與江公重借〈隋紀〉書》，同是寄與陳叔達，同是有求於人，辭氣風格迥異。茲全錄如下，以資比較：

> 久承所撰《隋紀》，繕寫咸畢。前舍弟及家人往，並有書借，咸不見付。豈連城之珍，俟楚王而乃進；崩山之操，待鍾期而後發邪！正應以左貂右蟬，榮冠東省；掌壺負璽，望重南宮。朝夕丹墀，揖讓增價；往來青瑣，步頓生光。豐屋華榱，顧蓬蒿而徙眷；鳴鐘

列鼎，想藜藿而移交。不與驕期，遂忘曩時之好爾。

　　僕遭逢明聖，棲遲丘壑。幸悅堯舜之風，得全箕穎之操。雖心期所託，道固遙在；而出處離異，儀形難接。所以願憑鱗羽，宛若承顏；望觀述作，欣然得意。足下裁成國典，褒貶人倫，欲使明鏡一時，覆車千祀，故當貽諸好事，豈擬惟傳子孫？方復固其緘縢，嚴其扃鐍。天下之望，豈如是乎？

　　僕亡兄芮城，嘗典著局。大業之末，欲撰《隋書》，俄逢喪亂，未及終畢。僕竊不自揆，思卒餘功，收撮漂零，尚存數帙。兆自開皇之始，迄於大業之初，咸亡兄點竄之遺迹也。大業之後，言事闕然，僕雖欲繼成，無可憑採，以此尤思見足下之所作也。還使請致，無再為三。王君白。

此信主旨是向陳叔達借閱《隋紀》一書，氣盛而無驕矜之態，辭達而無冗沓之風，四言居多，駢散相間；而王福畤《錄書》辭氣軟弱，哀憤交雜，兩相比較，差異極大。

另外從信件的編錄行為看，亦有可疑之處。王績去世後，即由其好友呂才編撰文集，而現存《王無功文集》中卻未著錄此信。如屬呂才編輯時遺漏之篇，於發揚家學極熱情的王福畤發現此篇後當應據以補入，不當單單附錄於《中說》之末。

綜合而言，由歷史時間上的矛盾和文風的差異，基本可以確定，《東皋子答陳尚書書》應為王福畤所偽造。

2・敘事的真偽

王福畤此文，其主旨在說明，由於王凝任監察御史時獲罪於長孫無忌，王氏兄弟皆遭受政治打擊，仕途偃蹇，作為隋末大儒的王通亦不能紀入史傳之中，其學說不能得到及時廣泛的傳佈。以下一一分疏論列。

（1）王凝獲罪於長孫無忌之事

《錄書》云：「貞觀初，仲父太原府君為監察御史，彈侯君集，事連長孫太尉，由是獲罪。時杜淹為御史大夫，密奏仲父直言非辜，而王氏兄弟皆抑而不用矣。」王凝彈劾侯君集事，史書未載。按杜淹卒於貞觀二年，其事應在貞觀一、二年間。所彈何事未明。據下文「其後君集果誅」可知，王福畤暗示所彈之事與謀反相關。下文又云：「及仲兄出為胡蘇令，杜大夫嘗於上前言其樸忠，太尉聞知怒。」按王凝貶為胡蘇令，《唐會要》卷六二《御

史臺下》出使條載:「貞觀四年,監察御史王凝使至益州,刺史高士廉勳戚自重,從眾僚候之升仙亭。凝不爲禮,呵卻之,士廉甚恥恚。至五年,入爲吏部尚書,會凝赴選,因出爲胡蘇令。」可知王凝出爲胡蘇令的眞實原因,是由於高士廉的挾私報復,而非得罪長孫無忌,王福時之說時、事皆錯位。而論者無視此史實因果的張冠李戴,依然主張長孫無忌迫害王氏兄弟之說。認爲王凝在貞觀初第一次得罪長孫無忌時杜淹爲御史大夫,長孫無忌有所顧忌,未能實施報復。杜淹死後,以長孫無忌爲首的勳戚勢力始對王凝實施打擊,高士廉爲長孫無忌母舅,其對王凝的報復是合謀的結果〔註 144〕。按照以上推論的邏輯,則貞觀三、四年間長孫無忌盡可打擊王凝,何必等到貞觀五年;長孫無忌與高士廉既勳戚一體,貞觀四年王凝得罪高士廉,高氏盡可通知長孫無忌代爲報復,何必第二年任吏部侍郎時親自爲之?蓋王凝任監察御史,官卑人微,以常理推之,即使與長孫無忌曾有矛盾,尚不至於引動勳戚勢力的集體報復。

（2）王氏兄弟抑而不用

王氏兄弟主要指王凝、王績。研究者爲了證明王氏兄弟的仕途受到長孫無忌的打擊,把王凝王績的仕途升沉的時間牽合在一起,認爲王績入唐後的兩次隱居與王凝的仕途風波緊密相連。王績的第一次隱居在貞觀初,呂才《王無功文集序》云:「武德中,詔徵,以前揚州六合縣丞待詔門下省……貞觀初,以疾罷歸。」貞觀初的具體時間,張錫厚《王績年譜》定爲貞觀元年,並據引《錄書》所載事,認爲王績的退隱乃是得罪長孫無忌的結果。韓理洲《王績生平求是》亦持此說。鄧小軍《隋書不載王通考》亦認爲其與王凝獲罪時間相合。而事實上是,當事人王凝貞觀初並未受譴或去職,以王績退隱與之強合比附漏洞明顯。又王績有風疾,屢見記載。呂才《王無功文集序》記載其隋末的棄官歸鄉,原因之一是「託以風疾」,可見此病乃王績久患。《答馮子華處士書》云:「吾比風瘴發動,常劣劣不能佳。」《答陳道士書》云:「吾頃有風疾,劣劣不能佳。」此二文創作時間,張錫厚《王績年譜》、韓理洲《王績詩文繫年考》皆定於貞觀初退隱之後,其中《答馮子華處士書》繫於貞觀三年,當作於退隱後不久,可見此次王績的「以疾罷歸」實有其事,絕非獲罪的託辭。

〔註 144〕鄧小軍,《《隋書》不載王通考》,《四川師範大學學報》,1994 年第 3 期,79～80 頁。

　　王績第二次隱居時間。《王無功文集序》云：「貞觀中，以家貧赴選。時太樂有府史焦革，家善釀酒，冠絕當時。君苦求爲太樂丞。……數月而焦革死。革妻袁氏，猶時時送酒。歲餘，袁氏又死。……遂掛冠歸。」夏連寶《王績年譜》、張錫厚《王績年譜》將此次退隱皆係之貞觀十三年，張譜的依據是《舊唐書・太宗本紀》載貞觀十一年夏四月詔舉賢才的舉措，但史書明言詔舉範圍爲河北、淮南兩地，無與河東，此據誤。按「赴選」當爲赴吏部選官，王績已有官資入吏部檔，可通過正常的銓選程序再度入仕〔註 145〕。夏譜則根據貞觀時期的總年數大致推測爲十一年入仕，在官約兩年，十三年辭歸。鄧小軍爲證成王氏兄弟共受排擠，將王績此次歸隱時間定爲貞觀五年，與王凝由監察御史出爲胡蘇令的時間一致。其理由是呂才《王無功文集序》中描述王績隱居生活的一段話，「君河中先有渚田十數頃，頗稱良沃。鄰渚又有隱士仲長子光，服食養性，君重其貞潔，顧與相近。遂結廬河渚，縱意琴酒，慶弔禮絕，十又餘年。」鄧氏以爲此段敍述在王績最後辭官以後，故所敍應爲王績辭官以後的生活，王績卒於貞觀十八年，倒退十幾年，正在貞觀五年左右。按鄧氏於此段的理解有誤，此段描述文字雖在王績貞觀中辭官事件以後，但所敍情事卻並非發生於此次隱居之後。證據有二：一，《仲長先生傳》云「開皇之末，始結庵河渚。」王績與隱士仲長子光的交往應追述到隋末。又《答馮子華處士書》亦有與仲長子光交往的記載，此書作於貞觀三年，則呂才所述事必非第三次隱居之後。二，「慶弔禮絕」之事，《答馮子華處士書》云：「至於鄉族慶弔，閨門婚冠，寂然不預者已五、六歲矣。」貞觀三年上推五、六年，則王績斷絕慶弔之禮在武德末。此亦可證呂才所敍生平統王績前後隱居生活而言之。又依鄧氏所言王績於貞觀五年退隱，則入仕當在貞觀三年，而貞觀三年所作之《答馮子華處士書》時風疾正嚴重，必無抱病赴選之理。故鄧氏所主張的貞觀五年退隱之說不足信據。

　　王凝的仕途升沉。王凝貞觀五年出爲胡蘇令，不久自動解印而歸，居家十幾載，集中整理王通遺著，在子弟中傳授王通學說，至貞觀十九年起爲洛州錄事〔註 146〕，後爲太原縣令〔註 147〕，爲太原縣令的具體時間不詳。王福畤《錄唐太宗與房魏論禮樂事》作於貞觀二十年，文中稱王凝太原府君，知貞

〔註 145〕王勳成，《唐代銓選與文學》，北京：中華書局，2003 年。
〔註 146〕王福畤《王氏家書雜錄》，載於張沛《中說譯注》附錄，上海：上海古籍出版社，2011 年。
〔註 147〕呂才《王無功文集序》有「君第四兄太原縣令凝」之記載。

觀二十年前已爲太原縣令，則由錄事而縣令〔註148〕，應屬於越次陞遷，殊少見。總之，王凝再入仕途是逐步陞遷的，而此時長孫無忌尚權高位重，事實與鄧小軍打擊之說相悖。

以上幾個方面都可以證明，因爲獲罪長孫無忌，王氏兄弟抑而不用之說與當事人的生平不符，應屬於王福時的臆測。

（3）王通事迹不入隋史的原因

《錄書》云：「季父與陳尚書叔達相善，陳公方撰《隋史》，季父持《文中子世家》與陳公編之。陳公亦避太尉之權，藏而未出。」「藏而未出」語頗含混，其所指屬之《隋史》或《文中子世家》皆有疑問。

如屬於《隋史》藏而未出，此《隋史》則指陳叔達私修之史，所表達的意思則是《文中子世家》已錄入史書中，叔達畏無忌之權不敢出示他人。王績有《與江公重借〈隋紀〉書》，陳叔達有回書同意借與王績，以備王績修隋史參考。且書信中無一語提及《文中子世家》，如此則「藏而未出」不合事實。

如屬於《文中子世家》藏而未出，則此《隋史》屬於官修正史。文意變成：王績欲借陳叔達之手建議朝廷修《隋史》採錄《文中子世家》。如此，則矛盾又生。現存史料文獻中並無陳叔達參與修撰《隋書》的記載，武德五年以後曾主持修《周史》〔註149〕。長孫無忌監修國史在永徽二年〔註150〕，他所監修的只是《隋書》十志部分，《舊唐書·高宗本紀》云：「（永徽）七年，……太尉長孫無忌進史官所撰梁、陳、周、齊、隋五代史志三十卷。」《隋書》的紀傳部分，已由魏徵等人於貞觀十年撰修完畢。《舊唐書·太宗本紀》云：「（貞觀）十年春正月壬子，尚書左僕射房玄齡、侍中魏徵上梁、陳、齊、周、隋五代史，詔藏於秘閣。」如此，則長孫無忌亦沒有干預王通是否入《隋書》的可能。另錢穆先生據《王氏家書雜錄》中有「貞觀初，君子道亨，我先君門人佈在廊廟，將播厥師訓，施於王道，遂求其書於仲父」

〔註148〕《新唐書·百官志》四下：上州，錄事二人，從九品下。上縣，令一人，從六品下。如爲錄事參軍事的省寫，則錄事參軍事從七品上，至太原縣令亦爲陞遷。太原縣開元十一年以後爲赤縣，之前無記載，龍興之地，應爲上縣。見歐陽修、宋祁，《新唐書》，北京：中華書局，1975年，1317～1318頁。

〔註149〕《唐會要》卷六三《修前代史》條載：武德五年十二月二十六日詔：侍中陳叔達、秘書丞令狐德棻、太史令庾儉可修《周史》。王溥，《唐會要》，上海：上海古籍出版社，1991年，1287頁。

〔註150〕劉昫，《舊唐書》，北京：中華書局，1975年。

的記載，與陳叔達「藏而未出」相矛盾，亦懷疑《錄書》爲僞〔註151〕。

但另有一層不容迴避，魏徵曾至王通處問學，他主持修《隋書》卻未予王通立傳，使人頓生疑竇。對此，尹協理、魏明的解釋是：一，魏徵在王通處的時間僅有月餘，師生之誼未成。二，魏徵在王通處並未得到王通過高賞識。三，魏徵非完人，私心很重，因疏遠關係不爲王通立傳亦有可能〔註152〕。鄧小軍則認爲魏徵未能爲本師立傳，應視爲其對長孫無忌的妥協退讓〔註153〕。以上兩種推測皆屬於主觀臆斷，始終把師生關係定爲立傳與否的關鍵。實際上，王通不入《隋書》必有不同於個人恩怨的時代風尙之客觀因素。

按王通於當代之名聲，不爲不大。薛收《隋故徵君文中子碣銘》云：「兩加太學博士，一加著作郎。……朝端（闕）聲節，天下聞其風采。」〔註154〕《文中子世家》云：「大業十一年，尙書召署蜀郡司戶，不就。十一年以著作郎，國子博士徵，並不至。」〔註155〕王通大業末講學河汾之間，名聲漸大，故有朝廷反覆徵召之事。然王通之儒與當代之儒迥異，錢穆先生云：「通之儒業，乃承兩漢之風，通經致用，以關心於政道治術者爲主。」〔註156〕此與隋唐之際的章句之儒有很大的差別。檢《隋書·儒林傳》，傳主14人，全部爲注解經書的學者。隋代大儒劉炫代表隋代經學的最高水平，「屬於闡釋經傳的傳統經學系統」，而王通屬於「經世致用的儒家子學系統」〔註157〕，前者所從事的是儒家經典文獻的整理與傳承，王通則追尋社會治亂的終極大道，其路向有根本的不同。撰寫《隋書》紀傳部分的學者，正是唐初的經學大師孔穎達、顏師古。劉知幾《史通》外篇《古今正史》條謂：「皇家貞觀初，詔中書侍郎顏師古、給事中孔穎達共撰成《隋書》五十五卷。與新撰《周書》並行於時」〔註158〕後經魏徵潤色後藏入秘閣。孔穎達爲劉炫弟子，著《五經正義》，確立疏不破注的原則，謹守前儒訓釋，亦步亦趨。王通的態度與之截然相反，《中

〔註151〕《王氏家書雜錄》所記事之眞僞亦有可疑，屬於王福時一系列作僞文章之一篇，故以之論證《錄書》之僞，證據力不足。
〔註152〕尹協理、魏明，《王通論》，北京：中國社會科學出版社，1984年，13頁。
〔註153〕鄧小軍力主貞觀時期存在以魏徵爲首的儒臣與以長孫無忌爲首的勳戚之間的矛盾，詳見鄧小軍，《〈隋書〉不載王通考》，《四川師範大學學報》，1994年第3期。
〔註154〕董誥，《全唐文》，北京：中華書局，1983年，1338頁。
〔註155〕張沛，《中說譯注》，上海：上海古籍出版社，2011年，264頁。
〔註156〕錢穆，《中國學術思想史論叢》卷四，合肥：安徽教育出版社，2004年，10頁。
〔註157〕陳啓智，《中國儒學史·隋唐卷》，北京：北京大學出版社，2011年。
〔註158〕〔清〕浦起龍《史通通釋》，上海：上海古籍出版社，1978年，370頁。

說‧天地篇》云：「子曰：『蓋九師興而《易》道微，三《傳》作而《春秋》散。』賈瓊曰：『何謂也？』子曰：『白黑相渝，能無微乎？是非相擾，能無散乎？故齊韓毛鄭，《詩》之末也；大戴小戴，《禮》之衰也；《書》殘於古、今，《詩》失於齊魯。汝知之乎？』」王通著述中無一部經傳注疏之作，這種不入時代潮流的學術路向不為顏、孔二人認同，《隋書》不為其立傳就不足為奇了。

（三）王氏家族的文化特徵

在王氏家族中，儒家文化佔據主導地位，道家文化和陰陽術數思想占次要地位，在家族成員中形成多樣化的分佈特點。

1‧禮　學

王通家族有《家禮》傳承，絳州刺史杜之松借閱後認為「微而精，簡而備，誠經傳之典略，閨庭之要訓」（《王無功文集》）。此家禮重在實用，故簡約可行。意疏體放之王績早年亦接受家禮之學，刺史杜之松知其精於禮學，欲招至府中講學，王績回信拒絕。杜之松閱王氏《家禮》後，尚有疑難請教，王績回書詳細解答，說明王績對儒家之禮領會頗深。

王通之子王福時亦精於禮學，《舊唐書‧許敬宗傳》中的一段記載表現了他尊禮重道的精神品格。武則天寵臣許敬宗去世後，因其生平行事多悖儒家道德，為人所不齒。故太常博士袁思古建議諡為「繆」，許敬宗之孫彥伯不服，認為袁思古挾私報復，請改諡。「太常博士王福時議曰：『諡者，飾終之稱也，得失一朝，榮辱千載。若使嫌隙是實，即應據法推繩；如其不虧直道，義不可奪，官不可侵，二三其德，何以言禮？福時忝當官守，非躬之故。若順風阿意，背直從曲，更是甲令虛設，將謂禮院無人，何以激揚雅道，顧視同列！請依思古諡議為定。』戶部尚書戴至德謂福時曰：『高陽公任遇如此，何以定諡為繆？』答曰：『昔晉司空何曾薨，太常博士秦秀諡為繆醜公。何曾既忠且孝，徒以日食萬錢，所以貶為繆醜。況敬宗忠孝不逮於曾，飲食男女之累，有逾於何氏，而諡之為「繆」，無負於許氏矣。』時有詔令尚書省五品已上重議，禮部尚書袁思敬議稱：『按諡法既過能改曰恭，請諡曰「恭」。詔從其議」〔註159〕。許敬宗為則天寵臣，王福時敢於在死後賜諡號之議中堅持禮學原則，勇氣可嘉。

〔註159〕劉昫，《舊唐書》，北京：中華書局，1975 年，2765 頁。

2・史　學

王通之父王隆曾著《興衰要論》七篇，討論晉、宋、北魏、北齊、北周、隋六代王朝的歷史得失〔註160〕。王通則模倣孔子《春秋》之例著《元經》，記述自晉至隋三百年間的歷史，王通之兄王度亦精史學，隋末任著作郎，「奉詔撰國史」〔註161〕。國史未成，由王績續之。王績《與江公重借〈隋紀〉書》云：「僕亡兄芮城，嘗典著局。大業之末，欲撰《隋書》。俄逢喪亂，未及終畢。僕竊不自揆，思卒餘功，收撮漂零，尚存數帙。肇自開皇之始，迄於大業之初，誠亡兄點竄之迹也。」王績續書亦未成，最後由王績之兄王凝續成隋史。呂才《王無功文集序》云：「君又著《隋書》五十卷，未就，君第四兄太原縣令凝續成之。」可見兄弟們都有史學的修養。另外王度除《隋書》外，尚著有《北周史》，王度的史學修養與《古鏡記》的撰寫有直接的關係。

3・易　學

王通《續六經》中有贊《易》一種，已佚。據王福畤《錄關子明事》，知易學也屬於王氏家傳之學〔註162〕。關朗爲一精通《易經》占筮之學的奇才，與晉陽穆公王虬談《易》，「各相歎服」，可見王虬亦通易學。後王虬與關朗共隱居臨汾山。王通三世祖王彥師事關朗，學習《易經》及《春秋》。又云「王氏易道，宗於朗焉」。《文中子世家》云：「十八代祖殷，雲中太守，家於祁，以《春秋》、《周易》訓鄉里。爲子孫資。」王通少年時學習經書，「考《易》於族父仲華」。這樣的一個易學傳統是久遠的，按照《錄關子明事》和《文中子世家》的記載，王氏易學重占筮預測之用，不重易理。王通的取名也是以卦象而定的，「開皇四年，文中子始生。銅川府君筮之，遇《坤》之《師》，獻兆於安康縣公。獻公曰：『素王之卦也，何爲而來？地二化爲天一，上德而居下位，能以眾正，可以王矣。雖有君德，非其時乎？是子必能通天下之志。』遂命之曰通」。王通對待《易》的態度是「述而不敢論」，他所關注的是易理

〔註160〕隋開皇初，（王隆）以國子博士待詔雲龍門。時國家新有揖讓之事，方以恭儉定天下。帝從容謂府君曰：「朕何如主也？」府君曰：「陛下聰明神武，得之於天，發號施令，不盡稽古，雖負堯、舜之姿，終以不學爲累。」帝默然曰：「先生朕之陸賈也，何以教朕？」府君承詔著《興衰要論》七篇。見《中說・王道篇》。

〔註161〕王度《古鏡記》，《太平廣記》「王度」條，北京：中華書局，1961 年，1761～1767 頁。

〔註162〕按《錄關子明事》雖誇誕不實，其中透露出的王氏學術信息有可信之處。

對現實的切實功效,「子曰:『《易》,聖人之動也,於是乎用以乘時矣。故夫卦者,智之鄉也,動之序也』」(《中說‧問易篇》)。王通對《易》的象數之學持貶斥態度,「子謂京房、郭璞,古之亂常人也」(《中說‧禮樂篇》)。京房、郭璞皆以陰陽占驗之術顯於時,與《錄關子明事》的占驗預測之學相似,可見王通《易》學對於其傳統的家學有所變化。王通家族的易學在王勃那裏得到傳承。其中「『時不可以苟遇,命不可以終窮』的易學時命觀,對王勃的文學創作產生了相當積極的影響,它不但直接成為其創作主題,而且還滲入到文章的肌理中,影響著文中的情感流程及藝術上的感染力」〔註163〕。另外,王勃「盡一己之心而成天下之理」的聖人觀,促成了新的「文儒合一」的文學觀念,儒家的禮樂精神與文人的詩情彙聚於一體,反映在創作上呈現出新的審美氣象。他的人與萬物稟氣而生的易學自然觀,形成了他推崇自然奇氣,重視感會投射的感性論詩學觀念,顯示出審美的時代性特徵〔註164〕。

4‧樂 學

王通精通音樂。《中說‧禮樂篇》云:「子游汾亭,坐鼓琴。有舟而釣者過,曰:『美哉,琴意!傷而和,怨而靜。在山澤而有廊廟之志。非太公之都磻溪,則仲尼之宅泗濱也。』子驟而鼓《南風》。釣者曰:『嘻!非今日事也。道能利生民,功足濟天下,其有虞氏之心乎?不如舜自鼓也。聲存而操變矣。』子遽捨琴,謂門人曰:『情之變聲也如是乎?』起將延之,釣者搖竿鼓枻而逝。門人追之,子曰:『無追也。播鼗武入於河,擊磬襄入於海,固有之也。』遂志其事,作《汾亭操》焉。」王績曾隨王通學習音樂,《答馮子華處士書》云:「吾家三兄,生於隋末,傷時憂亂,有道無位,作《汾亭操》,蓋孔子龜山之流也。吾嘗親受其調,頗為曲盡。」又云:「近得裴生琴,更習其操,洋洋乎覺聲器相得,今便留之,恨不得使足下為鍾期,良用耿耿。」王氏兄弟都有相當的音樂修養。

5‧陰陽術數

在王氏家族中,存在兩大思想類型。王通、王凝屬於儒家,王度、王績喜陰陽與道家〔註165〕。此分別相對而言,儒家思想為家族文化的根基,陰

〔註163〕查正賢,《試論王勃的易學時命觀及其對文學創作的影響》,《文學遺產》,2002年第2期,36頁。

〔註164〕李瑞卿,《王勃易學及其詩學思想》,《文學遺產》,2010年第6期。

〔註165〕孫望,《王度考》,載《孫望選集》,南京:南京師範大學出版社,2002年。

陽道術爲後來家庭個人的突出表現。王度、王績之陰陽術數思想與他們的交遊圈、家庭傳統有密不可分的關係。《中說‧天地篇》云:「芮城府君重陰陽」,王度曾向汾陰侯生學習占筮陰陽之術,《古鏡記》云:「隋汾陰侯生,天下奇士也,王度常以師禮事之。」可見侯生擅筮享名於河汾之間。王績的好友仲長子光亦擅陰陽,《仲長先生傳》云:「汾陰侯生以卜筮著名,因遊河渚,一論而服。曰:『東方、管輅不如也。』」王度兄弟結交的好友,以陰陽術數知名。應當說,王通講學河汾,除以儒學聞名鄉里外,此一地域尚存在一個崇尚陰陽術數的思想氛圍。與王度、侯生、仲長子光相較,王績屬於後起的陰陽術士,在當時頗享大名。入唐以後,與朝廷中擅長陰陽曆數的官員呂才、李淳風皆有交往。呂才《王無功文集序》中對王績的陰陽占筮之術推崇備至,王績自己也說:「弱齡慕奇調,無事不兼修。望氣登重閣,占星上小樓。」(《晚年敘志示翟處士正師》)值得注意的是,王績與仲長子光同爲隱士,同喜好《老》、《莊》、《易》,同服食養性,同琴酒詩文自娛,不應是一種巧合。有學者指出:「陰陽術數、老莊玄學、神仙道教三者,自魏晉以來已混成一片,並與絕世出塵、陶情山水、躬耕田園的隱士風範在一定程度上相聯繫。」〔註166〕陰陽術數思想的傳播是《古鏡記》思想產生的重要原因之一〔註167〕。王績的陰陽術數之學在王勃那裏亦得到承續,《舊唐書‧文苑傳上》本傳云:「勃聰警絕眾,於推步曆算尤精,嘗作《大唐千歲曆》,言唐德靈長千年,不合承周、隋短祚。其論大旨云:『以土王者,五十代而一千年;金王者,四十九代而九百年;水王者,二十代而六百年;木王者,三十代而八百年;火王者,二十代而七百年。此天地之常期,符曆之數也。自黃帝至漢,並是五運眞主。五行已遍,土運復歸,唐德承之,宜矣。魏、晉至於周、隋,咸非正統,五行之沴氣也,故不可承之。』大率如此。」〔註168〕

　　作爲初唐時代的一個典型的文學家族,王績一家的文學活動基本上是游離於宮廷之外的,與家族的隱逸傳統相關。隋唐之際,以王通爲中心的一批士人在群雄逐鹿的時代選擇了不同的入仕道路,薛收較早地投奔了李淵的隊

〔註166〕賈晉華,《唐代集會總集與詩人群研究》,北京:北京大學出版社,2001年,468頁。
〔註167〕孫望《王度考》、賈晉華《唐代集會總集與詩人群研究》、陳珏《初唐傳奇文鈎沈》、李劍國《唐五代志怪傳奇敘錄》皆指出了王度、王績的陰陽術數思想與《古鏡記》創作之間的關係。
〔註168〕劉昫,《舊唐書》,北京:中華書局,1975年,5006頁。

伍，成為李世民秦王府十八學士之一，備受倚信。淩敬則投奔了竇建德的起義隊伍，在大夏政權中任職。王績此時沒有判定天下的歸屬，於武德元年投奔河北竇建德，在淩敬處逗留數月，應是前去觀察形勢，最後推測竇建德政權不能長久，於是退歸河東。「河東三鳳」之一的薛德音則投奔王世充政權，後戰敗被殺。其中王績與薛收作為志氣相投的好友，在易代之際的表現差別甚大，薛收因為很早投奔李世民而進入統治上層，其家族的文學活動主要在宮廷，地位顯赫。王績後來也因為故舊之原因進入唐王朝為官，但因其個性始終未能進入官僚系統的上層，終于歸隱田園，在初唐相對宮廷成為了一個獨特的文學存在。至王通之子王福時也是下層官員，其子王緬、王勔兄弟曾躋身於宮廷文學圈中，但因武則天時代的政治鬥爭，王氏兄弟三人同時被禍，夭折了他們在宮廷文學中的進程。王勃兄弟都有文學才華，在當時就有「王氏三株樹」之譽，王緬的制誥文創作才能傳誦一時，但沒有能夠充分施展其文學才華就去世了。王勃則從未進入中央任職，其活動完全是在野的。他與楊炯、駱賓王、盧照鄰一起把詩歌的題材由宮廷引向了江山塞漠。楊炯在《王勃集序》中，表彰王勃在初唐詩風文風轉變中間的主要作用。這種變化應是合力作用的結果，這種詩風的變革得到了當時詩壇盟主薛元超的有力支持，而薛元超正是薛氏家族入唐後的第二代。

二、薛氏家族

　　薛收為薛氏家族文學家入唐後的第一代代表人物。其文學的傳承應來自於家庭內部，儒學的修養傳自王通。《隋書‧薛道衡傳》云：「涉歷經史，有才思，雖不為大文，所有詩詠，思致清遠。」〔註169〕薛收的文集，《舊唐書‧經籍志》、《新唐書‧藝文志》皆著錄為十卷，已佚。今存文四篇。在隋末，與王績隱居於河東時，所作《白牛溪賦》為王績推重，評為「韻趣高奇，詞義曠遠，嵯峨蕭瑟，真不可言」。薛收入秦王幕府後，其文學才華亦得到充分施展，軍檄露布，立馬即成，秦王重之，後與其侄薛元敬同為秦王府十八學士。入唐以後薛收的詩文創作應屬於應制範疇，遺憾的是，他未能進入貞觀時代一展宏才即英年早逝。薛收的政治地位奠定了其家族文學活動的基本空間。

　　薛收之子薛元超是初唐文壇的一位盟主，在家族中對文學的發展貢獻最大。首先，他有著出色的文學才華。薛元超文集，《新唐書‧藝文志》錄 30

〔註169〕魏徵，《隋書》，北京：中華書局，1973 年，1413 頁。

卷，已佚，今存詩一首《奉和同太子監守違戀》。薛元超幼年既表現出超人的
文學才能，崔融《大唐故中書令贈光祿大夫秦州都督薛公墓誌銘》云：「八歲
善屬文，時房玄齡、虞世南試公《詠竹》，援毫立就，卒章云：『別有鄰人笛，
偏傷懷舊情。』玄齡等即公之父黨，深所感歎。」〔註170〕薛元超成年後任職
朝官，經常參與宮廷的文學活動，太宗曾於玄武內殿夜宴，命薛元超詠《燭》。
他日，又命元超賦《泛鷁金堂》詩。高宗儀鳳三年閏三月，周王李顯為洮州
道行軍元帥討伐吐蕃，薛元超賦《出征》詩一首，高宗閱而嘉賞，代周王和
詩一首〔註171〕。同年七月，高宗宴百僚及諸親於咸亨殿，作柏梁體詩，元超
參與聯句〔註172〕。可見薛元超基本上是一位宮廷詩人。他在當代與宮廷詩風
的傑出代表上官儀交遊甚密，與上官「齊名並進」，「詞翰往來」。上官儀今存
有《酬薛舍人萬年宮寓直懷友》詩。

　　薛元超的創作並非全部在宮廷之中。龍朔三年（663），坐為流人李義府
進言，左遷簡州刺史；麟德元年，又坐與上官儀交遊，被流放於越巂之邛都，
流放時間長達12年。在貶所期間，他「耽味易象，以詩酒為事，有《醉後集》
三卷，行於時」〔註173〕。詩歌雖不存，由詩集題目大致可知其抒發個人苦悶
情懷的內容。

　　其次，薛元超在政治上有著較高的地位與才能。薛收在武德年間去世
時，李世民痛失賢才。其時薛元超兩歲，唐太宗命妥加撫養，愛護備至。九
歲時即受太宗召見，命其入弘文館讀書。十九歲，尚和靜縣主，與唐皇室關
係更為密切。李治立為太子，薛元超為太子通事舍人，時年二十一歲，太宗
囑咐太子云：「元超父事我，雅仗名節。我令元超事汝，汝宜重之。」〔註174〕
此種與帝王的親密關係保持到高宗時期。高宗幸東都，命薛元超輔佐太子監
守長安，表現出高宗對其政治才能的倚重。薛元超後仕至宰相，備受榮寵。
薛元超尚有政治上的寬仁品德，《舊唐書·員半千傳》記員半千以武陟縣尉的
身份私自開糧倉救濟貧民，懷州刺史郭齊宗立案審查，時為河北存撫使的薛
元超以救濟百姓為功不為過，「遽令釋之」〔註175〕。

〔註170〕陳尚君，《全唐文補編》，北京：中華書局，2006年，269頁。
〔註171〕陳尚君，《全唐文補編》，北京：中華書局，2006年，269頁。
〔註172〕王欽若，《冊府元龜》卷110，北京：中華書局，1966年。
〔註173〕陳尚君，《全唐文補編》，北京：中華書局，2006年，270頁。
〔註174〕陳尚君，《全唐文補編》，北京：中華書局，2006年，269頁。
〔註175〕劉昫，《舊唐書》，北京：中華書局，1975年，5014頁。

　　薛元超文學與政事兼擅繼承其父薛收，爲河東道文學家的一大特點。他很高的文學和政治地位導致他對於文學的貢獻體現在外部的推動作用，具體而言，一是提拔文學後進，二是推動文風的變革。

　　提拔文學後進方面，文獻記載頗爲豐富。楊炯《中書令汾陰公薛振行狀》云其善於提拔人才，具「神通之鑒」〔註176〕。《墓誌》云：「上疏薦高智周、任希古、郭正一、王義方、顧胤、孟利貞等，後皆有重名，歷登清貴。」又云：「及兼左庶子，又表薦鄭祖元、沈伯儀、賀覬、鄧玄挺、顏強學、崔融等十人爲學士，天下服其知人。」〔註177〕《舊唐書》云：「孟利貞、高智周、郭正一俱以文藻知名。」他提拔過的文學後進尚有：楊炯，《唐會要》卷 64 云：「薛元超表薦鄭祖玄、鄧玄挺、楊炯、崔融等並爲崇文學士。」〔註178〕陳子昂，子昂《上薛令文章啓》云：「某啓：一昨恭承顯命，垂索拙文，祗奉恩榮，心魂若勵，幸甚幸甚！某聞鴻鐘在聽，不足論擊缶之音；太牢斯烹，安可薦羹藜之味？然則文章薄伎，固棄於高賢；刀筆小能，不容於先達。豈非大人君子以爲道德之薄哉？某實鄙能，未窺作者，斐然狂簡，雖有勞人之歌；悵爾詠懷，曾無阮籍之思。徒恨迹荒淫麗，名陷俳優，長爲童子之群，無望壯夫之列。豈圖曲蒙榮獎，躬奉德音，以小人之淺才，承令君之嘉惠，豈不幸甚！豈不幸甚！」〔註179〕此應是陳子昂未登第前向宰相獻文章以求垂顧，薛元超褒勉有加，其時間應在文明元年之前〔註180〕。李乂，蘇頲《唐紫微侍郎贈黃門監李乂神道碑》云：「十一從學，極奧研幾；十二屬詞，含商咀徵。中書令薛元超謂人曰：『此子必負海內盛名。』」〔註181〕徐彥伯，《新唐書·徐彥伯傳》載：「（彥伯）七歲能爲文。結廬太行山下。薛元超安撫河北，表其賢，對策高第。」〔註182〕張鷟，《桂林風土記》云：「（張鷟）弱冠應舉，下筆成章，中書侍郎薛元超特授襄樂尉。」李嶠，《靖康緗素雜記》云，李嶠幼有文才，十五歲通《五經》，薛元超稱之。

　　薛元超推動文學變革方面，則是支持四傑的文風變革，楊炯《王勃集序》

〔註176〕董誥，《全唐文》，北京：中華書局，1983 年，1985 頁。

〔註177〕陳尚君，《全唐文補編》，北京：中華書局，2006 年，270 頁。

〔註178〕〔宋〕王溥，《唐會要》，上海：上海古籍出版社，1991 年，1320 頁。

〔註179〕《陳拾遺集》上海：上海古籍出版社，1992 年，121 頁。

〔註180〕按，陳子昂進士及第時間有開耀二年說，文明元年說，此處從岑仲勉先生的主張。

〔註181〕董誥，《全唐文》，北京：中華書局，1983 年，2609 頁。

〔註182〕歐陽修、宋祁，《新唐書》，北京：中華書局，1975 年，4201 頁。

云王勃「嘗以龍朔初載,文場變體,爭構纖微,競爲雕刻。糅之金玉龍鳳,亂之朱紫青黃。影帶以狥其功,假對以稱其美。骨氣都盡,剛健不聞;思革其弊,用光志業。薛令公朝右文宗,託末契而推一變;盧照鄰人間才傑,覽清規而輟九攻。知音與之矣,知己從之矣。於是鼓舞其心,發泄其用。……長風一振,眾萌自偃。遂使繁綜淺術,無藩籬之固;紛繪小才,失金湯之險。積年綺碎,一朝清廓;翰苑豁如,詞林增峻。反諸宏博,君之力焉;矯枉過正,文之權也。後進之士,翕然景慕」〔註183〕。關於龍朔變體及王勃的革弊之功,學者們多有研究。此處要指出的是,此次變革是由在朝的薛氏家族的文學家和在野的王氏家族的文學家共同參與完成的,創作的實際和文壇盟主的推動缺一不可。文獻中未見王勃和薛元超交往的直接記載,卻有王勃與薛曜交往的具體記載。按,薛曜爲元超子,亦以文學知名。《新唐書‧藝文志》著錄文集二十卷,已佚。今存詩八首。王勃有《別薛華》,《重別薛華》詩,又有《仲氏宅宴序》云:「思傳勝餞,敢振文鋒,蓋同席者高人薛曜等耳。盍各賦詩,放懷敘志,俾山川獲申於知己,煙霞受制於吾徒也。」〔註184〕

《送宇文明府序》中云:「況乎巨山之稟孤出,昇華之麗清峙,群公之好善,下官之惡俗。接霓裳於勝席,陪鶴轡於中軒。俱拔出塵之標,各仗專門之氣。」〔註185〕又有《秋夜於綿州群官席別薛昇華序》云:「事有切而未能忘,情有深而未能遣,故僕射群公,相知非不深也,相期非不厚也。然義有四海之重,而無同方之感;分有一面之深,而非累葉之契。故與夫昇華者其異乎!嗟乎!積潘、楊之遠好,同河、汾之靈液。」〔註186〕王勃申言與薛曜世代交好,非比常人。王勃總章二年離長安入蜀,咸亨二年歸長安。其間薛元超正貶邛都,薛曜應隨侍同往,故王勃與薛元超在蜀地應有所接觸,薛元超也有可能通過薛曜進一步瞭解王勃的詩文創作。楊炯《王勃集序》云其遊蜀之後,「考文章之迹,徵造作之程。神機若助,日新其業。西南洪筆,咸出其辭。每有一文,海內驚瞻」。其時元超雖在貶所,其早年奠定的文壇地位尚在,「海內驚瞻」的影響應有薛元超的推揚之功。遊蜀時期是王勃創作的高潮時期,也是其詩文創作產生巨大影響的時期。此次遊歷,對於從小生活於河東的王

〔註183〕董誥,《全唐文》,北京:中華書局,1983年,1931頁。
〔註184〕〔清〕蔣清翊,《王子安集注》,上海:上海古籍出版社,1995年,202頁。
〔註185〕〔清〕蔣清翊,《王子安集注》,上海:上海古籍出版社,1995年,254頁。
〔註186〕〔清〕蔣清翊,《王子安集注》,上海:上海古籍出版社,1995年,264頁。

勃非常重要，蜀地別樣的山川風物是激發其創作熱情的重要條件。

薛曜，「以文學知名」〔註187〕，存八首詩，其中《奉和聖製夏日遊石淙山》、《舞馬篇》、《正夜侍宴應詔》屬於宮廷應制詩。薛曜一生基本在朝為官，但也有一些詩歌離開了宮廷詩歌創作的範圍。宮廷詩之外表現出的對於生命的感歎與王勃極其相似，如「借問月中人，安得長不老」（《子夜冬歌》），「碧海桑田何處在，笙歌一聽一遙遙」（《送道士入天台》），「昔掩佳城路，曾驚堅易遷。今接宜都里，翻疑海作田」（《邙山古意》）。其中表達的宇宙人生的變遷感也是王勃的詩文中經常蘊含的內容。

薛稷是與薛曜同時活躍於宮廷的文學家，薛元超從子，文學之外擅長書畫藝術。《舊唐書》卷73本傳云：「稷舉進士，累轉中書舍人。時從祖兄曜為正諫大夫，與稷俱以辭學知名，同在兩省，為時所稱。景龍末，為諫議大夫、昭文館學士。好古博雅，尤工隸書。」睿宗即位，封晉國公，「與蘇頲等對掌制誥」〔註188〕。張說評價其文學成就，與李嶠、崔融、宋之問，「皆如良金美玉，無施不可」。唐中宗景龍年間增加修文館，薛稷與宋之問、杜審言首膺其選。薛稷現存的十四首詩中，有九首屬於宮廷應制詩，其中與中宗柏梁體聯句一首，參與人士多為當時的文館學士。在景龍文館中的創作有《餞唐永昌》，《餞許州宋司馬赴任》，其時文館學士皆有同題之作，應屬於宮廷文學活動的範圍。薛稷是薛氏家族中典型的宮廷文學家，一生在朝為官，雖然也有《秋日還京陝西十里作》這樣的江山之作，但為數甚少。他對於唐代文學的貢獻應是在宮廷中與眾多的宮廷詩人的應制唱和中完成的。關於宮廷文學活動對初唐文學的影響，學者們多有論述，非本題論列範圍。

自薛元超之孫薛奇童以下至其曾孫薛邕、薛晏，雖也有文學創作，但基本上離開了政治的上層，離開了宮廷，他們的身份已變成在野的地方詩人，成為唐詩隊伍中微不足道的小元素。其中最有顯著變化的是薛奇童，無論是《擬古》、《雲中行》、《塞下曲》，還是《楚宮詞二首》、《吳聲子夜歌》等宮怨詩，與之前薛稷的宮廷創作相比較，感情的充實和語言的質樸都是前所少見的，這表明薛氏文學家文學創作特點的轉變。

無論是王績家族在野的創作活動，還是薛收家族在宮廷中的創作，既不是絕對的，也不是孤立的。在三晉本土文學家中，由於文學家仕途的遷轉升

〔註187〕劉昫，《舊唐書》，北京：中華書局，1975年，2591頁。
〔註188〕劉昫，《舊唐書》，北京：中華書局，1975年，2591頁。

沉，其文學活動的地域也在不斷地變化之中。王氏和薛氏家族綿延幾代，基本保持各自的創作空間，從內外兩個方向推動了唐代文學的進程。

第四節　外來文學家與三晉文化關係概說

外來文學家與三晉文化發生聯繫的前提，主要是他們曾經在這一地域留下了創作的足迹，當然，並非所有曾經在此地域活動的文學家都會受到該地域文化的薰陶。在不同的程度上，三晉文化影響於文學家者，不出審美追求、題材選擇、生活心態諸方面。

一、外來文學家在河東道的地域分佈

曾經在河東道活動過的文學家，一類文學家較長時間居留於河東道的某一地，主要是爲官和入幕，一類是短時間的客遊干謁。爲了說明外來文學家在河東道活動的大致情況，據《全唐詩》、《全唐詩補編》、《全唐文》、《全唐文補編》、《中國文學家大辭典·唐五代卷》、《唐方鎮年表》、《唐刺史考全編》、《唐代幕府文職僚佐考》，將河東道外來文學家的分佈情況統計如下。

較長時間居留的文學家，按照州郡分：

蒲州：

王傳	孔紓	馮袞	權澈	喬備	劉晏
齊澣	許瀍	李鵬	楊諫	邵炅	鄭仁表
陸景初	趙驊	徐商	趙宗儒	殷堯藩	高郢
蕭華	崔鉉	蔣儼	程行諶	路德延	姚係
李适	韓偓	崔邠	崔澹	李蕚	李翰
陳翃	李巨川	高元謨	劉宇	崔敖	馬燧

太原：

馬宇	馬郁	馬戴	王晙	韋濟	盧均
盧肇	畢諴	劉崇龜	劉崇魯	劉瞻	嚴武
李節	李渥	李蔚	李�ٔ昌	李德裕	吳少微
富嘉謨	張孝嵩	張均	張柬之	周頌	鄭畋
蕭遘	鄭儋	柳公綽	賈耽	崔元幹	舒元輿
鮑防	竇蒙	裴休	韓察	崔恭	陸瀍

高銖	何瓚	王宰	蕭琪	李說	李諲
林諤	崔日用	孫逖	李商隱		

潞州：

劉懷一	李嗣眞	李儥	沈詢	宋鼎	宋璟
柳紃	崔日知	崔峒	冷朝陽	竇牟	陸長源
張徹	崔銳	符載			

澤州：

呂牧	皇甫曙

晉州：

韋丹	韋武	權若訥	郭正一	蕭志忠	蕭瑜
韓滉	魏知古	呂諲			

絳州：

於季友	盧僎	徐堅	盧元輔	韓思復	盧從願
杜之松	崔善爲				

慈州：

謝觀

汾州：

盧象	劉庭琦	蘇瓌	楊仲昌	劉皂

忻州：

王士詹

代州：

崔顥

朔州：

竇公衡

雲州：

劉威	許渾

短期遊歷的文學家有：

李世民	李治	李隆基	蘇頲	姚崇	韋元旦
趙多義	王丘	袁暉	王光庭	席豫	崔翹

梁升卿	徐安貞	劉晃	韓休	崔玄童	賈曾
何鸞	蔣挺	原光俗	李嶠	韓愈	吳丹
李白	李賀	杜甫	岑參	高適	元稹
杜牧	張祜	杜荀鶴	李頎	李頻	韋莊
王建	羅隱	顧非熊	李山甫	張瓚	暢諸
盧仝	李宣遠	劉言史	李逢吉	鮑溶	周賀
雍陶	趙嘏	項斯	劉駕	司馬箚	汪遵
許棠	張喬	曹唐	羅鄴	吳融	黃滔
喻坦之	賈彥璋	鄭遨	李休烈	玄奘	劉乂
法照	張生	崔鶯鶯	張瑜	孫樵	皮日休
沈亞之	陳京	張濯	歐陽詹	陳子昂	杜審言
杜頠	張果				

　　以上統計，任職河東道的文學家以《中國文學家大辭典・唐五代卷》為主要依據，另有作品留存未入大辭典的文人也計入，客遊河東道作家的統計主要以本人的詩文作品為據，前已列入三晉本土的文學家在河東道任職者，不再計入。共計文學家 200 人，曾任職河東道者 129 人，客遊 81 人。由於文獻的限制，此統計不能囊括唐代活動於河東道的所有文學家。從較為固定的外來官員分佈，還是能在一定程度上反映出外來文學家活動的分佈情況。任職河東道的文學家留存下來的作品中，涉及河東道的寥寥無幾，沒有形成大型的具有影響力的文人創作群體，也極少大型的文人唱和活動，作品的留存就更為稀少。至於客遊河東道的文學家，大部分都有描繪河東道自然風物人物景觀的詩作留存，為宏觀地把握詩人眼中的三晉印象提供一個作者的基礎。

　　外來文學家，就人物分佈的社會層次而言，有帝王、宰相、節度使、刺史、長史、司馬、參軍、縣令、縣尉、縣丞，有僧道、女性、幕客，有落第的舉子，有干謁的文士。任職官員中，刺史以上 47 人，下層文官居多，其中太原、河中、昭義三個節度使幕府中官員有作品留存的文人 59 人。

二、外來文學家與三晉文化的幾種關係方式

　　三晉文化與唐代文學發生關係，唐代河東道本土文學家是關係的主要聯結者，外來文學家是這種聯繫的重要紐帶。三晉文化對唐代文學的影響，有

時會在外來文學家的創作活動中以更鮮明的形態表現出來。具體言之，外來文學家與唐代文學的關係，體現為層次不同的四種形式。

第一，河東道作為文學家生命中的寄居經行之地，成為文學家人生中的一個驛站。但此地域的生活經歷很少對他們的文學創作產生直接、鮮明而深遠的影響。這是外來文學家與三晉文化最為外在的層面，大部分外來文學家與三晉文化的關係僅限於此一層面。如陳子昂在萬歲通天元年從武攸宜討伐契丹時途經澤州的感慨（《登澤州城北樓宴》），李白在開元和天寶年間的兩次河東之行，杜甫早年的郇瑕漫遊，韓愈長慶二年出使成德鎮在河東的短暫停留，歐陽詹貞元十六年赴太原幕府的干謁經歷，三晉地域相對於這些文學家而言，是他們生命旅程中的一個情感記錄，在他們的詩文中留下了或深或淺的印迹。

第二，外來文學家在河東道的生活經歷成為小說創作的素材，使得相關文學作品中映射出三晉文化的影子。如元稹年輕時曾經遊歷蒲州，在普救寺與一少女發生戀愛關係，此段感情經歷刻骨銘心，促使他後來創作出唐代愛情傳奇的名篇《鶯鶯傳》（從宋代以來，大多數學者主張《鶯鶯傳》即元稹據自身愛情經歷而創作，少數學者主張非元稹自寓，吳偉斌先生持此說甚力，平情論之，當以自寓說為近是。）。此愛情小說與歷史現實的關係撲朔迷離，引起歷代學者長久不衰的探索熱情，其中有三晉文化的重要因素在內（陳寅恪先生在《讀鶯鶯傳》中即推測崔鶯鶯為胡人女子，葛承雍《崔鶯鶯與唐蒲州粟特移民蹤迹》更進一步從唐代河東道移民史料出發，聯繫粟特族的地理分佈，探索崔鶯鶯胡女身份的可能性）。另外，《鶯鶯傳》故事發生地在蒲州普救寺，其作為佛寺文化與小說關係的一個具體個案是在河東道體現出來的，而且後經《西廂記》的傳承傳播，普救寺成為中國古代文學中的一個愛情聖地，《鶯鶯傳》於三晉特定地域誕生，反過來又以跨時空的傳播增強了這種文化的影響力。又如歐陽詹在太原幕府與太原妓的生死戀情，即被當代文人輾轉記錄，成為唐代文士與妓女愛情悲劇的代表。這兩個愛情故事發生在中唐時代，佔據河東道的南北兩個文化中心，偶然與必然的交叉疊合，中唐文士具有代表性的感情生活與心態使三晉文化染上了一層愛情傳奇色彩。

第三，外來文學家在河東道的文學活動標示了唐代文壇的新動向。開元十一年唐玄宗巡幸河東，在旅途中與群臣舉行六次唱和活動，變換六個地點，把中宗時代以帝王為中心的應制文學從宮廷移向了江山塞漠，這種創作方式

的變化預示了盛唐自然剛健詩風的到來；而且在巡幸途中宰相張嘉貞下野與張說出任中書令，顯示了唐玄宗治國政策從尚吏到尚文的標誌性轉變。此後，張說作為政壇和文壇的雙重領袖，有力地推動了盛唐氣象形成的進程。

第四，外來文學家在河東道的創作成為其文學生涯的一個重要環節。外來文學家在河東道較為長久的生活，受到該地域文風民風的影響，促成詩風、文風的革新與變化。如富嘉謨、吳少微在長安年間任晉陽尉期間，應制碑頌文創作受到北都文化傳統的影響，其文風相對於當代發生新變，創名揚文壇的「富吳體」，成為唐代駢文發展的一個重要關節點，為燕許大手筆的出現作了鋪墊。關於「富吳體」與三晉文化的關係將在第四章第四節展開探討。如李賀，在潞州度過了生命中的最後三年，河東是他作為詩人創作活動的終結地。潞州的軍幕生活及邊塞遊歷，影響了李賀詩歌題材的選擇，如《長平箭頭歌》、《平城下》、《雁門太守行》是他具有真實體驗的軍事題材之作，使得他保持了一貫詩風的同時，在作品中體現出鮮明的地域文化特定因素。在這一層面，崔顥的創作受三晉地域文化影響最為顯著，他開元年間從事於杜希望代州軍幕，邊塞生活影響到詩人的創作風格，使他的後期詩風與前期形成鮮明的對照。李商隱會昌四年至五年在永樂的閒居生涯，此中之創作，完整記錄了他在人生低潮時的一段心路歷程。三晉的寓居與創作成為他文學生涯的一個重要組成部分，同時表現出與其主導風格相異的詩風。

第五節　外來文學家與三晉文化關係個案例說

崔顥、李商隱分屬盛、晚唐的兩位著名詩人，在唐代河東道外來文學家中與三晉地域有著特別密切的聯繫，富於代表性，而且他們的創作與三晉文化的關係分別代表兩種不同類型。本節即選取這二位文學家為考察對象，從個體的角度具體說明三晉文化對外來文學家的微觀影響。

一、崔顥詩風之變與代北地域風習

盛唐詩人崔顥前後期詩風變化很大，這種創作現象與三晉文化的影響有直接而重要的關聯。殷璠《河嶽英靈集》即指出了崔顥前後期詩風的變化：「（崔）顥年少為詩，名陷輕薄。晚節忽變常體，風骨凜然。一窺塞垣，說盡戎旅。至如『殺人遼水上，走馬漁陽歸。錯落金鎖甲，蒙茸貂鼠衣』，又『春

風吹淺草，獵騎何翩翩。插羽兩相顧，鳴弓上新弦』，可與鮑照並驅也。」〔註189〕其中「一窺塞垣」所指主要是崔顥在河東道北部邊塞從幕的生活經歷。據傅璇琮先生《唐代詩人叢考‧崔顥考》、《唐才子傳校箋》卷一「崔顥」條的考證，崔顥《結定襄郡獄效陶體》中有「我在河東時，使往定襄裏」之句，可知崔顥曾在河東軍幕任職，具體所屬軍幕，傅先生推定為杜希望代州都督幕府。按《新唐書》卷166《杜佑傳》謂杜希望「愛重文學，門下所引如崔顥等皆名重當時」〔註190〕，核之杜希望仕途履歷，早年先後任安陵令、和親判官、靈州別駕、關內道度支判官，或為下層文官，或為幕府屬官，皆不可能有所謂門下士，而大約開元二十一年至二十四年間任代州都督，才有開置幕府的權限。又《結定襄郡獄效陶體》收入芮挺章《國秀集》，而《國秀集》所收詩歌創作的起止時間為開元十八年至天寶三載，與杜希望任職代州都督時間相合，三條證據即大致可以推斷出崔顥曾經在開元二十一年至二十四年間曾在杜希望代州都督幕府任職。另外可以補充兩點，一是崔顥有《雁門胡人歌》描寫雁門縣胡人的生活圖景，據《元和郡縣志》、《新舊唐書‧地理志》，雁門縣屬代州都督府管轄，則可以作為崔顥曾經在代州的一個佐證；二是崔顥作為幕府從事出使定襄決獄之定襄縣屬忻州，不在代州管轄之境。忻州屬州郡建制，代州則為中都督府，代州都督府與忻州存在上下級的行政統轄關係，據《舊唐書‧地理志》：「代州中都督府，隋為雁門郡。武德元年，置代州總管，管代、忻、蔚三州。代州領雁門、繁畤、崞、五臺四縣。五年，廢總管。六年，又置，管代、蔚、忻、朔四州。貞觀四年，又督靈州。六年，又督順州。十二年，省順州，以懷化縣來屬。今督代、忻、蔚、朔、靈五州。」定襄既屬代州都督府管轄區域，崔顥作為幕府官員被派往定襄決獄頗合情理。

　　崔顥詩風變化的直接表現，便是前後期詩歌的題材的不同選擇。其早年的「年少為詩，名陷輕薄」，傅璇琮先生據崔顥現存詩歌，認為可能是指他的《長干曲》等描寫江南男女相思的一類作品。這類涉及女性的詩作，在他現存 42 首詩歌中有 15 首之多〔註191〕，其詩歌內容並不庸俗，格調也不低下，但風格柔婉，主題狹窄，多專注於男女之情，當代人的評價較低。實質上，唐人對崔顥前期有關男女之情詩歌的評價並不公允，這種評價是與崔顥的情

〔註189〕〔唐〕殷璠，《河嶽英靈集注》，王克讓注，成都：巴蜀書社，2006 年，212 頁。
〔註190〕歐陽修、宋祁，《新唐書》，北京：中華書局，1975 年，5085 頁。
〔註191〕據萬競君，《崔顥詩注》，上海：上海古籍出版社，1982 年。

感道德糾結在一起的。換句話說，崔顥在男女之情方面的隨意態度影響了時人對他詩歌的評價。《舊唐書》卷 190《文苑傳下》述其主要行迹云：「崔顥者，登進士第，有俊才，無士行，好蒲博飲酒。及遊京師，娶妻擇有貌者，稍不愜意，即去之，前後數四。」〔註192〕可知唐代關於他的評價是「有俊才，無士行」，具體表現即是男女感情的不專一。《新唐書》卷 203《文藝傳》關於崔顥的評價因襲《舊唐書》之記載，另取《唐國史補》中有關崔顥生平文獻，增加了李邕鄙薄其詩風的內容：「初，李邕聞其名，虛舍邀之，顥至獻詩，首章曰：『十五嫁王昌。』邕叱曰：『小兒無禮！』不與接而去。」〔註193〕此詩現存，詩名《王家少婦》，一名《古意》，整首詩內容如下：「十五嫁王昌，盈盈入畫堂。自矜年最少，復倚婿爲郎。舞愛前溪綠，歌憐子夜長。閒來鬥百草，度日不成妝。」詩歌確寫男女之情，明代胡應麟即認爲男女之情爲樂府本色，李邕不宜持如此態度。傅璇琮先生根據崔顥進士登第和李邕成名時間上的先後矛盾（崔顥登第在先，李邕成名在後），推測李邕的貶斥屬於傳說之辭，不可盡信。然而這種傳說的存在卻可以在一定程度上說明當代人對於崔顥前期詩歌的評價是較低的。

相反，對於其邊塞題材的詩作，唐人評價甚高，殷璠《河嶽英靈集》評其詩風即重在邊塞之作，芮挺章《國秀集》選其詩七首，關於邊塞的即有四首：《古游俠呈軍中諸將》、《贈輕車》、《贈梁州張都督》和《結定襄郡獄效陶體》，可見唐人對於崔顥後期詩風的重視。現存崔顥四十二首詩中涉及邊塞的八首，除上述四首外，尚有《雁門胡人歌》、《遼西作》、《贈單于裴都護》《贈王威古》，詩風昂揚勁健，顯示出盛唐氣象的特徵，與前期之淺狹柔婉迥然有別。然而這些詩歌卻非全部創作於代北邊塞，能夠明確作於代北的詩歌有《結定襄郡獄效陶體》、《雁門胡人歌》。詩中所描寫的是邊塞地區胡漢雜糅的民俗民風，詩風雖無硬朗剛健品質，表現內容的新鮮特異在個人的創作生涯中卻頗爲顯目。《贈王威古》和《贈單于裴都護》大致可以推定爲代北之作，《贈王威古》中有「雜胡寇幽燕」句，又云「長驅救東北，戰解城亦全」，地點與幽燕邊塞有關。幽燕位於代北之東偏北方向，《雁門胡人歌》即云「高山代郡東接燕」，可以確定，王威古將軍隸屬於代州都督府，因薊北邊事緊急，由代北向東北方行軍馳援之。《贈單于裴都護》亦應作於代北。單于指單于都護府，

〔註192〕劉昫，《舊唐書》，北京：中華書局，1975 年，5049～5050 頁。
〔註193〕歐陽修、宋祁，《新唐書》，北京：中華書局，1975 年，5780～5781 頁。

據《舊唐書・地理志二》:「單于都護府秦漢時雲中郡城也。唐龍朔三年,置雲中都護府。麟德元年,改爲單于大都護府。東南至朔州三百五十七里。」〔註194〕單于都護府位於代州以北,崔顥於代北贈詩較爲合理。此二詩塑造了勇於立功報國的邊將形象,與前期的旛旎情郎形成鮮明對比,試看《贈王威古》:「三十羽林將,出身常事邊。春風吹淺草,獵騎何翩翩。插羽兩相顧,鳴弓新上弦。射麋入深谷,飲馬投荒泉。馬上共傾酒,野中聊割鮮。相看未及飲,雜虜寇幽燕。烽火去不息,胡塵高際天。長驅救東北,戰解城亦全。報國行赴難,古來皆共然。」與《王家少婦》相較,其詩風健朗陽剛,充滿人生向上的力量。另有《贈輕車》、《古游俠呈軍中諸將》、《遼西作》皆創作於薊北邊塞,《贈輕車》中有「幽冀桑始青,洛陽蠶欲老」,《遼西作》中有「寒衣著已盡,春服與誰成?寄語洛陽使,爲傳邊塞情」,應是作者同時之作,是遊邊還是由代州都督府出使薊北,難以遽定。《古游俠呈軍中諸將》中有「殺人遼水上,走馬漁陽歸」,如果是在代北所作,則應切代北地名,此詩亦爲薊北之作。另有一首《贈梁州張都督》,譚優學《唐詩人行年考・崔顥行年考》認爲「梁」當爲「涼」之誤,張都督疑爲涼州都督張敬忠,陶敏《全唐詩人名考證》持相同觀點。據《唐刺史考全編》,張敬忠開元十一年四月爲涼州都督,十二年即爲王君㚟〔註195〕,又崔顥任代州都督幕府期間的涼州軍事長官爲牛仙客,由此可知,此詩作於崔顥初進士及第漫遊涼州之時。

由以上考察可以得出這樣的結論,崔顥前後期詩風的變化與作者的邊塞經歷密切相關,此邊塞包括代北、薊北、隴右三地,而以有文獻證據的代北軍幕生活爲主。代北地域文化屬唐代三晉文化之一部分,其影響於崔顥詩歌者有兩個層面:民俗民風與軍事氛圍。代北民俗民風的影響主要體現於《結定襄郡獄效陶體》和《雁門胡人歌》兩首詩,這兩首詩綜合體現了此地域狡悍的民風和胡漢雜居的塞外民俗風貌。《結定襄郡獄效陶體》主要展現了定襄民風的刁悍難治,詩云:「我在河東時,使往定襄裏。定襄諸小兒,爭訟紛城市。長老莫敢言,太守不能理。謗書盈几案,文墨相填委。牽引肆中翁,追呼田家子。我來折此獄,五聽辨疑似。小大必以情,未嘗施鞭箠……」唐韋澳著《諸道山河地名要略・第二》云:「自代北至雲朔等州,北臨絕塞之地,封略之內,雜虜所居,戎狄之心,鳥獸不若,歉饉則剽劫,豐飽則柔從,樂

〔註194〕劉昫,《舊唐書》,北京:中華書局,1975年,1488頁。
〔註195〕郁賢皓,《唐刺史考全編》,合肥:安徽大學出版社,2000年,475頁。

抱怨仇，號爲仇挈，不憚攻殺，所謂枉金革死而不厭者也。縱有編戶，亦染戎風。比於他邦，實爲難理。」崔顥此詩所反映的正是這一地域的社會現實民風。《雁門胡人歌》題材的選擇與代北地域文化亦緊密相關。盛唐時期，代北之地散居著唐初征服的東突厥部落，屬典型的胡漢雜居之地。《雁門胡人歌》即主要描寫了少數民族人民獨特的生活習俗，詩云：「高山代郡東接燕，雁門胡人家近邊。解放胡鷹逐塞鳥，能將代馬獵秋田。山頭野火寒多燒，雨裏孤峰濕作煙。聞道遼西無鬥戰，時時醉向酒家眠。」騎射田獵是塞北少數民族的獨特生活特徵，戰時出征遼西，不戰時醉酒酣眠，又具有軍事色彩。唐代在代北地區大量屯田開墾，使這一地區出現了農耕文化與游牧文化的交融，詩中「山頭野火寒多燒」應是秋季爲來年的農耕做準備的燒田之舉，另《結定襄郡獄效陶體》中也有「是時三月暮，遍野農桑起。里巷鳴春鳩，田園引流水」的生活圖景，代北的民族交融使得農耕和游牧兩種生活圖景同時出現在崔顥的邊塞詩歌中。另一方面，代北濃厚的軍事氛圍深刻地影響了崔顥的審美趨向，在詩歌的創作方面向陽剛勁健的方向邁進。代州都督府兵力布置頗爲密集，據《新唐書·地理志》，代州雁門郡，中都督府，有守捉兵。其北有大同軍，西有天安軍，又有代北軍〔註196〕。這些駐軍不僅要防禦代北北部的突厥部落的入侵，還要協助幽燕地區的軍事防禦。《贈王威古》云「長驅救東北」，《雁門胡人歌》云「聞道遼西無鬥戰，事實醉向酒家眠」，即說明代北諸軍援助毗鄰邊塞的軍事義務，可見代北的軍事氛圍。崔顥在這樣的環境中感受和創作，對其詩歌的影響自然是深刻有力的。

綜而言之，代北軍幕的邊塞經歷主要地影響了崔顥後期的詩歌創作，使他的詩歌轉入了富於盛唐氣象的向上一路，此亦三晉文化對於唐代文學貢獻之一例。

二、李商隱永樂閒居心態與詩歌創作

李商隱生平數度至河東道，或從幕，或寓居，留下了生命的足迹。其中以大和六年至七年在令狐楚河東節度使幕府和會昌四年至五年在永樂閒居時間較長，太原幕府時期留存的作品寥寥，不易考見其心態，唯永樂閒居時創作詩歌數十首，表現了他這一時期特定的感情軌迹和別樣詩風。

〔註196〕歐陽修、宋祁，《新唐書》，北京：中華書局，1975年，1006頁。

（一）李商隱永樂寓居的地域因素

　　李商隱選擇蒲州永樂縣作爲寓居之地，與永樂縣地近京師的地理位置有直接關係。永樂縣行政設置沿革，《新舊唐書・地理志》和《元和郡縣圖志》均有記載，而以《元和志》爲詳。《志》云：「永樂縣，次畿。北至府九十里。本漢河北縣地，周明帝改河北縣爲永樂縣，武帝省永樂縣，以地屬芮城縣。武德二年，分芮城於縣東北二里永固堡重置永樂，屬芮州，七年移於今理，貞觀八年改屬。」永樂縣位於蒲州府最南端，北倚中條山，南鄰黃河，《元和志》云：「中條山，在縣北三十里。河水，經縣南二里。」永樂背山臨水，環境優美，岑參《題永樂韋少府廳壁》云：「大河南郭外，終日氣昏昏。白鳥下公府，青山當縣門。」〔註197〕閻防《與永樂諸公夜泛黃河作》云：「煙深載酒入，但覺暮川虛。映水見山火，鳴榔聞夜漁。愛茲山水趣，忽與人世疏。無暇然官燭，中流有望舒。」永樂作爲楊玉環的籍貫地爲人熟知，雖隸屬於蒲州轄區，而處於蒲州與虢州的交接地帶，與虢州僅一河之隔，在歷史上曾一度隸屬於虢州管轄。《新唐書・地理志》云：「永樂，次畿。武德元年置，本隸芮州，州廢，隸鼎州，貞觀八年來屬，後又隸虢州，神龍元年復故。」〔註198〕永樂縣至長安之交通路線有距離相近的兩條，一條是向北90里至蒲州府駐地之河東縣，再向西4里過蒲津關，入同州境南下達長安。蒲州距長安320里，則永樂經此路達長安途程爲410里；另一條是從永樂縣直接向南渡過黃河，達虢州之湖城縣，向西經潼關入長安。湖城縣東緊靠虢州，虢州西至長安430里。這樣特殊的地緣，便於居住在這裏的士人既能隨時往來於京師與居住地，及時獲得京城的政治信息，干謁政治上層人物，拓寬人際交往的渠道，又不像長安生活費用高，能夠在尋求仕進機會與維持家庭生活方面取得協調。實際上，後一方面的問題曾經困擾著李商隱，開成四年由秘書省正字出爲弘農尉，即有離開京城降低生活費用以養家的因素。開成五年作《與陶進士書》云：「去年（開成四年）入南場作判，正得不優長名放耳。尋復啓與曹主，求尉於虢。實以太夫人年高，樂近地有山水者；而又其家窮，弟妹細累，喜得賤薪菜處相養活耳。」實際上，在唐代，因地緣關係寓居永樂的士人非李商隱一人。

　　盛唐詩人岑參，幼童時代曾隨父母居河東道晉州十年，十餘歲即隨母徙

〔註197〕劉開揚，《岑參詩集編年箋注》，成都：巴蜀書社，1995年，138頁。
〔註198〕歐陽修、宋祁，《新唐書》，北京：中華書局，1975年，1000頁。

居他處。成年以後又曾在永樂縣定居。岑參有詩《夜過盤豆隔河望永樂寄閨中效齊梁體》云：「盈盈一水隔，寂寂二更初。波上思羅襪，魚邊憶素書。月如眉已畫，雲似鬢新梳。春物知人意，桃花笑索居。」〔註199〕盤豆即盤豆驛，屬湖城縣，與永樂隔河相望。按諸詩意，岑參遊歷在外，夫人獨居永樂閨中，作詩以寄夫妻之情。

中唐宰相武元衡亦曾在永樂寄居，其《使次盤豆驛望永樂縣》云：「山川不記何年別，城郭應非昔所經。欲駐徵車終日望，天河雲雨晦冥冥。」

與李商隱同時稍前之李石，晚唐宰相，會昌三年末至四年初爲河東節度使，在永樂有別居。《酉陽雜俎》、《玉泉子》、《北夢瑣言》皆有記載，《酉陽雜俎》續集卷十云：「三枝槐，相國李石河中永樂有宅，庭槐一本抽三枝，直過堂前屋脊，一枝不及。相國同堂兄弟三人，曰石，曰程，皆登第宰執，唯福一人，歷七鎮使相而已。」〔註200〕晚唐詩人薛逢有《送李倍巡官歸永樂舊居》，據陶敏《全唐詩人名考證》，李倍爲李涪之訛誤，《文苑英華》正作「涪」。據《新唐書・宗室世系上》大鄭王房條：李福子涪。李石李福兄弟爲唐宗室，於永樂建別宅，至李涪時尚居於此地。

李商隱友人劉評事、韋評事亦曾寄居永樂。義山先後有詩《和劉評事永樂閒居見寄》、《大鹵平後移家到永樂縣居書懷十韻寄劉韋二前輩二公嘗於此縣寄居》、《靈仙閣晚眺寄鄆州韋評事》，劉、韋二人姓名不詳，應爲與李商隱同時交遊的下層文官。

稍後於李商隱寓居的尚有罷幕士人盧穎。高元謨《侯眞人降生臺記》記述大中五年永樂縣中條山道靜院有道士侯道華修道升仙事，中有「忽有范陽盧（穎）自蒲罷幕，寄居永樂，閒遊道靜，因詰削松枝者誰，曰『道華』。盧君詬責，欲請邑宰治之」〔註201〕云云。

晚唐宰相張濬亦曾於永樂居住。《北夢瑣言》云：「黃巢犯闕，僖宗幸蜀，張相國白身未有名第，時在河中永樂莊居。里有一道人，或麻衣，或羽帔，不可親狎。一日，張在村路中前行，後有喚：『張三十四郎，駕前待爾破賊。』回顧，乃是此道人。相國曰：『一布衣爾，何階緣而能破賊乎？』道人勉其入蜀，適遇相國聖善疾苦，未果南行。道者乃遺兩粒丹曰：『服此

〔註199〕劉開揚，《岑參詩集編年箋注》，成都：巴蜀書社，1995年，134～135頁。
〔註200〕〔唐〕段成式，《酉陽雜俎》，方南生點校，北京：中華書局，1981年，287頁。
〔註201〕董誥，《全唐文》，北京：中華書局，1983年，8276頁。

可十年無恙。』相國得藥奉親，所疾痊復。後歷登臺輔，道者亦不復見。破賊之說，何其驗哉？」〔註202〕《新唐書》本傳所載與《北夢瑣言》異，傳云：「張濬，字禹川，本河間人。性通脫無檢，汎知書史，喜高論，士友擯薄之。不得志，乃羸服屏居金鳳山，學從橫術，以捭闔干時。樞密使楊復恭遇之，以處士薦爲太常博士，進度支員外郎。黃巢之亂，稱疾，挾其母走商山。僖宗西出，衛士食不給，漢陰令李康獻糗餌數百馱，士皆厭給。帝異之，曰：『爾乃及是乎？』對曰：『臣安知爲此，張濬教臣也。』乃急召濬至行在，再進諫議大夫。」〔註203〕兩書所載，應以《新唐書》爲是。黃巢之亂以前，張濬已經楊復恭推薦入仕，黃巢亂後避走長安以南之商山。綜合兩書記載，黃巢入長安，張濬返回永樂居所奉母南下至商州山中避難，後仕至宰相。永樂縣境有五老峰，爲道教名山，永樂境內神仙信仰氛圍濃厚，前述侯道華成仙事爲晚唐時轟動朝野之新聞，侯道華成仙羽化後，時人「瞻禮稱歎，焚香供養，日有千眾，歲餘不絕」。《宣室志》卷九云侯道華仙去後，院中道士相率白節度使鄭光，「按視蹤迹不誣，即以其事聞奏，詔齋絹五百匹，賜御衣，修飾廊殿，賜觀名『升仙院』」〔註204〕。張濬由處士而富貴顯達，爲鄉人所豔稱，道士利用此事造作傳說，宣揚神仙道術。可以推測，張濬能夠「以捭闔干時」，獲得政治高層人物的親睞步入仕途，與其寄居地鄰近京師有重要關係。

由以上簡略考察可知，李商隱選擇永樂作爲閒居之所，並非個人的偶然選擇，有時代氛圍的影響。反過來說，正是由於永樂縣特殊的地理位置，才使得李商隱在此處創作了數量可觀的的詩歌，映像著永樂縣一定的地域文化背景。

（二）永樂寓居的次數與時間考察

李商隱會昌中寓居永樂的時間，馮浩《玉谿生年譜》、張采田《玉谿生年譜會箋》和劉學鍇、余恕誠《李商隱詩歌集解》附《李商隱年表》，皆屬之會昌四年春至會昌五年春之間，然而是否首次寓居永樂及寓居永樂的起始日期則異說紛紜。以下稍作辨析，以明確李商隱與永樂的具體關係。

李商隱會昌四年以前曾寓居永樂，爲多數研究者持有之觀點。馮浩《玉

〔註202〕〔五代〕孫光憲，《北夢瑣言》，上海：上海古籍出版社，1981年，27頁。
〔註203〕歐陽修、宋祁，《新唐書》，北京：中華書局，1975年，5411頁。
〔註204〕《唐五代筆記小說大觀》，上海：上海古籍出版社，2000年，1056頁。

谿生年譜》、《玉谿生詩集箋注》、葉蔥奇《李商隱詩歌疏注》、劉學鍇、余恕誠《李商隱詩歌集解》、傅璇琮主編《唐五代文學編年史》、傅巧英《李商隱在山西的行蹤及其詩作繫年考證》皆主此說，其主要依據是《大鹵平後移家到永樂縣居書懷十韻寄劉韋二前輩二公嘗於此縣寄居》詩中的相關表達：「驅馬繞河干，家山照露寒。依然五柳在，況值百花殘。昔去驚投筆，今來分掛冠。不憂懸磬乏，乍喜覆盂安。甌破寧回顧，舟沈豈暇看。脫身離虎口，移疾就豬肝。」馮《箋》謂「其云『依然五柳』，又云『昔去』、『今來』，則其前必已居之」。劉學鍇、余恕誠《集解》更明確而言：「『五柳』顯指舊宅，詩云『依然在』，重返故居口吻顯然。……且上句云『家山照露寒』，更可證永樂爲義山舊居。」劉、余《集解》又以《永樂縣所居一草一木無非自栽今春悉已芳茂因書即事一章》「手種悲陳事」句爲義山曾經寓居永樂的輔助證據，云「義山經營永樂所居，恐不自居喪移家之日始，而永樂之爲義山舊居亦可進一步證實」〔註205〕。傅巧英《李商隱在山西的行蹤及其詩作繫年考證》亦以《永樂縣所居一草一木無非自栽今春悉已芳茂因書即事一章》詩題爲補充證據，認爲無論此詩作於會昌四年或五年，新栽種的樹木長至枝繁葉茂，非短期所能達到，故李商隱在會昌四年之前肯定曾經在永樂寓居。張采田基本持相反觀點，《玉谿生年譜會箋》謂：「詩云『依然五柳在』者，以陶令閒居自比。『昔去驚投筆』，謂從前歷佐方鎮。『今來分掛冠』，謂此後自甘閒費。」又明確言「義山從前未嘗於永樂寓居，『昔去』句不過泛言當日入幕耳。『依然五柳在』句，自指二公（按：指劉韋二評事）舊居而言」。相較而言，主張李商隱會昌四年之前曾經寓居永樂之說證據較爲充足，張采田對詩歌的闡釋過於忽視詩人詩句中蘊含的與創作地點的情感聯繫，其說不能成立。此外尚有另一首詩《靈仙閣晚眺寄鄆州韋評事》的內容也傳達出李商隱曾經在永樂寓居的信息，詩中有「滿壺蟲蟻泛，高閣已苔斑。想就安車召，寧期負矢還。潘遊全璧散，郭去半舟閒」之句，表明作者曾經與韋評事同居永樂縣，同遊共飲，而此際兩地暌隔，仕隱異途。

　　關於李商隱寓居永樂的起始時間，諸家之說各有不同。馮浩《玉谿生年譜》定長慶三年父喪除服後，李商隱即移居永樂。其理由是，據《祭裴氏姊文》記其父親去世後，「四海無可歸之地，九族無可倚之親，既祔故邱，便同逋駭。及衣裳外除，旨甘是急。乃占數東甸，傭書販舂」。「占數」即占戶

〔註205〕劉學鍇、余恕誠，《李商隱詩歌集解》，北京：中華書局，1988年，500頁。

籍之數，蒲州在西京東北三百里外，貞觀中升爲四輔，故曰東旬。後會昌四年移家永樂，有「昔去驚投筆，今來分掛冠」句，則「占數東旬」指移居永樂。然馮氏於「永樂說」亦無把握，又提出「懷州說」加以補充，遊移不定〔註206〕。張采田《年譜會箋》和劉學鍇《李商隱生平若干問題考辨》不同意馮浩觀點，就「東旬」又分別提出「洛陽說」和「鄭州說」，二說對馮浩之說無有力之反駁，而是圍繞各自主張提出許多正面的論據，其中尤以劉學鍇之鄭州說最具說服力。馮浩此說尚有可疑之處，據李商隱會昌四年至五年寓居永樂所作詩歌，其前期的永樂寓居距離會昌四年爲時不會太久。《永樂縣所居一草一木無非自栽今春悉已芳茂因書即事一章》，味題意，永樂居所的一草一木都是自己曾經親自栽種的，到今年春天都已經長得非常茂盛了。如果是長慶三年即移居永樂，距會昌四年已 15 年之久，此時的樹木早已圍拱參天，不宜如此口吻。詩題所言應是栽種花木時間尚未太久，詩人即欣喜已經長得繁茂，故作詩達情。又據《靈仙閣晚眺寄鄆州韋評事》中回憶與韋評事的飲酒暢遊，且云「共誓林泉志」，應是成年以後情事，長慶三年李商隱方始十二歲，到十八歲入令狐楚幕府，少年時代不可能有此種生活情致。再者，李商隱《大鹵平後移家到永樂縣居書懷十韻寄劉韋二前輩二公嘗於此縣寄居》稱韋評事爲前輩，非少年時代好友的口吻。可以說，李商隱前期寓居永樂已經成年。是否可以說，少年時移居永樂，到成年時方始栽種草木，與友人遊賞宴飲呢？這種推測過於紆曲，而且最關鍵的是，在有關李商隱早期生活居住地的文獻記載中，鄭州、懷州、洛陽在他本人的記述中都有可循的蛛絲馬迹，而唯獨無永樂之記載，這應該也是一個反面的證據。

劉學鍇、余恕誠《李商隱詩歌集解》在肯定義山會昌四年之前即寓居永樂爲事實的同時，對於其始居時間則持存疑態度。傅巧英《李商隱在山西的行蹤及其詩作繫年考證》又提出了開成四年說，理由有二。第一，李商隱開成四年《出關宿盤豆館對叢蘆有感》中有「思子臺邊風自急」句，懸想母親對遊子的思念，永樂縣與盤豆驛隔河相望，而岑參又有詩《夜過盤豆隔河望永樂寄閨中效齊梁體》，因此極有可能此時李商隱母親即居住在永樂。第二，據《永樂縣所居一草一木無非自栽今春悉已芳茂因書即事一章》，樹木從栽種到繁盛茂密需五、六的時間，從開成四年至會昌四年相隔日期正與樹木生長期相符，故定會昌四年爲宜。傅氏此說牽強武斷，牽合比附。實際上，尚

〔註206〕〔清〕馮浩，《玉谿生詩集箋注》，上海：上海古籍出版社，1979 年，843 頁。

有堅實證據表明，開成二年至開成五年，李商隱家居濟源。張采田《年譜會箋》引錢楞仙說，據開成二年《上令狐相公第六狀》中「雖濟上漢中，風煙特異；而恩門故國，道里斯同。北堂之戀方深，東閣之知未謝」之句，濟上即濟源，義山母親時居濟源。又會昌四年作《祭裴氏姊文》云：「小侄寄寄，來自濟邑。」同年作《祭侄女寄寄文》又云：「寄瘞爾骨，五年於茲。」則寄寄開成五年夭折於濟源，商隱弟羲叟其時同居於濟源，故寄寄暫時埋葬其地。因此，傅巧英開成四年之說亦誤。

考之李商隱生平，有關早期永樂寓居正面證據不多，實難確切考索，選出行迹明確且地理空間上與永樂相近、時間上與會昌四年相隔不太久遠的人生階段，或許可以推測早期寓居永樂的可能線索。按既然少年時代「占數東甸」非屬永樂，且開成元年之前的寓居時間距離會昌四年久於十年以上，所以考察李商隱早期寓居宜限定在開成元年之後。開成二年登第之後，李商隱曾經東歸濟源省母，可知開成元年已經在濟源居住，直至開成五年十月，又由濟源移家長安。會昌二年，母親去世，會昌三年在京守喪，又因岳父王茂元去世及親屬遷葬事宜，往來奔波於洛陽、河陽、懷州等地，三年底即赴太原李石幕府。〔註207〕此八年時間，先居濟源，又遷居長安，似無寓居永樂的可能。以往研究者執著於同一時間居住地唯一性的前提，非此即彼，故永樂寓居撲朔迷離。事實上應存在另一種可能性，即李商隱在家居濟源或長安的同時，亦有可能於永樂另置別宅。準此思路，再考察李商隱此期行蹤，任職弘農尉與入周墀華州幕府與永樂地理相近，弘農縣與華州皆與永樂隔河相對，一在永樂東南向，一在西南向，且居留時間都一年以上，有在永樂置宅之可能。李商隱任弘農尉為開成四年春夏至開成五年九月，十月得到河陽節度使李執方資助即由濟源移家長安，如在弘農尉任已置永樂居所，必無緊接著由濟源遷居長安之理。相較而言，開成五年年末至會昌二年春在華州幕的時期，置永樂別居的可能性較大。首先，在周墀幕，未有幕職，且時往來於華州和長安之間，李商隱有餘暇短暫閒居永樂；其次就時間上言，會昌元年距離會昌四年再次寓居永樂時間未久，與《永樂縣所居一草一木無非自栽今春悉已芳茂因書即事一章》詩題所表達較為相符，故李商隱極有可能在會昌元年至二年在華州刺史周墀幕府時首次寓居永樂。

〔註207〕參張采田《玉谿生年譜會箋》，劉學鍇、余恕誠《李商隱年表》。

（三）永樂寓居時期所創作詩歌的數量考辨

李商隱在永樂閒居期間創作了數十首詩歌，具體數量及篇目，研究者所繫各有不同。以遷居永樂以後之創作爲準，各家繫詩數量如下：馮浩《玉谿生詩集箋注》34 首，張采田《玉谿生年譜會箋》28 首，葉蔥奇《李商隱詩集疏注》24 首，劉學鍇、余恕誠《李商隱詩歌集解》33 首，除去重出者，共計45 首。

全部詩歌中大致可定爲永樂閒居期間所創作的 29 首。證據充分者 15 首，列之如下：《大鹵平後移家到永樂縣居述懷十韻寄劉韋而前輩二公嘗於此縣寄居》、《題道靜院院在中條山故王顏中丞所置貔州刺史捨官居此今寫眞存焉》、《奉同諸公題河中任中丞新創河亭四韻之作》、《過姚孝子廬偶書》、《靈仙閣晚眺寄鄆州韋評事》、《寄和水部馬郎中題興德驛》、《和馬郎中移白菊見示》、《四年冬以退居蒲之永樂渴然有農夫望歲之志遂作憶雪又作殘雪詩各一百言以寄情於遊舊》、《喜雪》、《永樂縣所居一草一木無非自栽今春悉已芳茂因書即事一章》、《縣中惱飲席》、《評事翁寄賜餳州走筆爲答》、《所居永樂縣久旱縣宰祈禱得雨因賦詩》、《登霍山驛樓》。

據詩歌描寫的生活情境和表達的意緒大致可定爲永樂閒居時的作品有 15 首：《自喜》、《所居》、《春日寄懷》、《春宵自遣》、《秋日晚思》、《幽居冬暮》、《小園獨酌》、《小桃園》、《菊》、《題小柏》、《落花》、《正月十五夜聞京有燈恨不得觀》、《喜聞太原同院崔侍御臺拜兼寄在臺三二同年之什》、《崔處士》、《水齋》。其中《幽居冬暮》、《喜聞太原同院崔侍御臺拜兼寄在臺三二同年之什》、《水齋》三首諸家繫年分歧嚴重，此處稍作辨析。

《幽居冬暮》，馮浩《箋注》謂會昌四年移家永樂之前作於長安，詩中有「羽翼摧殘日，郊園寂寞時」，箋云：「此母喪中作。郊園當是京郊之園，即所云移家關中者，必在四年春移家永樂之前也。」〔註208〕張采田《會箋》繫於大中十二年冬，認爲即晚年罷廢鄭州時作，《箋》云：「此詩遲暮頹唐，必晚年絕筆，馮編永樂閒居，誤矣。」葉蔥奇《疏注》亦認爲編於永樂閒居時大誤，也不能武斷爲絕筆之作，據崔珏《哭李商隱》第一首之「詞林枝葉三春盡」和第二首之「鳥啼花落人何在」，「十二年春末詩人顯已逝世，這當是前一年臘底所作」〔註209〕。劉學鍇、余恕誠《集解》則繫於會昌四年冬，

〔註208〕馮浩，《玉谿生詩集箋注》，上海：上海古籍出版社，1979 年，216 頁。
〔註209〕葉蔥奇，《李商隱詩集疏注》，北京：人民文學出版社，1985 年，487 頁。

認爲在詩歌的編排方面，「本集中《秋日晚思》、《春宵自遣》、《七夕偶題》三首五律與《幽居多暮》相連，頗似同一時期連續創作之即景抒情組詩」〔註210〕。在詩歌表達的感情方面，數首詩之間有明顯的發展脈絡。由《春宵自遣》的安恬心境到《秋日晚思》的零落寂寥，再到《幽居多暮》的急切悲涼，程度漸深，爲一時之作。按以上諸說，以《集解》繫年爲是。馮浩之說與李商隱生平矛盾，既作於將寓居永樂之前，則時間必在會昌三年多，而會昌三年多已在太原李石幕府。關於李商隱寓居永樂之前之行迹，諸家所言皆概略模糊。據《大鹵平後移家到永樂縣居述懷十韻寄劉韋而前輩二公嘗於此縣寄居》，大鹵係太原古稱，且詩中有「甑破寧回顧，舟沈豈暇看。脫身離虎口，移疾就豬肝」句，諸家皆定爲會昌四年太原楊弁之亂平定後由太原南下移居永樂。楊弁之亂時河東節度使爲李石，據《舊唐書‧武宗紀》，會昌四年春正月乙酉朔，「楊弁逐太原節度使李石」〔註211〕，義山時在李石幕府。馮《箋》謂：「玩『脫身』句，似此時身遭危亂，似曾至李石幕中。」〔註212〕張《箋》亦謂當時李商隱在太原幕，而非入幕而爲客遊。劉學鍇、余恕誠《集解》亦贊同馮、張居太原李石幕之說，是客居或入幕，難以考定。此處不論居留太原幕府性質，會昌四年春正月楊弁之亂時身在太原則無疑。而商隱入李石幕應在此之前，其具體時間諸家未有確論。李商隱有《代僕射濮陽公遺表》，王茂元卒前作。據《資治通鑒》卷247會昌三年條，八月，王茂元以河陽節度使率本軍討伐澤潞劉稹，九月，「丙午，河陽奏王茂元薨」〔註213〕。李商隱既代作遺表，則王茂元卒之前後，必在左近，不可能至河東節度使幕府。又李石爲河東節度使在會昌三年十月，據《舊唐書‧武宗紀》，會昌三年十月，「以荊南節度使、檢校右僕射、同平章事李石可檢校司空、平章事，兼太原尹、北都留守，充河東節度、管內觀察等使」〔註214〕。由以上兩條材料，可以確定李商隱入太原幕在會昌三年王茂元入葬、李石任節度使之後，當在本年多季。所以根本不可能同時在長安作《幽居多暮》之詩。張、葉晚年之說亦無絕對證據，所謂絕筆說，主要指詩歌後兩聯：「急景倏雲暮，頹年浸以衰。如何匡國分？不與夙心期。」此心境並非晚年獨有，寓居永樂

〔註210〕劉學鍇、余恕誠，《李商隱詩歌集解》，北京：中華書局，1988年，476頁。
〔註211〕劉昫，《舊唐書》，北京：中華書局，1975年，599頁。
〔註212〕馮浩，《玉谿生詩集箋注》，上海：上海古籍出版社，1979年，221頁。
〔註213〕司馬光，《資治通鑒》，北京：中華書局，1996年，7991頁。
〔註214〕劉昫，《舊唐書》，北京：中華書局，1975年，598頁。

的同時之作《春日寄懷》中即有相類似的情感表達：「青袍似草年年定，白髮如絲日日新。欲逐風波千萬里，未知何路到龍津？」兩首詩第三聯與第四聯表達的意緒何其相似，定為一時之作不為無據。

《喜聞太原同院崔侍御臺拜兼寄在臺三二同年之什》，張采田《會箋》繫於開成四年，謂此太原同院，當指大和六年至七年令狐楚幕同僚。然張氏對此說亦無把握，「在臺二三同年」指開成四年在御史臺任職的同年進士，義山開成二年登第，其同年進士未經首選，登第二年之後即入御史臺為官，於官制不合，因又進而懷疑此詩非義山之作。則開成四年說誤。馮浩《箋注》，劉學鍇、余恕誠《集解》皆謂作於會昌四年永樂閒居時，太原同院指李石幕府從事。然馮《箋》持論遊移，先謂「味其意致，必閒居永樂時也」，後有云「然細玩情味，疑非本集而誤入者」〔註215〕。劉、余《集解》則根據詩中「鵬魚何事遇屯同？雲水升沉一會中」，認為詩人與崔侍御同遭楊弁之亂，而仕途升沉迥異，又據頷聯「鄒陽新去兔園空」，指崔侍御入京為侍御史；腹聯「寂寥我對先生柳」正契合李商隱永樂閒居生活。此詩應以會昌四年為是。

《水齋》，馮浩《箋注》繫於晚年罷廢居鄭州時，張采田《會箋》據首句「多病欣依有道邦」，應為寄居他鄉，不得謂本鄉鄭州，應是會昌五年居洛陽時景況，然又不敢確定，故又云「略似永樂閒居時，而寫景亦不細符，無從懸揣矣」。葉蔥奇《疏注》謂「這是閒居永樂時病癒後夏間所作」〔註216〕。並引會昌四年二月作《祭外舅贈司徒公文》云王茂元初葬時自己因病未能送葬：「將觀祖載，遂迫瘵瘍。謝長度之虛羸，升車未可；沈休文之瘦瘠，執紼猶妨。」同年十月《上許昌李尚書狀》中有「今則貧病想仍，起居未卜」句，說明詩人會昌四年前後有過一次較長時間的病。針對《會箋》所云「寫景不符」，引《和劉評事永樂閒居見寄》中「荷翻翠蓋水堂虛」的描寫，可以說明永樂人家有在水邊建屋的生活習俗，應為永樂閒居時所作。劉學鍇、余恕誠《集解》亦以為馮編未合，永樂閒居近之。

不宜繫於永樂閒居期間的詩歌15首，以下分別辨析之。

1．《戲題贈稷山驛吏王全》。馮浩《箋注》列於《登霍山驛樓》之前，《登霍山驛樓》注云「似皆太原往來之作」，未明確繫年及是否永樂與太原之間。

〔註215〕馮浩，《玉谿生詩集箋注》，上海：上海古籍出版社，1979年，223頁。
〔註216〕葉蔥奇，《李商隱詩集疏注》，北京：人民文學出版社，1985年，548～549頁。

張采田《會箋》繫於會昌四年，定爲永樂與太原往來之作。劉、余《集解》亦以《登霍山驛樓》作於會昌四年，類推此詩亦作於是年永樂與太原往來之時。諸家說關於此詩繫年未有本證，皆據他詩類推，殊爲粗率。葉蔥奇《疏注》即不同意馮、張之說，另繫於大中六年李商隱入令狐楚太原幕府之時。按據嚴耕望《唐代交通圖考》，稷山爲永樂至太原或長安至太原的必經之地，李商隱多次經行該地。大和六年下第由長安入令狐楚幕府，次年春又返長安應舉，落第後再回太原，同年令狐楚離任李商隱亦罷幕南歸，另會昌三年冬入太原幕亦有可能經行稷山，會昌四年春由太原返長安準備遷居必經稷山，而《戲題贈稷山驛吏王全》始終未有關於時令和歷史事件的線索，故遽定此詩爲李商隱寓居永樂時至太原往來之作，近似臆斷。

2．《寒食行次冷泉驛》。馮浩《箋注》、張采田《會箋》、劉學鍇、余恕誠《集解》皆繫於會昌五年春，唯張采田定爲五年春由永樂歸鄭州時，於地理方位大誤，永樂歸鄭州絕無北返繞道靈石之理。馮、劉認爲是會昌五年春由太原北返永樂時所作。葉蔥奇則繫於大和七年由令狐楚幕府赴京途中所作。按諸人皆誤。李商隱永樂閒居的時間爲會昌四年春至五年春，其間有《憶雪》、《殘雪》、《喜雪》及《幽居冬暮》，應作於四年冬，又有《春宵自遣》、《春日寄懷》、《小桃園》、《小園獨酌》皆作於春天，其中《小園獨酌》中有「柳帶誰能結，花房未肯開」，明是初春景象，應作於會昌五年，因會昌四年春李商隱遷居永樂時已到晚春時節。據《大鹵平後移家到永樂縣居述懷十韻寄劉韋二前輩二公嘗於此縣寄居》，李商隱太原楊弁之亂平定後方始南下由長安移家至永樂，據《資治通鑒》會昌四年，「春，正月，乙酉朔，楊弁帥其眾剽剝城市……壬子，克之，生擒楊弁」〔註217〕。又據同年二月甲寅朔，逆推之，壬子爲正月二十九，也即二月以後李商隱方始南歸長安遷居，來回旅途時間以及行李準備，遷至永樂到晚春無疑，《小園獨酌》不可能作於會昌四年春。因此，會昌五年春李商隱尚在永樂。會昌四年冬和次年春皆在永樂，李商隱怎麼可能在春季前往太原呢？如果是會昌五年春天短暫遊歷，不可能有「旅宿倍思家」的情緒。另葉蔥奇繫年亦誤，大和七年李商隱由太原返長安應舉，進士試二月即放榜，商隱寒食節方停留在河東道中部之靈石旅舍，不合情理。據以上考察，楊弁之亂會昌四年正月底平定，如李商隱稍作停留離開太原，於寒食節到達冷泉驛亦較合情理，而且經過太原之

〔註217〕司馬光，《資治通鑒》，北京：中華書局，1996年，7995～7998頁。

亂，思念長安之家人亦屬常情。故此詩似應繫於會昌四年春南下長安時。

　　3・《七夕偶題》。《箋注》繫於閒居永樂時，《會箋》繫於會昌五年居洛中時，《集解》觀點前後矛盾，《幽居冬暮》之注解贊同馮浩之說，《七夕偶題》注又同意張采田之說，實因本篇並無繫年之確證。按諸詩意情趣，馮、張二說皆不確，詩云：「寶婺搖珠珮，嫦娥照玉輪。靈歸天上匹，巧遣世間人。花果香千戶，笙竽溢四鄰。明朝曬犢鼻，方信阮郎貧。」詩中借牛女事寓自己與王茂元之女匹配成婚，而有夫妻間輕俏口吻，尤其尾聯似與王氏結婚未久。按李商隱與王氏婚於開成三年，至會昌四、五年不應有此情調，且其時李母、王父皆逝世未久，李商隱家丁多難，再無小夫妻心境。

　　4・《明神》。《箋注》謂甘露之變後，王涯、李訓等人的親屬避禍於昭義鎮，會昌四年劉稹之亂平定後，諸人同時被朝廷處斬，李商隱作此詩為之鳴冤。張采田、劉學鍇、余恕誠謂《箋注》之說牽合比附，謬誤之甚，駁之甚力，兩著於繫年持存疑態度，是。

　　5・《花下醉》。《箋注》繫之於永樂閒居時，無確據，馮浩自言：「自《和劉評事永樂閒居》以下約四十章，皆將居永樂及以後數年作也。舊來集本顛倒錯亂，惟中下兩卷中所編永樂時詩，頗有連十餘篇尚能彙敘者。余得會其意而通之，不必皆有確據之語也。」〔註218〕《會箋》、《集解》皆未繫年，張采田云：「此等詩何處不可作，馮氏列之永樂，殊無據。」按詩為七絕：「尋芳不覺醉流霞，倚樹沈眠日已斜。客散酒醒深夜後，更持紅燭賞殘花。」張說極是。

　　6・《寄令狐郎中》。《箋注》繫寓居永樂時，顯誤。《會箋》、《集解》繫於會昌五年居洛陽時，是。按令狐郎中為令狐綯，時為右司郎中。首句有「嵩雲秦樹久離居」已明言彼此居所，張采田《會箋》云：「『嵩雲』自謂，『秦樹』謂令狐，時義山還自鄭州，卜居洛下，方患瘵恙，子直有書聞訊，故詩以報之。」而馮浩強謂此句指「舊在河南、京師之迹」，迂遠無理。

　　7・《漢宮詞》。《箋注》繫寓居永樂時，《會箋》、《集解》繫於會昌五年離開永樂之後。按詩云：「青雀西飛竟未回，君王長在集靈臺。侍臣最有相如渴，不賜金莖露一杯。」武宗好神仙，會昌五年正月造望仙臺於南郊，詩人此詩諷喻兼自慨。後二句有汲求帝王任用之意，如在喪中，則不應有此語

〔註218〕見《過故府中武威公交城舊莊感事》箋後附記，馮浩，《玉谿生詩集箋注》，上海：上海古籍出版社，1979年，257頁。

氣。李商隱之母去世約在會昌二年末（據《會箋》《年表》），按唐人二十七個月除喪之制，義山會昌五年春離開永樂當是守喪期滿，方始再尋仕路，故此詩不應作於居永樂期間。

8·《無愁果有愁曲北齊歌》。《箋注》謂會昌四年朝廷平定劉稹之亂後，李商隱追悼劉從諫而作，《集解》則繫於大和元年，駁馮浩之說甚力，謂：「馮氏謂悼劉從諫，不特與『無愁果有愁』無所關合，且全置義山《行次昭應》、《登霍山驛樓》等詩所表現之政治立場於不顧，其謬顯然。」又進一步推定為諷刺敬宗而作，「義山所歷諸帝，堪稱『無愁天子』者，惟敬宗一人」。《集解》說較確。

9·《自貺》。馮浩《箋注》編永樂閒居時，但遊移未定，《箋》云：「似永樂閒居時作。或以只有傲情，更無他慨，疑前尉弘農乞假歸京時作，亦合。」〔註219〕詩中有「陶令棄官後」之語，《集解》謂永樂閒居乃母喪去職而非棄官，應指開成四年任弘農尉時，以活獄忤觀察使孫簡而去官事。

10·《日射》。葉蔥奇《疏注》繫永樂閒居時，《集解》謂尋常閨怨詩，無繫年。詩云：「日射紗窗風撼扉，香羅拭手春事違。迴廊四合掩寂寞，碧鸚鵡對紅薔薇。」普通閨怨詩與永樂生活無必然聯繫，不必隨意牽合。

11·《灞岸》。葉蔥奇《疏注》謂作於會昌四年。詩云：「山東今歲點行頻，幾處冤魂哭虜塵。灞水橋邊倚華表，平時二月有東巡。」葉氏認為詩歌所寫是會昌三年澤潞節度劉稹叛後，朝廷詔王茂元等各路節鎮進軍討伐之事。馮浩《箋注》謂會昌二年回鶻入侵，詔許、蔡、汴、滑諸鎮之師會軍太原，諸鎮在山東之地，且「虜塵」與回鶻相切。《集解》贊同馮浩之說，謂「澤潞叛鎮，恐不宜謂之『虜』」，甚是。另討伐澤潞叛鎮諸道進兵在會昌三年，無四年「點行頻」之理，故葉注誤。

12·《獨居有懷》。葉蔥奇《疏注》謂會昌五年獨居永樂時針對令狐綯而作，與《寄令狐郎中》表達意旨相近。按如前考，《寄令狐郎中》有「秦樹」「嵩雲」之意象，為會昌五年居洛陽時作，《獨居有懷》中亦有「覓使嵩雲暮，回頭灞岸陰」之句，也應是居於洛陽時所作。《會箋》、《集解》繫於會昌五年居洛陽之時，是。

13·《河陽詩》。葉蔥奇《疏注》繫於會昌四年，為悼王茂元而作。張采田《會箋》繫於開成五年，馮浩《箋注》、劉學鍇、余恕誠《集解》未編年。

〔註219〕馮浩，《玉谿生詩集箋注》，上海：上海古籍出版社，1979年，252頁。

按此詩主旨紛紜迷離，悼王茂元、王茂元之女、憶念曾經的婚外戀情、感念李執方、楊嗣復等恩府，種種說法莫衷一是。就詩歌意象及情調言，應涉於男女豔情者爲是，葉蔥奇引屈原香草美人之說，認爲詩歌所表達的是對會昌三年已經去世的王茂元之感情，過於深曲，不足爲信。

14‧《賦得月照冰池八韻》、《賦得桃李無言》。此二首詩清以來諸家箋評多指爲試貼體，平平之作。惟馮浩《箋注》謂此二詩用貼體，卻非試席之作，其中《賦得桃李無言》「閒居觀物，率筆抒懷」，《賦得月照冰池八韻》「中間全是寓意，結羨得意者之遊賞，反託己之寂寞也」，但未繫年。劉學鍇、余恕誠《集解》承馮說，又據義山永樂閒居時期作《憶雪》、《殘雪》、《喜雪》亦爲貼體，且每有寄託，與兩首賦得體意致相近，疑作於同一時期，故編於寓居永樂時。按馮、劉諸人之說，此二詩當爲一時之作，據二詩內容，所賦一爲冬景，一爲春景，應非實景有感而發，乃純粹貼體遊戲之作，繫於任意年代亦可，非必永樂。葉蔥奇《疏注》所解較爲切實，謂此二詩無甚喻託，爲準備舉業之習作。

（四）李商隱永樂閒居詩歌創作的主題與心態

李商隱在永樂時期，除少數應酬遊戲之作，大部分抒懷詠物的詩歌鮮明地折射出他在這一生命階段的獨特心態，並因境遇之故，詩風亦發生了變化。

考察李商隱永樂閒居時期的詩歌創作主題和生活心態，有必要對他此期的生活狀況做一簡要考察。會昌四年春，李商隱遷居永樂，五年春離開，這短短的一年閒居時光在他生命流程中佔據怎樣的位置呢？會昌四年之前，李商隱仕途較爲順利，開成二年登第，開成四年即授秘書省正字，與唐代科舉中進士後歷經常規三年首選期的士人仕進速度一樣。後他主動由秘書省正字請求調任弘農尉，開成五年下半年去職，隨即由濟源移家長安，先後在王茂元、周墀幕，會昌二年春又重入秘書省，同年底遭母喪，隨即丁憂閒居。四年之中三度任職，每一次的變動都是李商隱主動選擇的結果，第一次轉調弘農尉源於家庭之累，第二次主動去職實由於在弘農尉因活獄事與觀察使孫簡發生衝突的影響，孫簡繼任者姚合雖爲李商隱平冤，但縣尉之職，本爲卑微，實際事務的繁劇與之前秘書省正字之清簡反差極大，「拜迎長官心欲碎，鞭撻黎庶令人悲」的卑官生活應是義山所不樂意的。他在仕途上的重要支持者令狐楚、王茂元皆已經去世，而且在開成三年娶王茂元之女爲妻，因黨爭之緣故，被力助其中第的令狐綯視爲背恩，昔日好友之間剛剛出現裂痕，還未發

展到後期決絕的地步。

在個人的家庭生活中，李商隱隱居永樂之前剛剛經歷了喪親之痛。會昌二年至三年之間，母親、徐氏姊夫、外舅王茂元相繼去世，會昌四年春同時遷葬數位早逝親人的靈柩，作數篇祭文，表達哀思。會昌四年的春天，他在太原幕經歷了楊弁之亂的生死危機。對於敏感多愁的詩人而言，親人去世，屢撰祭文，每一次都是感情的折磨。移居永樂，正是他在一系列人生變故之後暫時的休息。永樂閒居時期的創作中，李商隱所擅長的相思、愛情、悲悼題材一無所見，閒居放鬆的心境，使詩歌集中於寂寞閒愁、年華飛逝、仕途失意的自我情愫的表達。喪親之影響除在《過姚孝子盧偶書》和《崔處士》中有所表露外，詩歌中亦無甚多的印迹，蓋詩人在之前的一系列文章中已經深至表達了他的哀思。

李商隱寓居永樂期間，有四分之一的詩歌屬於應酬遊戲之作，如在河中節度使幕府作《奉同諸公題河中任中丞新創河亭四韻之作》、爲永樂縣令作《所居永樂縣久旱縣宰祈禱得雨因賦詩》、與馬郎中唱和之作《寄和水部馬郎中題興德驛》《和馬郎中移白菊見示》等，皆無個人情懷的寄託，其餘作品則或隱或顯地表現了他這一時期的心境。

外隱內仕是他此期精神結構的基本特徵，寂寞是隱逸的主要情緒，光陰的流逝和友人仕途的通達是他內在仕進欲望的兩個催化劑，作爲詩人現實處境的對立面，加深了這種感覺的持續性。有關仕隱的詩歌創作，並非新鮮主題，突出的是，在此人生階段，這一主題是縈繞在李商隱心頭的主要情思意緒，貫穿了他永樂閒居生活的始終。

詩人初至永樂，即作《大鹵平後移家到永樂寄劉韋二前輩二公曾於此縣寄居》寄給曾在永樂寄居現已任職他方的兩位友人，表露自己移居永樂的隱逸之志。他說即使生活清苦，也樂於度此隱居生涯，「自悲秋穫少，誰懼夏畦難」，「逸志忘鴻鵠，請降披蕙蘭」。詩人滿足於居舍的簡陋，「自喜蝸牛舍，兼融燕子巢」，他與燕子親密共處，尚有竹花交映，流水潺潺，「綠筠遺粉籜，紅藥綻香苞」（《自喜》），「晚晴風過竹，深夜月當花。石亂知泉咽，苔荒任徑斜」（《春宵自遣》）。又有雞魚佐酒，彈琴把卷，「虎過遙知阱，魚來且佐庖。慢行成酩酊，鄰壁有松膠」（《自喜》），又云「陶然恃琴酒，忘卻在山家」（《春宵自遣》），眞是愜意悠然。《所居》云：「窗下尋書細，溪邊坐石平。水風醒酒病，霜日曝衣輕。雞黍隨人設，蒲魚得地生。前賢無不謂，容易即

遺名。」看此詩，似乎詩人滿足地沉浸於隱居生活之中了，他甚至在遊覽永樂境內中條山上的道觀時，亦充滿對隱逸成仙境界的嚮往，詩云：「紫府丹成化鶴群，青鬆手植變龍文。壺中別有仙家日，嶺上猶多隱士雲。獨坐遺芳成故事，襄帷舊貌似元君。自憐築室靈山下，徒望朝嵐與夕曛。」（《題道靖院院在中條山故王顏中丞所置虢州刺史捨宅居此今寫眞存焉》）劉學鍇、余恕誠《李商隱詩歌集解》釋後三聯云：「謂至今院中嶺上，猶別有洞天日月，飄渺白雲，令人悠然生求仙隱逸之想，然中丞獨坐已成故事，刺史高風唯存寫眞，今我築室中條山下，既不能追迹中丞之仙蹤，又不能效刺史之隱淪遺世，徒望朝嵐夕曛，不勝仰慕而已。」然而這只是剛剛經歷了太原軍亂和遷葬親人的感情波蕩後，初到永樂時心靈短暫的放鬆與寧靜。

實際上，經歷喪親之痛的詩人，對光陰的流逝和生命的衰老異常敏感，初到永樂的寧靜中即伴有遲暮之感，「鬢入新年白，顏無舊日丹」。他一面說「陶然恃琴酒，忘卻在山家」，一面又說「地盛遺塵事，身閒念歲華」，居住環境可以忽略，時光卻不能忘懷。馮浩《玉谿生詩集箋注》云此處：「念歲華，是不能忘也；陶然忘卻，聊自遣耳。」遲暮之感緊緊縈繞在詩人的心頭，在詩中屢屢言之。此種情緒最先打破了閒居的寧靜，如「芳年誰共玩」（《永樂縣所居一草一木無非自栽今春悉已芳茂因書即事一章》），「頹年寖已衰」（《幽居多暮》），「今日寄來春已老」（《評事翁寄賜餳粥走筆爲答》），「芳心向春盡」（《落花》）等，人生遲暮的憂慮又進一步引動了詩人沉淪下僚、仕途偃蹇的悲慨：「青袍似草年年定，白髮如絲日日新。」面對永樂居所的一草一木，詩人再無初至永樂的歡欣寧適。芳茂的花草使詩人聯想到宦途之卑微和年華之空度，「綬藤縈弱蔓，袍草展新芽」，「學植功雖倍，成蹊迹尚賒。芳年誰共玩，終老邵平瓜」（《永樂縣所居一草一木無非自栽》）。甚至是作爲隱逸象徵的菊花，在詩人眼中，亦成爲易於衰殘之物和「閒居草澤、熱中（衷）仕進、積極用世者之化身」（《李商隱詩歌集解》）。《菊》云：「暗暗淡淡紫，融融冶冶黃。陶令籬邊色，羅含宅裏香。幾時禁重露，實是怯殘陽。願泛金鸚鵡，升君白玉堂。」腹聯傷遲暮，尾聯望仕途，「陶令籬邊，羅含宅裏，特當前心境，乃心則無時不在升君白玉堂也」（《李商隱詩歌集解》）。

他人的仕途通達亦時時刺激著李商隱敏感的神經，是打破他心靈平靜的另一個因素。詩人登上永樂縣之靈仙閣遠眺，想起曾經同居永樂的友人已入幕爲官，遂寄詩明志，「愚公方住谷，仁者本依山」，又反問友人：「共誓林泉

志，胡爲尊俎間？」既然曾經相約共同隱居，爲何又去仕途奔波呢？似乎有一些責難，然而詩歌末尾之「定笑幽人迹，鴻軒不可攀」究竟透露了詩人的酸澀心理。到同年的秋天，他一面說「取適琴將酒，忘名牧與樵」，一面又說「平生有遊舊，一一在煙霄」（《秋日晚思》），詩人隱居中躁動不安的仕進之心在忘名取適的外殼下即將迸破而出；次年春聽聞太原同事遷轉高升，仕途的失落感徹底釋放了出來，詩云：「鵬魚何事遇屯同，雲水升沉一會中。劉放未歸雞樹老，鄒陽新去兔園空。寂寥我對先生柳，赫奕君乘御史驄。若向南臺見鶯友，爲傳垂翅度春風。」（《喜聞太原同院崔侍御臺拜兼寄在臺三二同年之什》）崔侍御在太原與自己曾同遭遇楊弁之亂，而此際命運的升沉判然。詩人丁憂將滿，仕進之心漸趨濃烈，在詩中透徹地表達出來。

　　隨著閒居生活的延長，詩人仕進的欲望漸漸成爲主宰他內心的魔障，同時寂寞亦伴隨而至，無時不刻彌漫在他的閒居生活中。詩人在詩中不厭其煩地發泄著寂寞之情緒，「桐槿日零落，雨余方寂寥」（《秋日晚思》），「羽翼摧殘日，郊園寂寥時」（《幽居多暮》），「寂寞門扉掩，依稀履迹斜」（《喜雪》），「空餘雙蝶舞，竟絕一人來」（《小園獨酌》），「高閣客竟去，小園花亂飛」（《落花》），「寂寥我對先生柳」（《喜聞太原同院崔侍御臺拜兼寄在臺二三同年之什》），這些屬於零散之表達，《水齋》一詩較爲集中地展現了他閒居生活中的這一景況，詩云：「多病欣依有道邦，南塘宴起想秋江。捲簾飛燕還拂水，開戶暗蟲猶打窗。更閱前題已披卷，仍斟昨夜未開缸。誰人爲報故交道，莫惜鯉魚時一雙。」《李商隱詩歌集解》云：「詩寫臥病水齋宴起情事，閒適中頗露寂寞無聊情懷。『想秋江』是臥病水齋之煩悶岑寂，下四『還』『猶』『更』『仍』等字，均著意渲染永日無聊意緒。末謂『誰人爲報』，則並報故交之人亦難以尋覓，正透出處境之寂寞。」四年春初到永樂時「自喜蝸牛舍」、「醉行成酩酊」的從容自在，到秋季，已變成無聊的遷延。

　　遲暮之感、寂寞之情和仕途之望在永樂閒居前期是散點式的迸發，到閒居後期的《秋日晚思》、《幽居多暮》、《春日寄懷》諸詩中，各種情思意緒彙聚到一起，以持續性的態勢推擁著詩人走向閒居生活的結束。在《秋日晚思》中，枕寒無夢，窗冷螢消，雨後寂寥中槿花零落，詩人尙試圖以琴酒之事緩解故舊宦達給己身帶來的精神壓力；《幽居多暮》時已近激切悲涼，所謂羽翼摧殘，衰老遲暮，而報國之心一無所寄，「如何匡國分，不與夙心期」，怨懟之情，顯然可見。到次年春，進而轉入對前途的迷惘追問，《春日寄懷》云：

「世間榮落重逡巡，我獨丘園坐四春。縱使有花兼有月，可堪無酒又無人。青袍似草年年定，白髮如絲日日新。欲逐風波千萬里，未知何路到龍津。」從會昌二年末母喪丁憂，至會昌五年春即將離開永樂，已度過了四個年頭，此首詩可謂是詩人閒居生活的情感總結。四年之中，人世間已經發生了多少盛衰榮落，而詩人則依然如故，坐守丘園，孤獨自處。縱有花月相伴，卻不能如李白「舉杯邀明月」般的灑脫。卑官之青袍，似園中之青草，年年如此，變化的，是遲暮的白髮，日日增多。眞不知何時才能劈荊斬浪、仕宦通達，實現平生之抱負。其中「青袍似草年年定」究竟是詩人無賴憤激之語，丁憂期間無所謂官品陞轉之事，蓋詩人閒居已久，亟欲出仕，通閒居之前之仕履合而言之。末聯之追問，不久即化爲現實行動，李商隱離開永樂赴鄭州干謁求官去了。

所謂遲暮和寂寞，是李商隱閒居生活無聊苦悶的外在表現，對仕途的渴求是苦悶的原因，這種情緒佔據了他短暫隱逸生活的情感世界。雖也偶有寧適之心境，有外出的遊歷唱和，卻非其眞實的內在。此期的詩歌創作中，沒有愛情，沒有相思，沒有追悼，最能體現李商隱深情綿邈詩風的主題都沒有，有的只是仕途之望。這種欲望是一種功利性的追求，屬非感情的，因之有關仕途偃蹇、幽居苦悶的情緒也是單調乏味的。這種特殊的情感因素決定了李商隱永樂閒居時期的詩風，表現出與他的主導風格截然不同的淺率清疏的總體特徵。

「淺率」指由詩人隨性的創作態度造成詩意的淺薄。張采田《李義山詩辨正》在解說《憶雪》、《殘雪》時云：「（義山）集中永樂諸詩，一無出色處，蓋其時母喪未久，閒居自遣，別無感觸故耳。」正因爲閒居自遣，沉湎於仕途失意的無聊心境，在創作中即少有精心結撰之作，導致許多意象、句式在詩歌中重複使用，乏味少韻。如屢用陶淵明典故，「柳飛彭澤雪，桃散武陵霞」（《永樂縣所居一草一木無非自栽今春悉已芳茂因書即事一章》），「陶令籬邊色」（《菊》），「寂寥我對先生柳」（《喜聞太原同院崔侍御臺拜見寄在臺二三同年之什》），「依然五柳在」（《大鹵平後移家到永樂縣居書懷十韻寄劉韋二前輩二公嘗於此縣寄居》）；以青草喻青袍，「袍草展新芽」（《永樂縣所居一草一木無非自栽今春悉已芳茂因書即事一章》），「青袍似草年年定」（《春日寄懷》）；以梁孝王梁園喻幕府，「焦寢忻無寐，梁園去有因」（《殘雪》），「鄒陽新去兔園空」（《喜聞太原同院崔侍御臺拜見寄在臺二三同年之什》）；句式

之重複，如「陶然恃琴酒，忘卻在山家」（《春宵自遣》），「取適琴將酒，忘名牧與樵」（《秋日晚思》），如「身閒念歲華」（《春宵自遣》），「心期玩物華」（《永樂縣所居一草一木無非自栽今春悉已芳茂因書即事一章》）。在永樂閒居時期，李商隱並無詩歌創作上藝術創新的追求，持隨意性的創作態度，閒居生活的單調平庸導致了詩歌情感意蘊的淺薄重複。前此的詩評家多指出其此期作品淺薄寡味的特點，尤以紀昀之評爲嚴苛，他屢言「平淺」（《自喜》）、「淺率」（《春宵自遣》《秋日晚思》）、「淺薄」（《題小柏》）、「格力尤薄」（《大鹵平後》）「格意薄弱」（《小園獨酌》）。張采田亦評云「詩語輕淺，又是一格」（《喜聞太原同院崔侍御臺拜見寄在臺二三同年之什》），由於風格異樣，詩評家指出「不類義山手筆」（張采田評《喜聞太原同院崔侍御臺拜見寄在臺二三同年之什》），「不似義山手筆」（何焯評《題小柏》）。尤其是《題小柏》一篇，詩評家眾口一辭，給以否定評價，最能夠體現出淺率之特徵。詩云：「憐君孤秀植庭中，細葉輕陰滿座風。桃李盛時雖寂寞，雪霜多後始青蔥。一年幾變枯榮事，百尺方資柱石功。爲謝西園車馬客，定悲搖落盡成空。」既無柏樹之神韻，亦乏詩人之深情，仿若格言韻語，淺顯無味。

　　「淺」還有一個表現即詩人抒寫的寂寞之情、遲暮之感，如前文所舉，大多是一一直白道出，如「頹年寢以衰」、「鬢入新年白」、「寂寞門扉掩」、「郊園寂寞時」等平淺重複，很少能圍繞所要表達的意緒組織意象充分展開，烘託渲染。像「五更疏欲斷，一樹碧無情」（《蟬》），「黃葉仍風雨，青樓自管絃」（《風雨》），「一春夢雨常飄瓦，盡日靈風不滿旗」（《重過聖女祠》）等，借景寫孤獨寂寞之情懷，深融刻骨；像「日向花間留晚照，雲從城上結層陰」（《寫意》），「秋陰不散霜飛晚，留得枯荷聽雨聲」（《宿駱氏亭寄懷》），「四海秋風闊，千岩暮影遲」（《陸發荊南》）這樣情景交融之傳達光陰易逝、人生遲暮的詩句，在永樂諸詩中難覓。這些優秀之作，不云寂寞而寂寞自深，不云白髮而遲暮難堪，李商隱在永樂詩中直白任意之表達造成了詩歌意境的淺白寡味。

　　清疏的風格表現在兩個方面，一是在意象的運用方面，永樂諸詩罕有密集的豔麗之辭，而是隨意攝取生活環境中的動植物意象清疏點綴，側重白描。如《小桃園》中「啼久豔粉薄，舞多香雪翻」這樣柔豔的句子，少之又少。一是在表達意旨的明晰性方面，永樂詩歌完全沒有李商隱主導詩風的朦朧性。此期詩歌中看不到恍惚迷離、虛無實指的意旨表達方式。詩評家屢屢指出此期詩歌的這一特徵，紀昀評《題道靜院院在中條山故王顏中丞所置貌州

刺史捨官居此今寫真存焉》云：「層層安放清楚。」評《小園獨酌》云：「詩極清楚。」徐德泓評《春日寄懷》云：「清空如話，已為宋元人啓徑。」所言皆是指詩歌意義指向的明確性而言。即使較有含蓄詩情的《落花》一首，亦詩旨明晰，無朦朧之美，詩云：「高閣客竟去，小園花亂飛。參差連曲陌，迢遞送斜暉。腸斷未忍掃，眼穿仍欲歸。芳心向春盡，所得是沾衣。」句句鑿實平樸，無飄渺幽微之韻致。李商隱清晰的表達方式，使讀者可以輕易地接收到他所傳遞的情感信息，但缺少了細美朦朧的審美特質所帶來的無窮藝術魅力。等而下之，則淪為雜湊庸篇，如《永樂縣所居一草一木無非自栽今春悉已芳茂因書即事一章》：「手種悲陳事，心期玩物華。柳飛彭澤雪，桃散武陵霞。枳嫩棲鸞葉，桐香待鳳花。綬藤縈弱蔓，袍草展新芽。學植功雖倍，成蹊迹尚賒。芳年誰共玩，終老邵平瓜。」紀昀評云「句句雜湊」，張采田謂紀評「未免苛毒」。院中所種的植物在這裏變成一個個道具，被生硬排列在一起，缺乏鮮活的生命力。表達的意思雖句句分明，然在結構上疏而不密，意境上不能渾融，彷彿全詩所寫，只為最後兩句之表白而發，謂之「雜湊」，不為苛毒。

淺率清疏之永樂詩歌，張采田謂「一無出色處」，誠為確論。李商隱此種閒適詩歌創作平庸的原因，張采田歸結為兩個方面，一是作家的才性，「義山詩境，盤鬱沉著，長於哀豔，短於閒適，模山範水，皆非所擅場」；一是人生境遇之因素，李商隱短於閒適詩創作，「亦性情境遇使然，非盡關才藻也」。（《殘雪》詩辨正）在另一處進一步引申云義山永樂之後，「屢經失意，嘉篇始多，此蓋境遇使然，閱者宜分別觀之」。（《喜雪》辨正）兩點之中，張氏側重境遇之影響。客觀的人生境遇決定著詩人的創作態度和情感性質，永樂閒居前詩人雖屢經仕途之轉徙和親故之衰亡，然大體看，未遭遇重大人生挫折。開成四年至會昌二年短短四年間頻繁換職，仕途基本是順利的。母親去世，不得不丁憂閒居，永樂生活單調而無聊，除與當地官員的交往、為再次復出與外界節鎮保持聯繫和代人作四六應制文外，他的感情中沒有波瀾，沒有痛苦，只有無窮無盡的牢騷和無聊。缺少了現實人生中情感的動蕩與波瀾，閒適詩歌就剩下了乏味的應酬的平庸的製作。

李商隱永樂閒居期間創作實踐的意義有兩層。一是詩歌中所折射出的外隱內仕的精神結構，充分表明李商隱熱衷仕進的個性，隱逸只是他在丁憂期間的權宜之計。正是由於對仕途的強烈渴望，促使他永樂閒居後再次奔向干

謁求仕之路，並在追求與打擊的反覆衝突中，飽嘗感情折磨，成就了後期詩歌的藝術高度。正如張采田所言：「令狐（綯）雖與義山少恩，然能成就義山千古詩派。」（《玉谿生年譜會箋》）一是此期閒適詩歌創作的失敗，可以視爲李商隱早期詩歌創作摸索中的一次試驗。在這之後，李商隱逐漸找到了適合自身個性的創作道路，走向晚唐詩壇的巔峰。